우리가
꿈을 쓰는 시간

우리가
꿈을 쓰는
시간

나 에 게   던 지 는   질 문

강정화, 강다영, 김민주,
김정은, 류준서, 박가람, 서현우,
이동건, 이연우, 이하민

행복우물

저렇게 많은 중에서

별 하나가 나를 내려다본다

이렇게 많은 사람 중에서

그 별 하나를 쳐다본다

김광섭, 〈저녁에〉 부분

우리가 처음 이 프로젝트를 시작한 이유는 김광섭의 시 〈저녁에〉의 첫 구절 때문이었습니다. 저렇게 많은 별들 가운데, 꼭 하나의 별이 나를 내려다봅니다. 그리고 이렇게 많은 사람들 중 내가, 그 별 하나를 쳐다보지요. 얼마나 신기한 일인지 모릅니다. 가만히 생각해보면, 우리가 이렇게 만나고, 헤어지는 이 모든 일이 '인연'이라는 기적 안에서 일어납니다. 이렇게 서로 다른 우리는 어떻게 이렇게 많은 사람 중에 서로의 시선을 마주칠 수 있었을까요?

우리는 전공도, 나이도, 관심사도 다릅니다. 사범대학이라는 공간 안에 있지만 학부생도 있고, 대학원생도 있습니다. 전공도 다양하지요. 국어교육, 일반사회교육, 교육학, 수학교육 등 '교육'이라는 영역 안에서 다양한 방향을 가진 학생들입니다. 이런 학생들이 한자리에 모일 수 있었던 것은 '글쓰기'라는 공통의 목표가 있기에 가능한 일이었습니다.

처음엔 같이 모여 글을 써보자는 가벼운 마음이었습니다. 꽃샘추위가 한창이던 캠퍼스에서 우리는 서로 만나 낯선 인사를 주고받았습니다. 만나지 않았더라면 서로를 스쳐 보냈을 인연이, 이젠 눈인사를 나누고 안부를 묻는 사이가 된 것입니다. 글을 쓰다 보니 욕심이 생겨 문집을 만들어 보자고 했습니다. 흐드러지던 꽃이 하나둘 저물고, 옷차림이 가벼워지던 때였지요. 서로의 얼굴이 또렷해질 즈음, 감사한 기회로 학생들의 반짝이는 글을 알아봐 준 출판사를 만났습니다. 그래서 우리의 여름은 꿈을 적어 내려가는 시간의 열기로 후끈, 채울 수 있었습니다. 그리고 시간이 흘러 낙엽이 지고 입김이 서리는 계절의 문턱에서 우리는 인쇄되어 세상에 나올 우리의 이야기를 기다리고 있습니다.

　주제를 정하는 것은 어렵지 않았습니다. 꿈. 꿈을 꾸는 학생들의 이야기를 듣고 싶었거든요. 사범대학에 다니니 대부분 '교육'이라는 꿈을 꾸고, '교육'과 관련된 직업을 희망할 거라 여깁니다. 어쩌면 꿈이 정해진 것처럼 보일 수도 있습니다. 하지만 그건 '진로', 혹은 '직업'에 관한 이야기이지 '꿈'의 전부는 아닐 것입니다. 강의실에서 만나는 학생들은 여전히 꿈을 꿉니다. 꿈을 이야기하는 학생들의 눈을 마주하면, 깊고, 맑음을 느낍니다.

　그래서 꿈 이야기를 쓰기 시작했습니다. 여전히 꿈꾸는 학생들의 이야기를 말이죠. 학생들의 이야기를 듣고, 읽으며, 그 이야기를 모두와 함께 나누고픈 욕심이 생겼습니다. "별을 갖고 싶다!" 그래서 우리 프로젝트의 이름은 '우리별 갖기 프로젝트'입니다. 도서관에 빛나는 수많은 저 책들처럼, 우리에게도 우리의 별이 있었으면 하는 바람이었습니다.

　그런데 서로의 글을 읽는 동안 우리는 다른 의미의 별을 갖게 되었음을 깨달았습니다. 저렇게 많은 별 중에서, 그리고 이렇게 많은 사람 중에서, 활자화된 서로의 이야기를 읽으며 눈을 마주친 우리는, 인연이라는 또 다른 별을 갖게 된 것입니다. 그렇게 우리는 책이라는 별과 인연이라는 별을 갖기 위한 프로젝트의 막바지에 서 있습니다.

   책 출간을 앞두고 이를 가능하게 해주신 분들을 쓸어봅니다. 꿈으로만 남을 뻔했던 우리별 갖기 프로젝트를 가능하게 해주신 류태호 학장님과 이상민 부학장님, 유난숙 부학장님, 그리고 정재림 부원장님. 비교과 프로그램을 가능하게 하는 보이지 않는 손! 행정팀의 이하니 선생님, 고은지 선생님, 최심건 선생님. 학생들과의 단단한 연결고리가 되어 준 김원경 간사님. 학생들의 가능성을 알아봐 주고 직접 만나 격려까지 나누어 주신 행복우물 출판사 대표님.

   그리고 어딘가 깊이 가라앉아 어디 있는지도 몰랐던, 꿈꾸던 그 시절의 나를 다시 마주할 수 있게 해준 학생들, 나의 별.

강다영, 김민주, 김정은, 류준서, 박가람,
서현우, 이동건, 이연우, 이하민

고마움을 전해봅니다.
우리 모두의 마음이 같을 것이라, 그렇게 생각합니다.

네 번의 계절을 함께 보내고 있는 9명의 학생들, 아니 저자님들과의 인연이 앞으로도 이어지길 소망해봅니다.

우리별 갖기 프로젝트
담당 교수 강정화

강다영

선생님의 꿈을 가진 어린 시절,
그리고 그 과정을 기록하고 밟아나갈 발자국을 새겼습니다.
우리가 가고 있는 길에 의문이 들 때마다
꺼내보는 공간을 만들 수 있게 되어 기쁩니다.

1.
나는 왜 선생님이 되고 싶을까

❋ 천상 오지라퍼

　나는 오지랖이 넓다. 길을 걷다가도 곤란해 보이는 관광객에게 자꾸 눈길이 가고, 영어 자격증으로 힘들어하는 취업 준비생 친구들에게 점수 대별로 학습전략을 세워 자발적으로 건네기도 한다.

　나는 언젠가 앞뒤가 막힌 절벽에 서 있는 것 같은 상황에 빠져 본 적이 있다. 그렇기에 이제 막 만난 지 한 달 된 중학생 친구들이 학교 밖으로 도망치고 싶다고 할 때도, 대학 친구가 눈물을 보일 때에도 나는 그냥 지나치지 못했다. 가슴 깊이 묻어둔 내 이야기가 조금이나마 위로가 되길 바라서 그들을 위해 나는 나의 온 마음을 다해 위로했다.

❋ 행복하지 않았던 학창 시절도 나의 일부

　나는 행복한 학생이었을까? 나에게 학교는 열정보다 지겨움이 가득한 공간이었다.

　스물여덟, 초등학교에 입학한 이후 나는 줄곧 학생이었다. 8살 제 나이에 초등학교에 입학하여 대학을 오래 다니며, 졸업과 동시에 대학원생이 되었다. 스물여덟 해, 내 작은 세상에서 많은 부분을 학생으로 보내며, 나의 성장통의 배경은 주로 학교였다.

　나에게도 떠올리면 소중한 학창 시절이 있긴 있다. 친구들과 몰려다니며 지나가는 낙엽에도 싸르르 웃고, 작은 소식에도 심각해져서는 미리를 맞대는 사소한 순수함이 있었다. 다만 좋은 기억보다 나쁜 기억이 더 깊게, 강하게 남는다고 했던가. 특유의 예민함과 까탈스러운 성격은 쉽게 상처받고 마음을 닫았다. 나를 싫어하는 것 같으면 쉽게 돌아서고 '나도 걔 원래 별로 안 좋아했어.' 하고 기대감을 낮췄다. 다른 친구가 항상 혼자 다니는 친구를 가리키며 "쟤는 항상 혼자 다니는 것 같아."라는 말을 할 때면, 내가 그 대상이 되고 싶지 않아서 더 혼자 다니지 않게 노력했다. 주변을 너무 의식하다 보니 매점 하나도 친구랑 같이 가야 하는 소극적인 성격이 되었다. 정말 후회되는 부분이지만 내 전교 석차보다 친구들이 나를 어떻게 생각할지가 제일 중요했다. 그다지 공부도 잘하지 못하는 아이가 유난을 떤다고 생각할까 봐 쉬는 시간에 자습을 한 적도 없고, 그나마도 친구에게 부탁하여 같이 공부해 달라고 했다. 공부 외에도 이렇게 감정 에너지를 쏟다 보니 모든 게 답답했다. 학교에 오면 딱 달라붙는 교복이 답답했고, 알레르기 약 때문에 흐리멍덩한 정신이 싫었다. 그저 빨리 집에 가고 싶은 마음뿐이었다. 대학을 졸업하고 대학원에 다니며, 중학교에서 학습지원 튜터로 근무할 기회가 있었다. 중학교에서 학급 선생님들께서 학생들이 왜 자꾸 집에 가고 싶다는 말을 달고 사는지 이해가 안 된다고 할 때마다 "전 그 마음 이해가 돼요. 저도 학창 시절에 엄청 집에 가고 싶어 했어요." 하고 작은 중재자를 자처했다. 나의 10대는 딱히 예체능 전공도, 아픈 학생도 아니었으니 공부를 잘하는 것이 가장 그 시기를 효율적으로 보내는 것이었을 텐데, 성적이 애매해서 공부로 불태울 열정도 없는 것이, 그렇다고 엄청나고 특별한 추억도 없는 내가 제일 싫었다. 적당히 보통의 학생인 나는 학교가 즐겁지 않다고 생각했다.

그래서 뜨겁게 끓어올라야 할 내 학창 시절은 작은 마음 한켠에서 차게 일렁인다. 그래서 누군가 "아무 걱정 없던 학창 시절로 돌아가고 싶어요."라는 말을 하면, 공감보다 오히려 타이트하게 들어맞는 불편한 교복과 부족한 수면에 손발이 저린 그 갑갑함이 더 와닿는다. "선생님은 그런데도 선생님이 되고 싶으세요?" 튜터로 일하며 선생님들께 들은 질문에 나는 아무 말도 하지 못했다. 그렇게 탈출하고 싶었음에도 차갑게 내려앉는 이 공간에 자발적으로 걸어 들어오고자 함이 아이러니하다.

그러다 학생들과 상담을 하며 깨달았다. 나는 왜 이 학교라는 공간의 구성원이 되고 싶었는지. 나는 마음을 나누는 일을 하고 싶어 교사가 되기로 했다. 특히 감정적으로 그들이 아프지 않았으면 좋겠다. 처음 겪어보는 이 마음을 어쩔 줄 몰라 발만 동동 구르며, 심장을 부여잡고 얼룩진 얼굴로 잠들지 않으면 좋겠다. 시행착오를 겪지 않으면, 오만하게도 부족한 내가 그들에게 믿을 수 있는 어른이 되어주고 싶다.

고귀한 생명을 갖고 태어난 아이들이 내디딘 첫 사회 생활에서, 일부 아이들은 부적응이라는 좌절을 경험한다. '행복한 학교를 만들진 못해도 아이들이 불행하지는 않았으면 좋겠다.' 이것이 내 작은 꿈이다.

❀ 나의 우상, 내 첫 담임 선생님.

처음 교사가 되고 싶었던 때는 초등학교 1학년 때 엄마 같은 담임 선생님을 만났을 때로 기억한다. 초등학교는 담임의 인솔하에 반 아이들이 급식을 함께 먹게 된다. 우리 초등학교도 이제 막 신설된 급식실에서 다 같이 급식을 먹었다. 건물을 통해 급식실로 이동을 하던 다른 반과는 다르게 우리 반은 건물 바깥길을 통해서 본관 교실로 돌아왔다. 바깥길에는 조형물처럼 예쁘게 아카시아와 동백 꽃이 피어있었다. 선생님과 꽃 이야기를 나누며 교실로 돌아오는 시간이 특별하고 따뜻했다.

어느 날은 급식을 먹고 교실로 돌아가던 중, 8살의 어린 내가 선생님께 업어달라고 어리광을 부렸는데, 선생님께서 흔쾌히 업어주셨다. 어린 나는 '선생님은 나와 특히 친하다!'하고 과시하고 싶은 마음이 항상 있어서 그날은 기분이 너무 좋았다. 엄마께 자랑하고 친구들에게 자랑했다. 업혀서 화단을 지나 교실로 돌아오던 그 장면은 여전히 기억속에 생생히 펼쳐진다. 정말 별 이유없이 선생님께 업히는 것은 무례한 행동이어서 그 후 엄마께 혼나긴 했지만, 정확히 20년이 지난 지금도 가슴 깊이 따뜻한 추억으로 남았다.

나는 동갑인 사촌과 같은 학교, 같은 반이 되었다. 초등학교를 입학하여 어엿한 취학 아동이 되었으나, 8살은 여전히 유치원생과 다를 바 없었다. 더욱이 초등학교는 새롭고 낯선 공간이었다. 옹기종기 어울려 놀던 유치원 때와는 달리 1학년 때는 나를 싫어하는 친구가 생겼다. 그 아이는 내가 말을 걸어도 무시했고, 내가 철썩 붙어있었던 사촌과 이야기하고 있는

데 내 사촌을 다른 곳으로 데려가 버리기도 했다. 온 집안의 막내로, 양가 할머니, 할아버지의 극심한 편애를 받으며 자라온 8살의 나는 누군가가 나를 싫어한다는 사실이 괴롭기만 했다. 학교라는 공간이 싫어서 울면서 가기 싫다고도 해봤다. 선생님께 말씀을 드릴 순 없어서, 그냥 선생님께 더 인정을 받아야겠다고 생각했다. 8살의 자존감이 무너지던 그 해, 선생님께서는 나의 힘듦을 눈치채시곤 얼마나 우리가 소중하고 귀한 존재인 지를 매일 매일을 알려주시고 안아주셨다. 어두운 동굴 속 등불 마냥 선생님만 바라보며 초등학교에 적응해 나갔다. 낯설고 불안한 공간에서 유일하게 의지할 수 있는 어른이 생긴 것이다.

　그 해를 마치고 9살이 된 나는 이사와 더불어 바로 옆 학교로 전학을 가게 되었다. 같이 놀던 친구들, 동갑인 사촌, 그리고 1학년 때 담임 선생님과 떨어져 다른 학교로 간다는 사실이 너무 슬펐지만, 아파트 지정 학교라서 어쩔 수 없이 전학을 가게 되었다. 2학년을 무사히 마치고 초등학교 3학년이 되어 방과후 교실 청소를 하던 중, 담임선생님께서 학급 교사용 컴퓨터로 자녀분이 재학 중인 다른 초등학교 홈페이지를 보시는 것이 교실 큰 텔레비전으로 보였다. 어린 맘에 선생님이 하시는 것은 다 신기해 보여 나도 같이 보게 되었는데, 다른 초등학교 홈페이지 담임선생님 목록에 1학년 때 좋은 기억이 가득했던 담임선생님 성함이 보였다. 너무 반가운 나머지 소리를 지르며 당시 3학년 담임선생님께 어느 학교인지 알려달라고 여쭤봤고, 집에 가자마자 전화로 엄마께 말씀드렸다. 여러번의 우연이 겹쳐 인연이 된 것이다.

　엄마가 연락드려서 1학년 담임선생님을 3학년 때 다시 만나 뵙게 되었다. 어릴적 자주 가던 프랜차이즈 문방구인 '화이트존'에서 선생님께서 사주신 인형은 아직도 소중하게 집에 보관하고 있다. 선생님이 주신 인형 사촌과 각각 하나씩 품에 안고 선생님과 카페에 갔다. 10살 초등학교 3학년에게 '파르페'는 너무 어려운 단어였지만 파르페를 사주신 게 기억에 남아서 지금도 파르페 메뉴만 보면 그때를 기억하곤 한다.

나의 첫 사회생활을 열어준 선생님으로부터 나의 꿈은 시작되었다. 물론 고등학교 때까지만 해도 그냥 1학년 때 담임선생님이 좋았고, 멋진 어른이 되고 싶어서 교사를 꿈꿨지만 단순히 지식전달자에 그쳤다.

스물여덟의 내가 돌아본 나의 선생님은 지식을 전달하는 사람 그 이상의 존재의 '선생님'이었다. 가정 밖의 사회에서 받은 최초의 사랑, 그리고 긍정적인 영향력을 알려주신 선생님. 누군가 장래희망을 물어보면 주저 없이 선생님이라 대답하게 해준 존재가 감사하다. 나도 언젠가 누군가의 인생에 작지만 의미 있는 파동을 일으킬 수 있는 선생님이 되기를 꿈꾼다.

2.
나의 꿈, 나의 모습

❋ 나의 꿈, 나의 진로

초등학교 1학년 담임선생님의 영향을 받아 마치 관성처럼 줄곧 생활기록부에 희망 진로를 교사로 적었다. 교사라는 직업을 단편적으로 '지식전달자'로만 바라보았던 학창 시절에는 친구들에게 공부를 가르쳐주는 것에 흥미도 느껴서 적당히 잘 골랐다고 생각했다.

수시를 지원하는 고등학교 3학년 때는 나의 친구 소희가 같이 진로 고민을 해주었다. 우연히 같은 사회탐구 과목을 선택하여 2년 내내 같은 반이 된 소희는 대학 진학 말고도 10대의 여러 고민이 많던 시절, 내가 가장힘들 때 옆을 지켜준 친구이다. 학창 시절 이 친구 빼고는 설명이 안 될 정도로 소중한 친구. 소희와 회전초밥 레일마냥 운동장을 빙빙 돌 때도 밥먹을 때도 쉬는 시간에도, 매점을 가면서도, 사회탐구 이동 수업 시간에도 같이 앉아 고3 필수 아이템 포스트잇으로 희망 대학과 진로를 공유했다. 온통 학과에 대한 고민으로 집중이 안 되던 차에 나의 고민을 들어주고 가시적으로 정리해 준 너무 고마운 친구이다.

다영이의 진로 고민

❶ A대학 경제학과 ⋯ 사회 교직 과정 이수 ⋯ 중등학교 사회 교사
❷ B대학 영어영문학과 ⋯ 영어 교직 과정 이수 ⋯ 중등학교 영어 교사
❸ C대학 사범대학 ⋯ 중등학교 교사

※ 일반적으로 교직 과정이라 하면 학부과정에서 사범대를 제외한 일반 학과에서 교원 자격증 취득을 위해 구성한 교육 과정을 의미한다.

– 소희가 전해준 쪽지

포스트잇으로 주고받는 쪽지에 얼마나 큰 정성이 담겼겠냐마는 잡담으로 가득할 땐 대충 날려쓰던 나와 소희가 우리의 진로를 이야기할 땐예쁘게 꾹꾹 눌러 담은 글씨마저 고민이 담겨있는 것 같아 소중했다.

하지만 대학 입시의 결과 최종적으로 사범대에 진학하지 못하게 됐다. 대학에 가서 교직이수를 하면 된다고, 아직 늦지 않았다고 위안하며 적당히 성적에 맞춰 경제학과에 진학했다.

그렇게 살던 지역을 떠나 첫 번째 진로, 경제학과에 진학했다. 나의 꿈은 확고했지만, 학생수가 줄어 교사를 적게 뽑을 것이라는 전망이, 취업난에 고통받는 청년의 이야기가 아침 뉴스에 나올 때마다 겁이났다. 임용고시에 실패하고 뛰어든다면 저 모습이 나의 모습이겠지 하는 생각에 플랜 B를 준비해야 할 것만 같았다. 대학에 오니 경제학과의 전공을 살려 다양한 진로를 걸어 나가는 친구들이 많았다. 하지만 경제학과는 어떤 직업이든 될 수 있지만 진로 탐색 없이는 그 어느 것도 될 수 없었다. 내가 너무 관성적으로 선생님이 되고 싶은건 아닌지, 경제학과에 진학했으니 '경제학과 다운' 꿈을 꿔야하는 건 아닌가 하는 생각이 이때 처음 들었다. 중2병 마냥 대2병에 걸려 버린 나는 선생님이 되는 진로 말고도 다양한 직업과 전공을 경험하며, 다른 길이 궁금해졌다.

경제학과 특성상 해외 서적이 한국어로 번역되어 해외의 사례를 중점으로 배운다. 전공책의 사례를 찾아보고 과제 하나를 하더라도 영어로 된 강의가, 영어로 된 자료가 대부분이라서 영어를 배워야 겠다는 생각이 들었다. 당시엔 유튜브도 번역 AI도 지금처럼 발달되지 않아서, 다른 사람들이 자막을 달아주지 않으면 나는 원하는 경제학 강의를 들을 수 없다는 사실이 무기력하게 다가왔다.

나도 영어를 배워, 나의 통찰력이 세계이기를 꿈꿨다. 대학교 2학년을 6개월 남겨두고, 교환학생을 가기엔 남은 시간이 너무나 짧아서 어학연수 학원을 선택했다. 22살, 2학년 수료와 함께 22살의 나이로 여행을 떠났다. 여러 문화와 나라를 경험해 보고 싶어서 짧은 1년을 알뜰하게 배분해 여러 나라를 다녔다. 경제사례분석을 떠났던 베트남의 5개 도시를 시작으로, 뉴질랜드 오클랜드, 미국 뉴욕, 캐나다 토론토 순으로 여정을 그려나갔다. 한 학원의 커리큘럼으로 여러 나라의 캠퍼스를 옮겨 다니는 것이었다. 다만 문제는 내가 부모님 도움 없이는 아무 것도 못하는 응석받이 막내였다는 점이다. 이 여행을 떠나기 전까지는 나는 모든 생활을 부모님께 의존했다. 고3의 끝을 알리는 대학교 입학시험을 볼 때도 같은 고등학교 친구들은 시외버스를 타고 왔다던데, 나는 아빠가 4시간 운전해서 데려다주시는 것 외에 다른 선택지가 있었다는 것에 놀랐다. 학원 등록만 하면 입국부터 출국, 생활까지 다 책임져주는 중학생 영어 캠프와는 달리 비행기 티켓부터 학원과 홈스테이를 오가는 모든 생활을 다 혼자 알아서 해야 했다. 아프면 지도를 검색해서 병원을 찾아 혼자 찾아가고, 보험 서류를 준비하고, 부당한 대우를 받으면 영어로 맞서 싸우는 성격이 되었다. 누구보다 외향적인 마음을 지니고 있으면서도 소극적인 행동을 보였던 내가 나를 더 표현할 줄 알게 되었다. 최초의 독립심을 기르게 된 계기가 된 것이다.

해외 4개 국가에 체류하며 영어를 배우고 문화를 배우며, 나의 적성이라고 생각했다. 뉴욕에 머물면서 국가기구도 방문하며 인턴을 알아보고, 그들이 하는 일을 지켜보며 나 사실은 영어를 좋아하는구나 싶었다. 8살 어학원 다닐 시절, 원어민 선생님 말씀을 하나도 이해 못하고 도망 다녀서, 수능 때 그렇게 기피하던 과목이라서 전혀 예상도 못 했다. 단순히 학교 성적을 잘 받아야하기 때문에, 수능을 잘봐야해서 학술적 용어가 빼곡한 모의고사를 억지로 째려보던 영어와는 다르게, 나의 생각을 표현하고 다른 사람들의 견문을 받아들이는 도구로서의 영어는 정말 매력적이었다. 꼭 어려운 단어를 쓰지 않아도 내 생각을 표현할 수 있다는 점이, 전세계의 친구들이 모여 같은 주제로 토론하며 여러 시각을 체득할 수 있다는 점이 더 영어에 빠져들게 했다. "아, 나 정말 여기 살아야겠다. 이곳에서 대학을 졸업하는 것도 좋겠다. 그게 아니더라도 꼭 다시 돌아와야지." 라고 다짐할 정도로 하루하루가 새로운 지식과 색다른 느낌으로 가득찼다.

그러다 2018년 11월. 한참 캐나다 생활에 빠져 있을 때쯤, 나를 키워주셨던 외할머니가 돌아가셨다. 지금도 엄마와 나의 눈물 버튼인 외할머니의 부재는 20대 초반의 나에게 큰 충격을 주었다. 뉴욕에서 옮겨온 지 일주일도 안 되었던 터라 당장 돌아가도 몇 시간 자리를 지키지 못하기에 나는 캐나다에서 할머니를 보내드렸다. 학원에서 이어준, 만난 지 일주일도 안 된 룸메이트 히셀라를 붙잡고 한참을 울었다. 상실감 때문에 더 이상 새로운 여행보다는 익숙한 한국과 가족과 함께하는 삶이 더 의미 있게 다가왔다. 가족의 곁에 있고 싶어 해외 이민과 취업을 준비하던 것들을 내려놓고 한국에서의 삶을 고민하기 시작했다.

❀ "다영이는 선생님이 어울려."

해외 연수 생활을 마치고, 대학으로 돌아갔을 때맞춰 코로나19가 터졌다. 전 세계 비상사태에 락다운으로 문을 걸어 잠그고 건물 안으로 틀어박히는 삶이 계속되었다. 사실상 온라인 줌 수업을 듣는 일과 빼고는 시간이 남아돌아서 근처에 살던 친구와 자주 만나 미래를 고민했다. 석촌

고분공원을 거닐며 꿈 얘기만 나눠도 3시간이 훌쩍 지나갔다. 친구는 나에게 선생님이 잘 어울린다는 말을 자주 했었다. 평소 같으면 "나 그거 정말 꿈이었는데, 교직 이수는 딱 2학년만 할 수 있대. 선배가 하라고 할 때 해볼걸. 수능 다시 볼까?" 하며 웃어넘겼겠지만, 그날따라 '정말 방법이 없나?' 진지하게 고민이 되었다.

"나 이거 계속 이해 안 돼서 며칠 고민하던 건데, 다영이가 설명해 주니까 어려운 개념들도 너무 쉽고 잘 이해돼." 라고 말해준 효신이 언니도, "다영이는 정말 마음이 깊어. 보이지 않는 사정들까지 파악해서 잘 이해해 주잖아. 정말 좋은 선생님이 될 것 같아." 예린이도. 친구들이 해준 얘기들이 귓가에 맴돌았다.

바로 핸드폰을 들어 검색을 시작했다. 학부를 다니지 않고도 교육대학원에서의 교직 이수과정을 알게 되었다. 2026년도부터는 체제 검토가 들어간다고 하니 내가 대학을 졸업하고 대학원까지 졸업하는 데에 여유가 있겠다 싶어 운명인가 하는 생각도 들었다. 물론 2026년 체제 폐지가 아닌 검토 착수기 때문에 기간은 여유가 있었지만, 당시에는 그렇게 생각이 흘러갔다. 대학을 졸업하고 또 학생이 된다는 데에는 운명이라는 합리화와 용기가 필요했다.

❀ 나의 꿈, 돌고 돌아 선생님

경제학과에 진학하여 학과와 관련된 자격증을 취득하고, 대외 활동을 하며 대학 생활을 보내다가 지금이 아니면 정말 선생님은 다시 도전하기 힘들 것 같다는 생각이 들었다. 교육전문대학원 도입, 일반 대학교 교직이

수 폐지 등의 기사를 보고 지나치지 못하는 내 모습을 보며, 아직 미련이 남았구나 싶었다.

돌고 돌아 나는 선생님의 길을 걷기로 다짐했다. 대학교 4학년, 졸업을 앞두고 엄마께 교육대학원을 가리라 선언했다. "이미 많이 고민했고 지금 안 하면 후회할 것 같아요."

대학도 이래저래 허송세월하며 7년을 다녔는데, 취업도 아니고 하다 못해 취업 준비를 열심히 하겠다며 지원해달라고 부탁드리는 것도 아니다. 또다시 기약 없이 긴 학생의 길로 떠나고자 함을 말씀드리기까지 스스로가 민망하고 죄송스러웠다. 오빠와 나이 차이가 8살이 나는 늦둥이 딸은 부모님의 정년과 오랜 꿈 사이 줄을 타다가 꿈을 향해 뛰어들었다. 당시 엄마는 광주 가톨릭대학 부설 평생교육원 영어 수업을 다니셨는데, "영어 같이 배우는 언니 딸도 돌아 돌아 교사가 됐다고 하길래 '우리 딸도 교사가 꿈이었는데, 꿈을 이룬 언니 딸이 대견스럽네.'라고 했어. 너도 결국 돌고 돌아 교사가 되려고 하는구나. 지금 해야 할 것 같으면 지금 해." 나의 고민을 가볍게 생각하지 않는 부모님, 믿을 수 있는 어른이 되어주신 부모님께 감사했다.

❀ 일반사회 교육 전공, 새로운 소속

학부를 거쳐 나는 23학번으로 교육대학원에 입학했다. 앞서 언급했듯 2016년에 학부를 입학한 것 치고는 빠른 편이 아닌데, 특히 내가 초등학교에 입학한 이후로 단 한 번도 학생 신분에 벗어난 적이 없음을 고려한다면 더욱 그렇다.

　교육대학원은 학부 전공과 일치할 경우에만 해당 과목 교직 이수(교원 자격증 취득)를 할 수 있었다. 영어를 좋아한단 사실을 뒤늦게 깨달아버려서 영어과를 지원하고 싶었는데, 학부 4학년이 새로운 전공을 시작한다는 것이 현실적으로 쉽지 않았다. 더군다나 졸업 예상 나이와 임용고시를 준비할 시간, 교육대학원의 재교육체제 전환 등 여러 복합적인 이유로 대학원은 학부 전공으로 택했다. 영어를 전공하는 것은 포기했지만 지금도 좋아하고 영어를 배우고 있기에 교육봉사 활동으로 중학교에서 기초 학력 친구들을 돕고 있다.

　학부 전공에 맞춰 일반사회교육과에 진학하게 되었다. 학부에서는 1전공으로 경제학과, 2전공으로 사회규범과 행정(행정학과＋정치외교학과＋경제학과＋법학과가 융합된 다전공 트랙)으로 학위를 받아서 중등 사회에서 가르치는 많은 부분을 전공으로 배웠다. 보통 중등학교 사회과의 단점은 대학에서 배우지 않은 전혀 다른 과목들을 현장에서 가르치게 된다는 점인데, 교생실습 때만 해도 담당 선생님께서 본인은 교직 생활 20년 만에 처음으로 경제를 공부해서 가르쳐 보았다고 하셨다. 다소 중구난방인 전공을 졸업했지만 여러 분야를 배운 만큼 전문적인 지식을 전달해 줄 수 있는 것 또한 나의 장점이고, 사회과를 택하길 잘했다고 생각한다.

　단순히 교원자격증을 떠나서 교육대학원에서 정말 소중한 인연들을 많이 만났다. 뒤늦게 선생님의 꿈을 이루기 위해, 더 좋은 교사가 되기 위해, 혹은 교육업에 전문성을 쌓기 위해. 다양한 이유로, 다양한 분야의 사람들이 모여 눈을 반짝이며 각자의 통찰력과 열정을 담은 이야기를 나눌 수 있는 일상들이 소중하게 느껴진다.

✸ 중학교 현장에서의 나의 모습

교원자격증 없이 중학교에서 학습지원 튜터로서 근무할 기회가 생겨 만사 제쳐두고 지원서를 냈다. 대학 선배의 인스타그램 스토리에 올라온, 다소 MZ스러운 방식으로 채용공고를 접하고 중학교에 지원을 했다. 대학교 새내기 20살 때 딱 한 번 MT에서 뵌 선배의 인연으로 또 다른 기회를 얻은 것이다. 학습지원 튜터는 학습에 어려움을 겪는 학생을 위해 맞춤형 학습과 상담 등을 지원하는 보조 인력이다. 코로나 이후 벌어진 학습 격차를 개선하고자 시행된 보조 강사 느낌이다. 아무래도 학습 튜터는 업무 영역이 그렇게 넓지 못했다. 상벌점이나 정규수업, 성적표 관리 등 학생들이 주로 관심을 두는 영역이 아닌 방과후 수업이나 교육청 기초학력 테스트 등 부가적인 것들을 담당한다.

그러다 보니 학생들 또한 내가 지시하는 것들을 가볍게 여길 때가 있다. "제가 그것을 왜 해야 해요?"라든지, "이런 건 중요하지 않잖아요."라며 볼멘소리를 했다. 교육청 제도를 활용하여 더 많은 지원을 받을 수 있도록 돕기 위한 절차였음에도 학생들이 가볍게 여기니 회의감이 들었다. 정당하게 의문을 제기하는 것이 아닌 짝다리에 눈을 치켜뜨는 태도였기 때문에 나도 강압적으로 나가야겠다는 생각이 먼저 들었다. 처음 일을 시작할 때까지만 해도 반항하고 싶은 충동이 드는 것도, 만사 귀찮은 것도, 또 마음과 다르게 전혀 다른 말투가 나오는 것도 나 또한 그 시절을 겪어왔기 때문에 올바르게 표현하는 방법을 가르쳐 주고 싶었다. 하지만 마음과는 다르게 학생 다루는 요령도 없고 당장 업무 마감일에 마음의 여유도 없어서, "하라면 하는 거지. 몇 번째 말해? 따라와."라며 강압적으로 학생에게 시켰다. 납득시키지 못한 상태로 강제성을 부여한 게 합리적이지 못했다는 생각이 들어서, 그날은 정말 부끄러웠다. 하고 싶은 일도 있지만 해야 되는 일도 있음을 학생들에게 알려주고 싶었는데 정작 나의 감정이 앞섰다. 교사는 나의 꿈이었는데 막상 학교에서의 나의 모습이 아름답지 않았다. '믿음직하고, 아이들의 마음을 대화로 표현할 수 있는 교사, 갈 길이 멀었다.' 라고 생각했다.

물론 좋은 모습도 있었다. 느린 학습자를 대상으로 하는 방과후 수업이기 때문에 상대적으로 학생들이 수업에 집중하는 것을 어려워했다. 100번 물어보면 101번 대답해 주겠다는 각오로, 아이들이 최대한 영어, 수학에 흥미를 잃지 않도록 노력했다. 같은 말을 반복하는게 가장 힘이 든다고 말씀하시는 선생님의 말씀을 들으며, 그래도 이정도면 교직에 적성이 있는 걸까 하는 생각이 들었다.

학교를 나오기 힘들어하는 친구들에게도 온 마음을 다해서 응원했다. 학교라는 공간에서 본인의 의미를 찾던 아이들은 오히려 베테랑 선생님이 아닌 나의 서툰 모습에 더 친근감을 느끼며 마음을 열기 시작했다. 수업을 견디지 못하고 찾아오면, 한 시간만 더 버텨보자며 두 손을 잡고 격려했다.

튜터로서의 학교는 좋은 모습도 부족한 모습도 한 발자국씩 성장해 나가는 나의 발자취로 새길 수 있는 소중한 시간들이었다.

❈ 좋은 선생님

내가 다니던 중·고등학교와 현재의 학교가 다르게 느껴지는 점은 부적응 학생들에 대한 관심이 높다는 점이다. 학습지원 튜터, 키다리샘, Wee

클래스가 활발히 운영되고, 교육복지실에서의 활동이 많아졌다. 특히, 가장 인상적이었던 점은 학생이 잘 표현할 수 있도록 선생님들께서 많은 관심을 기울이는 것이다.

학창 시절 학교를 다니며 가장 아쉬웠던 기억은 내가 갈등 해결에 서툴렀다는 점이다. 친구들과 화해하는 방법을 몰라서 며칠 밤새우며 고민을 했던 적이 있다. 선생님께 친구와 작은 다툼이 있었는데 어떻게 해결하면 좋을지 상담을 받은 적이 있는데, 당시 우리반에는 학생들끼리 학교폭력 등 위계가 없었기 때문에 담임 선생님은 나의 이야기에 크게 관심을 주지 않으셨다. 선생님들은 원래 관심이 없으신가 보다 하고 더 이상 개인적인 이야기를 하지 않게 되었다.

그런데, 중학교에서 학습지원 튜터로 근무하던 시절 학생들을 중재시키는 선생님을 만났다. 선생님께서는 학교 내부와 외부에서 많은 일을 맡고 있어서 객관적으로 바쁜 와중에도 아이들의 교우관계에 부단히 관심을 갖고 계셨다. 매시간마다 아이들을 불러서 사과하는 방법을 알려주고 잘못된 행동을 교정하셨다. 교우관계를 어려워하는 경계선 지능 장애에 있는 친구들도 많이 왔었고, 소위 '잘 나가는' 학생들의 선후배 간의 다툼 문제도 있었다.

사건 당사자와 주변 친구들을 따로따로 불러서 면밀하게 상황을 체크한 후 누구의 편도 들지 않고 양쪽 다 잘못된 점을 지적하셨고, 한쪽만 잘못한 경우라면 무조건 사과를 하게 시켰다. 경계선 친구들의 교우관계와 선후배 간의 갈등의 두 사건 모두 해결이 간단한 것은 아니었지만, 사건이 발생할 때마다 교사가 올바른 방향으로 지도해 주어서 감정의 골이 깊어지지 않고, 학생 간의 위계가 발생하지 않고 간단히 지나갈 수 있었다.

교육대학원에서 학교폭력과 학생의 이해 수업을 들으며, 청소년기 아이들은 다양한 성향을 갖고 있어서 지속된 다툼이 일방적인 학교폭력으로 이어질 수 있기 때문에 초반에 감정 해소를 해주는 것이 중요하다는 것을 여러 자료를 통해 배웠다. 양쪽의 입장을 잘 살피며 상황을 해결하시는 선생님을 보며 많이 배우고, 좋은 선생님을 만난 학생들이 참 복 받았다고 생각 했다.

청소년기의 미숙한 실수를 학생이 인지하도록 지도하고 올바른 인간관계를 쌓도록 도움을 주는 선생님이 되어야겠다고 결심한 계기이다.

3.
미소의 나라, 태국의 교생 선생님

❋ 내가 고려대에 진학한 이유

2023년도 초 대학원 입학 전, 학교 두 곳을 놓고 진지하게 고민을 했었다. 두 학교 모두 비슷한 졸업 난이도에 교원자격증을 취득할 수 있으니 정말 개인 선호도가 담긴 선택이었다. 먼저 진학한 사람들의 카페 후기도 찾아보고 블로그 후기도 찾아보다가 쪽지를 보내기도 했다. 그러다 나의 흥미를 확 끌 만한 결정적인 차이를 발견했다. 바로 '국제화 프로그램'이다. 국제화 프로그램은 학교와 체결하여 미국, 영국, 유럽 등에서 교육실습 국제 인턴십 프로그램 과정을 수료하거나, 재외 한국학교에서의 교육실습 등을 의미한다. 실습을 지원하던 당시 학습튜터로 근무하고 있었는데, 한국말을 하나도 하지 못하는 외국인 친구가 전학을 와서 어려움을 겪던 시기였다. 방과후 때마다 학생에게 한국어를 가르쳐주고, 학교 수업에서 이해가 안 됐던 점을 함께 복습하면서 아이의 고충에 나도 함께 고민이 많아지던 시기였다. 우리나라도 점점 다문화 학생의 비율이 증가하고 있다는 점을 통계로 접하면서 해외의 학교는 어떻게 이 문제를 다루고 있을지 관심이 많던 시기에 딱 맞추어 국제화 프로그램을 접하다니. 이것이 한 달간의 고민을 끝내준, 내가 고려대에 진학한 이유이다.

국제화 프로그램은 코로나가 시작된 2020년 이후로 한 번도 시행된 적이 없거나 대학원 대상으로 선발된 적은 없지만, 이상하게도 확신이 들었다. '내가 교생을 가는 1년 후 2024년 시점에는 분명 다시 모집을 시작할 거야.' 위험한 확신을 가지고 나는 입학을 결정했다.

교생실습은 주로 졸업한 중등학교나 대학교에서 파견을 보내는 것이 보편적이다. 2학기를 마무리하는 시점에 실습학교를 정하는 시기가 왔다. 중학교에서 근무하면서 짬짬이 실습학교를 알아보기 시작했다. '해외로 교생을 가리라.' 큰 꿈을 갖고 입학했건만 공지 사항은 감감무소식이었다. 학교에 공문을 보내야 하는 시기가 정해져 있기에 마냥 기다릴 수만은 없어서 직접 CV를 작성해서 싱가포르 한국국제학교와 고려대학교 사범대학 교직팀에 연락을 취했다. 그런데 문제는 열정만 가득하고 방법을 몰랐다. '이것이 미국식 취업이다.'라며 싱가포르 국제학교에서 강사를 구하는 지원서를 다운받아서 무작정 담당 선생님께 이메일을 보냈다. 아쉽게도 선발 계획이 없다는 답변을 받았다. 고려대학교에서도 논의 중이라는 형식적 답변을 받아서 포기를 할 수밖에 없었다.

오랜만에 지방에 내려가서 오래 머물며 가족들과 시간도 많이 보내자고 하니 엄마, 아빠, 특히 오빠가 엄청나게 좋아했다. 아직도 같은 동네에 사는 동창들에게도 연락해서 매일 방과후에 만나자며 계획을 세웠다. 한 달 동안 많은 추억 쌓을 생각으로 행복에 부풀어 있었는데, 어느 날 태국 방콕 해외 한국국제학교 공지가 떴다. 이미 성북구 대학교 연계 파견과 교생 개인 섭외 신청 기간이 한참 지난 시점인데 교생실습 공지가 올라와서 당황스러웠다. 이미 모교로 가기로 확정이 되었던 시기였고, 한참 태국 방콕에서 대형 쇼핑몰(시암 파라곤) 총기 난사 사건으로 태국이 총기 허용 국가임이 또 한 번 인식이 되던 시국이었다. 아무래도 태국은 가본 적이 없으니, 용기가 안 나서 대학원 동기와 같은 수업을 듣고 집에 돌아갈 때마다 어떻게 해야 할지 고민을 나눴다. 동기는 몇 개월 전 다녀온 방콕이 너무 좋았다며, 적극 추천했다.

'총기가 흔한 북미에서도 잘만 혼자 거리를 활보하고 다녔었는데.' 하는 생각이 들어 일단 도전해 보기로 했다. 마감일 당일에 지원서를 쓰기 시작하여 겨우 시간에 맞춰 신청했다. 교직팀이 4시까지 밖에 운영하지 않아서 연가를 내고 면접을 보러갔다. 일 년 중 가장 바쁜 시기였는데 부장 선생님께서 이해해 주셔서 감사했다. 같이 면접 본 친구와 함께 선발되어서 개인 섭외가 된 모교에서의 실습을 취소하고, 태국으로 가게 되었다. 어찌보면 고려대에 간 목표를 일찍이 달성하게 된 것이다.

＊ 방콕 입성: 낯선 땅에서의 첫 발걸음

5월의 첫날, 설렘과 불안을 안고 방콕에 도착했다. 공항을 벗어나자마자 밀려오는 후덥지근한 공기가 이국땅에 왔음을 실감케 했다. 택시를 타

고 숙소로 향하는 길, 창밖으로 펼쳐진 방콕 도시의 풍경은 분명 이국적
이고 도시적이면서 아름다웠지만, 한 달 동안 어떻게 지낼지 당장 이 택
시가 숙소로 잘 향하고 있는 건지 걱정이 앞섰다. 출국 전부터 당연히도
걱정투성이. 오죽 걱정이 되었으면 핸드폰도 비상용으로 두 개 챙겨갔다.
물론 친구들은 내가 최신형 갤럭시 울트라를 쓰며, 가장 최신형 아이폰
을 사는 것을 보고 핑계라며 놀려댔다.

＊ 교생 1일 차

　첫 출근을 앞둔 아침, 새로운 학교와 새로운 아이들을 만날 생각에 가
슴이 설렜다. 마지막으로 정장을 입었던 대학원 면접 날을 떠올리며, 이
틀 전 야시장에서 산 패션푸르트 주스 하나 들고 등굣길에 나섰다. 설렘
과 긴장 그 사이를 간지럽히는 그 마음이 좋았다.
　학교는 시내가 아닌 외곽에 위치했다. 정겨운 시골 동네답게 중형견들
이 있어 긴장을 놓칠 수 없었다. 눈에 안 띄게 조용조용 걸어가는데 개는
외부인인 나를 탐색하고자 성큼성큼 다가왔다. 다행히 자전거를 탄 아저
씨가 부르니까 내 쪽으로 오다가 다시 멀어졌다. 도시에서 자란 나는 큰
개가 무서워서 등굣길 첫날부터 진땀을 뺐다. 학교 웹사이트로만 봤던
건물이 나와서 무척 반갑고 신기했다. 등교할 때마다 교장, 교감 선생님께
서 교문에 나와 아이들을 반겨주셨다. 내가 학생이던 때에는 학생 주임
선생님께서 선도 목적으로 벌점을 주시기 위해 나와 계셨다. 하지만 이곳
은 교장, 교감선생님께서 아이들을 반겨주는 모습이 무척 화목하고 따뜻
해 보였다. 등교 첫날, 방콕에는 정말 오랜만에 비가 왔다.

❋ 첫 진로상담

11학년(고등학교 2학년)은 경제/물리 분반 수업 학급으로, 내가 경제를 담당하니 경제 수업을 듣는 친구들만 만날 수 있었다. 그래서 11학년이 모두 모여있는 특별한 행사가 있을 때마다 내가 인솔할 수 있도록 선생님들께서 배려해 주셨다. 11학년이 완전히 모인 시간에 진로 특강 시간을 가졌다. 여느 보통의 학생들과 같이 '이과가 좋아요? 문과가 좋아요?'부터 시작해서 이 시기에는 어떤 것을 준비해야 할지, 어떤 과를 가야 할지가 주를 이루었다. 아이들이 궁금해 하는 진로의 갈래를 나누어 대학 학과의 특성과 한국 대학생들은 보통 어떤 진로를 향해 나아가고 있는지를 설명했다. 하지만 어떤 직업을 갖든 "대체 불가능한 인재가 되어라."로 나의 답변이 귀결되어 아이들의 표정이 사뭇 심각해졌다. 농담 반 진담 반으로 건넸지만 심각한 표정의 아이들을 보고나니 귀여워서 웃음이 새어 나왔다. 9학년과 10학년 시간에도 진로 특강을 했었는데, 어떤 학과가 있는지도 잘 몰랐던 반응과는 달리 확실히 고등학교 2학년인 11학년은 적극적인 태도를 보였다.

내가 경험한 세계를 토대로 설명할 수밖에 없다 보니 더 많은 경험을 하고 아이들의 세계를 넓혀줄 수 있도록 많이 연구해야겠다고 생각했다.

❋ 사회 선생님으로서의 첫 걸음, 교생실습 수업 진행

적응의 첫 주가 끝나고 2주 차부터는 수업을 진행하게 되었다. 미숙하게 수업지도안을 작성하고, 짧은 수업 시간 내에 전달할 개념을 추렸다.

사회과만의 고충이 아닐 수 있지만, 사회과는 특히 여러 과목과 여러 개념을 가르쳐야 한다. 언제 배웠는지 기억도 안 나는 지리 내용에 덜컥 겁이 나서 EBS 강의를 듣기도 하고, 각종 출판사의 지도서 내용을 참고하여 나의 설명이 빈틈이나 오류가 없는지 체크했다. 실습이 끝난 지 3개월, 아직도 잊지 못하는 그 단어 '시 스택' 영어로는 (Sea Stack). 첫 수업을 진행하기 전, 내가 잘할 수 있을지 두려워서 선생님들께 조언을 구했다. 정말 언제 들었는지도 모르는 단어에 너무 겁이 난다고 하니, 실습학교 선생님들께서도 방콕에 와서 생전 처음 지도하는 과목을 준비하느라 골머리를 앓았다고 한다. 20년 평생을 한국에서 중학교 도덕·윤리만 가르치시다가 올해 난생처음 일반사회와 경제, 그것도 고등학생을 가르치게 됐다며 위로해 주시며 이게 사회과의 숙명이라고 하셨다. 그래서 이 또한 받아들이기로 했다.

　아무래도 해외 소재에서 한국과는 다른 전형으로 대학입시를 치르다 보니 이곳의 학생들은 조금 더 활동 중심의 수업을 받고 있었다. 어떻게 하면 더 효율적인 활동들이 있을지 직접 구상하는 과정에서 대학원 과제로 제출했던 활동들을 직접 시연해 볼 수 있는 기회가 생겨 행복했다. 방콕 한국국제학교는 한 학년에 11명에서 18명 정도 되는 작은 학교였다. 전체 교직원 규모가 적을 수밖에 없어서 사회 선생님께서 4개 학년의 과목을 담당하셨다. 어떤 과목이 잘 맞을지 모르니 한 학년씩 들어가 봐도 좋다고 하셔서 4개의 교과서를 받았다. 교과서를 처음 받자마자 든 생각은 철없게도 알록달록한 교과서가 예쁘다는 것이었다.

　수업을 앞두고 걱정이 되었다. 너무 자주 머리를 쓸어 넘긴다든지 얼굴을 괜히 만진다든지 나쁜 발표 습관이 있어서 교수님께도 지적을 받곤 했다. 학교 수업을 잘 해보고 싶은 욕심이 들어 직접 나쁜 습관을 마주해 보고자 학생들의 동의를 받고 수업을 영상으로 촬영했다. 처음 수업을 진행하면서 나도 모르게 선생님 말투가 튀어나오는 게 신기했다. 인터넷 강의와 중고등학교에서 봐왔던 선생님의 포즈나 말투가 그대로 출력되어서 수업하면서도 자꾸 웃음이 났다. 처음 학생들 앞에서 수업을 진행해본 게 뿌듯해서 친구들에게도 짧게 잘라 보내주었다. 영상을 받은 수빈이는 친구 같은 선생님을 기대했는데, 너무 정석 선생님 같다며 대학원에서 화법, 발성 같은 것도 배우는 것이냐고 물었다. 내가 처음 경험한 수업 45분은 너무 짧아서 이 와중에 재밌는 이야기를 풀고 진도를 나가는 선생님들이 새삼 대단하게 느껴졌다.

❀ 다문화, 다양한 가정 배경을 가진 아이들.

　해외에 소재한 학교답게 다문화 배경을 가진 학생들이 많았다. 한국어도 영어도 태국어도 잘하는 아이, 한국어만 잘하는 아이, 태국어만 잘하는 아이. 한국학교였기 때문에 당연히 한국어가 모국어일 것으로 생각했던 것은 엄청난 편견이었다. 한국어가 미숙한 다문화 가정의 아이들이 잘 적응할 수 있도록 조별 과제나 학습지 탐구 활동 위주의 수업이 이루어졌다. 활동이나 실습이 많기 때문에 수업 시간에 잘 따라오지 못하는 친구가 있으면 짝꿍이 옆에서 열심히 알려주는 것 또한 인상적이었다. '영어 말하기 대회'나 '태국어 말하기 대회' 등 여러 활동을 개최하여 아이들이 다방면의 역량을 뽐낼 기회들도 많았다.
　특수교육학 개론 수업을 듣기 이전까지는 모든 아이들이 한데 모여 수업하는 통합학급에 대한 부정적인 이미지가 있었다. 물론 특수교육학에서의 통합학급은 장애아와 비장애아가 통합된 교실을 일컫지만, 언어가 달라 소통이 안 되는 경우를 이야기하고 싶다. 다른 언어나 학습 역량이 안 된다면 그에 맞는 학급이 더 적합하다고 생각했다. 한국어가 익숙치 않은 외국인 친구가 전학을 와서 선생님도 학생 본인도 학부모도 학교생활에 어려움을 겪는 것을 지켜봤기 때문이다.

　하지만 이번 교생실습과 특수교육학 개론을 통해 개별 학생마다 처한 상황을 이해하게 되었다. 교생실습을 진행한 방콕 한국국제학교는 3대에 걸쳐 한국 국적을 갖고 있어야 입학이 가능한 학교였다. 다 같은 한국에 뿌리를 두고 있지만, 주양육자가 한국인이 아닌 경우 아이들은 자연스럽게 모국어로서 태국어나 영어를 습득하여 한국어로 수업을 듣는 것에 어려움이 컸다. 그럼에도 아이들과 학부모는 한국학교를 선택했다. 한국학교는 태국의 로컬 학교보다 교육의 질이나 생활지도 측면에서 훨씬 앞서고 있고, 한국 소재 상위 대학 진학률이 높았다. 태국에 남는 것보다 한국에 있는 대학교에 진학하는 것을 미래를 위한 결정으로 선택했다. 아직도 태국 현지 학교에서는 체벌 훈육이 있고, 점심시간을 제외하고는 수업 중간 쉬는 시간이 없다고 한다. 태국 로컬학교를 경험한 학생들은 어두운 표정으로 어린 시절을 회상하곤 했다. 다시 한 번 교사의 역할과 중요성을 실감하게 됐다. 또한 영미 국제학교에서 적응하지 못한 아이들의 쉼터가 되어주기도 했다.

　가정에서 한국어를 배울 수 없는 학생에게는 방콕 한국국제학교에 재학하는 것이 한국어를 체화할 수 있는 마지막 기회였던 것이다. 또한 한국에 가본 적 없는 학생은 학급의 또래 친구들을 통해서 한국문화를 배우고 있었다.

❋ 외국의 한국 학교

 국제학교 실습의 장점은 12개의 학년을 다 만나볼 수 있다는 점이었다. 마냥 해맑은 초등 아이들이 뛰어오는 모습은 뉴진스 디토 뮤직비디오처럼 청량했다. "선생님은 무슨 반 선생님이에요?" 중등에만 내 소개를 해서 그런지 초등 아이들은 처음 보는 나를 궁금해했다. 호기심 가득한 눈으로 물어보는 아이들이 무척 귀여웠다. "나는 교생 선생님이라서 담당 반이 없어~" 외국에서만 살아온 초등 아이들이 교생의 개념을 이해할 수 있을까 의문을 품으며 대답했다. "그럼 교장 선생님이에요?" 역시나 이해하지 못한 듯하다. 교생으로 한 달을 지내는 동안 같은 질문을 10번을 들었지만 제대로 설명해 주지 못해서 아쉬웠다.

 방콕 한국국제학교는 재외 한국학교이기 때문에 교육과정이 국내와는 다른 실정이었다. 한국 소재 학교에 비해서 영어 수업 비중이 높다는 특징이 있었고, 한 명의 교사가 여러 학년, 여러 과목을 담당하고 있다는 특징이 있었다. 무엇보다 규모가 작은 학교를 발전시키기 위한 교장 선생님과 교감 선생님의 열정을 느낄 수 있었다. 항상 학생들에게 어떤 기회를 줄 수 있을지 고민하셨다. 각 학년의 과목 선생님들께서도 어떻게 하면 더 효율적이고 재밌게 수업을 꾸릴 수 있을지를 고민하셨다. 수능을 보지 않는 학생들이 대다수이기 때문에 다양한 수업을 진행할 수 있는 장점이 있었다. 최대한 학생들이 여러 활동과 개념을 접해볼 수 있게 다양한 콘텐츠로 수업을 구성하셨다. 학기 초반에는 선생님들께서도 밤잠을 줄이시며 교재 연구에 임하셨다고 한다. 교육실습을 하며 수업 한 차시에 얼마나 큰 노력이 필요한지 알게 되었다.

양성 과정 중 교생실습은 딱 한 번 이루어진다. 학생들 또한 외국에서 학교를 다니고 있어서 대부분의 학생이 첫 교생선생님을 만났다고 한다. 학생들에게도 나에게도 교생은 처음이라 어떻게 서로를 대할지 몰라 서툴러서 풋풋했다. 무엇보다 한국과 교류가 적은 학생들에게 한국의 이야기를 들려주면서 학생들이 올곧은 학습 동기를 얻은 것 같아서 뿌듯한 마음이 들었다. 교육실습을 다녀와서 더 교직에 관한 꿈이 커졌다. 앞으로의 대학원 과정도 잘 마치고 좋은 선생님이 되고 싶다.

김민주

안녕하세요. 국어국문학과를 졸업하고 국어교육학과 교육대학원생으로
진학한 김민주입니다. 2024년 4월 어느 때보다 열정이 넘쳤던 시기에
글쓰기 프로젝트에 참가했고 운 좋게 출판의 기회를 얻었습니다.
몇 년 전의 일입니다. 나이가 저보다 좀 많았던 지인이 취업 걱정을 하는
23살 동생들을 보며 "그런 고민 할 시기구나. 나는 이미 지나와서 너희들이
어리게 느껴지고 뭔가 느낌이 다르다"라고 말했습니다. 그 말을 들은 저는
미래를 고민하는 이 시기가 언젠가는 하나의 추억이 되리라 생각했습니다.
마치 학생 때는 입시가 전부라고 생각했던 것처럼 말이죠.
제 글을 읽고 언젠가는 덤덤하게 이전을 추억하며 앞으로 더 나갈 수 있는
모두가 되었으면 하는 바람입니다.

1.
운명과 우연의 한 장

'사랑은 운명인가 우연인가?'

대학교 인문학 교양수업에서 첫 강의를 들을 때의 질문이었다. 수업에서 영화 〈500일의 썸머〉를 보고 사랑이 우연이라고 생각했을 때의 태도와 운명이라고 했을 때의 태도가 어떻게 다른지에 대해 토론했다. 학생들과 토론 끝에 이 질문의 답을 '사랑은 우연'이라고 결론을 내렸다. 사랑뿐만 아니라 삶도 그 시간에 그 곳에 있었던 것, 그런 상황 속에서 내가 느낀 기분, 이 모든 것이 우연이라고 생각했기 때문이다. 하지만, 살다 보니 우연으로 있을 것 같지 않은 기이하고 신기한 일들이 많았다. 마치 그때는 그랬어야만 했을 것이라는 생각도 들었다. 이 생각은 어렸을 때부터 오래 다녔던 종교의 영향이 컸다. 종교에서는 모든 것이 신의 뜻임을 강조한다. 그 때문에 인생 자체가 운명일지도 모른다는 생각도 수업을 듣기 전까지는 자주 생각하곤 했다. 그렇게 생각을 정리하고 나니, 앞에 수업에서 우연이라고 결론지은 것과 달리 어떤 상황에는 운명, 어떤 상황에는 우연이라는 이름을 붙이고 내가 좋을 때로 삶을 해석하고 살아갔다. 하지만, 얼마 지나지 않아 내 인생에서 운명이라는 이름에 조금 더 힘을 실을 사건을 마주하게 되었다.

2.
알 수 없는 지점

2021년 4월 30일. 날짜 개념 없이 사는 내가 아직도 정확히 기억하는 날이다. 그날은 방 탈출이라는 놀이 활동에서 사귄 친구들과 강원도로 여행하기 전날이었다. 마침, 함께 갈 친구 중 한 명이 생일이기도 했다. 누군가의 생일을 챙기는 것을 무척 좋아했다. 아침 일찍 일어나 다음날 가져갈 케이크를 만들었다. 오후에는 집에서 대학 수업을 들었다. '코로나19 감염병'으로 학교에 나갈 수 없는 상황이었기 때문이다. 그날 수업은 비평문 쓰기 연습이었다. 학생들의 조언을 듣고 합평하는 시간이었다. 모니터를 앞에 두고 타피오카 펄이 들은 밀크티를 마시며 수업을 듣고 있었다. 수업을 한 반쯤 들었을 때 무언가 이상했다. 약간 어지러웠고 체중이 오른쪽으로 쏠린다는 느낌을 받았다. 속도 매스꺼워서 배탈이 났다고 생각했다. 수업 중간 이후부터는 화장실을 10분에 한 번씩 들렀다. 이상한 것은 화장실을 한 번 갈 때마다 오른쪽으로 치우쳐 걸었다. 마지막으로 네번째 화장실을 갈 때는 기어서 이동했다. 기어가면서도 정방향으로 움직인다고 손을 뻗었지만, 방향은 오른쪽으로 향했다. 어떻게 무사히 화장실을 갔다. 방으로 돌아왔는지는 잘 모르지만 결국 교수님께 말씀드리고 수업을 듣는 카메라와 음성을 끈 상태로 누웠다. 눈을 감아도 어지러웠고 집에는 아무도 없었다. 오늘 아침에 급하게 먹은 망한 케이크 덩어리 때문인지 책상 모니터 옆에 남아 있는 타피오카 펄이 문제인지 모르겠지만, 배탈이라고 확신했다. 약 먹고 자고 일어나면 괜찮을 것이라 생각하며, 꼬박 하루를 잠만 잤다.

시간이 얼마나 지났을까. 잠에서 깼다. 사실 잠을 잔건지 기절을 한 건지는 몰랐다. 머리는 여전히 빙글빙글 돌았고 오른쪽이 아팠다. 잠을 자기 시작한 시간이 6시 30분 즈음이었고 두 번째로 본 시간은 8시 47분 이었다. 바깥의 분주한 소리가 들리는 것으로 보아 아침이라고 생각했다. 아주 잠깐 시간을 확인하고 다시 일어났을 때 오후 1시 정도였다. 그때 엄마가 "제발 일어나서 병원 가."라는 소리를 들었다. 그때 앉아있는 일이 그렇게 힘든 줄 몰랐다. 등을 기대어 있어야만 내가 어딘가에 앉을 수 있었다. 하지만 그마저도 무언가 오른쪽으로 쏠리는 듯한 느낌은 여전했다. 일어서려는 힘도 없었고 일어설 수도 없었다. 중심을 잡기위해, 흔들리는 머리를 누가 잡아줬으면 하는 생각도 했다. 엄마는 도저히 안 되겠다고 생각하셨는지 구급차를 불렀다.

병원에 도착했다. 차에서 병원 이동도 탈 때와 마찬가지로 양옆에 구급대원들이 부축해 주었다. 응급실에 누웠다. 응급실에서 본 의사가 몇 가지 의심되는 점이 있어 검사를 진행한다고 했다. 'CT', 'MRI' 등 시간만 되면 이동하기에 바빴다. 병실에는 사람이 많았다. 그래서 응급실에서 결과가 나오고 기다리기까지 총 6시간 정도 걸렸다. 틈만 나면 잠을 잤다. 눈을 뜨고 있으면 어지러워서 초점을 잡기 힘들었다. 하지만, 알 수 없는 고통으로 30분이 지나면 다시 일어났다. 의사 선생님이 CT 결과를 들고 왔다. 정확히 이렇게 말씀하셨다. "젊은데 뇌경색이 왔네…?" 놀란 것 같으면서도 얼떨떨한 음성이었다. 그 말을 듣고 그게 무슨 병인지 잠시 생각했다. 예전에 티비에서 보험 관련된 상황 연출이라든지 드라마에서 듣고 보았던 장면이 생각났다. 그 순간 죽을까봐 겁이 난 건 아닌 것 같은데 나도 모르게 눈물이 났다. 아마 그때 '도대체 내가 왜? 뭐 때문에? 이 나이에?'라는 생각이었다. 의사도 나에게 말했다. 지금 뇌경색이 심각하지 않아 자연 치유할 수 있다고. 문제는 왜 이 병이 발병했는지 원인을 찾는 것이 중요하다고 말했다. 보통 나이가 든 어르신들은 혈관이 약해져서 생길 수 있지만 어린 나이는 다른 원인이 있을 것이라고 설명했다. 그리고 며칠 중환자실에 입원해야 한다고 말했다. 그 순간 다급하게 연락한 곳은 다름 아닌 대학 친구였다. 아프다고 연락한 것이 아니었다. 학교에서 활동하려고 한 직책이 많았다. 그래서 급하게 활동하는 친구들에게 연락했다. 중환자실에 곧 들어간다는 폭탄 같은 소식을 말하며 말이다.

3.
'해야만 한다'에서 '하고 싶었던 것'까지

중환자실에서 3일의 시간을 보낸 뒤에야 일반 병실로 갈 수 있었다. 일반 병실에서 든 생각은 다시 학교 수업을 들어야 한다는 생각이었다. 엄마에게 연락해서 최소한 수업을 들을 수 있는 것들을 준비할 수 있도록 부탁했다. 그렇게 병실에서 수업을 들으며 과제, 시험을 준비했다. 그리고 하나, 내가 학교에서 가장 하고 싶었던 프로그램이 있었다. '멘토링 활동'

이었다. 이 활동은 멘토가 성적이 좋은 과목을 후배들에게 시험, 과제 등을 어떻게 공부해야 하는지를 가르쳐주는 활동이었다. 멘토링에서 '한국 문학의 이해'라는 과목을 가르칠 예정이었다. 병원에 입원하게 되면서 첫 수업을 다른 멘토에게 맡겼다. 그리고 일반 병실에 옮기자마자 맡긴 멘토링을 다시 하겠다고 했다. 학교 교직원, 같은 멘토 학생의 만류에도 반드시 멘토링을 하겠다고 말했다. 그것은 내가 꼭 해야만 했던 일이라고 생각했기 때문이다. 다른 활동을 조금 못하더라도 멘토링은 반드시 하고 싶었다. 왜 그렇게까지 하고 싶었는지는 지금도 잘 모르는 일이다. 그때 생각에 그 활동을 '해야만 한다'라고 생각할 뿐이었다.

결국 병실에서 멘토링을 진행하였다. 사람이 없는 복도에서 책상에는 태블릿pc를 놓았다. 양쪽 귀에 블루투스 이어폰을 끼고 한 손에는 지지대를 들며 멘티 학생들을 맞이했다. 지금 생각하면 멘토링을 듣는 학생들에게 미안하기도 하다. 코로나 상황 속에서 원래 줌으로 수업을 진행해야 했기 때문에 실제로 만나지는 않으니 심각한 상황인지 알 수 없었겠지만, 애써 태블릿pc 너머에 있는 작고 적막한 칸에 놓여있는 후배들에게 내가 가지고 있는 지식을 하나라도 더 알려주고 싶은 심정으로 멘토링을 진행하였다. 병실에서 환자복 차림으로 화장기 하나 없는 초췌한 얼굴 낯빛이었다. 그나마 위안 삼을 것이라곤 태블릿pc에 있는 카메라 화질이 좋지 않았다는 것이었다. 수업은 한국문학의 이해 부분에서도 현대 부분을 가르쳤다. 미리 준비해 둔 나만의 자료로 멘티들에게 설명했다. 한국 문학의 이해 중에서도 소설 부분으로 그때 다루었던 소설은 '달려라 아비'였다. 내가 배운 한국문학의 이해 부분에서 '한국문학에서의 아버지'에 대한 키워드로 배웠다. 그에 알맞은 공부법과 나만의 작성법을 공유했다. 멘티들의 반응은 아무래도 내가 아픈 상태에서 알려주고 있어서 그런지 그렇게 큰 반응을 하지는 않았다. 몇 번의 재질문을 하는 것을 보아 내 설명을 잘 듣고 있는지는 알 수 있는 정도였다.

수업이 끝나고 사람들이 있는 병실에 돌아왔다. 주변에는 사람이 가득했지만 고요했다. 어둠 속에서 조용히 생각했다. 여러 가지 생각을 하다 하나의 사실을 깨달았다. 평소 병실에서 대부분 힘이 없는 상태로 지냈다. 하지만 멘토링 수업에서는 활기가 넘치고 힘을 얻었다. 물론 후배들에게 정말 아픈 모습을 보이면 안 된다는 생각도 있었겠지만, 그것과는 확실히 달랐다. 그날 밤 내 과거를 하나하나 곱씹으면서 내가 '하고 싶었던 것'에 대해 생각했다. 아주 어린 시절부터 지금까지의 일들 말이다.

4.
과거의 발자국

초등학교 1학년, '내 소개를 해볼까요?'라고 적혀있는 열기구 모양 소개 활동지에 이름, 나이 등을 적고 장래희망 칸에 망설임 없이 '선생님'이라고 적었다. 어렸을 때 알고 있는 직업이 몇 없어서 그랬을 수도 있지만, 그 소개 활동지를 오랫동안 보관하였다. 중학교 시절에는 장래희망을 바꾸었다. 디자이너, 화가 같은 꿈을 꾸다가 고등학교 들어와서 다시 교사로 꿈을 바꾸었다. 교사도 아니고 '국어교사'를 꿈꾸었다. 문학을 무엇보다 좋아하고 자신 있었기 때문이었다.

결정적인 계기는 두 가지가 있었다. 첫 번째는 친구가 잘 이해하지 못했다는 국어 문학 문제를 설명해 주고 난 뒤 친구의 말이 기억에 남았다. 친구는 과장된 행동과 말투가 특징이어서 더욱 귀에 잘 박히는 음성이었다. 그 친구는 내게 이렇게 말했다. "너는 국어 선생님이 되어야 해." 눈은 최대한 동그랗게 뜨고 저 말을 하면서 '국어'와 '되어야 해' 부분에 힘을 주어 말하는 모습이 생각났다. 당시 소심했던 나에게 쑥스러움, 즐거움, 보람 등의 여러 가지 감정들이 들었다.

두 번째는 고등학교 1학년 때의 담임 선생님의 영향이 컸다. 1학년 담임 선생님은 국어 선생님이었다. 학교에서 선생님은 학생들을 유심히 보며 칭찬을 많이 해주시는 분이었다. 선생님은 잘 티가 나지 않은 학생들의 선행을 딱 짚어주시면서 모든 학생이 듣는 종례 시간에 언급해주셨다. 우리 반에서 학급 회의 시간에 학급 역할을 맡는 시간이 있었다. 우리 반의 문제는 사물함 위에 물건들을 마구 올려놓는 것이다. 그 부분이 보기에도 안 좋고 자신의 물건을 잃어버리는 사람이 많으니 선생님은 사물함 위 물건들을 관리하는 학생이 있었으면 하였다. 학급 회의시간에 사물함 위 관리자를 따로 선정했다. 바로 나였다. 매일 사물함 위에 있는 물건들을 찾아주거나 필요 없는 것들을 버렸다. 꾸준히 매일 사물함에 있는 물건들을 치웠고 어느 날 선생님이 말했다. "저런 모습이 사회에서 필요한 거야."라고 말씀하셨다. "티가 나지 않은 것이지만 묵묵히 수행하는 것도 필요하다."라고 말씀하셨다. 부끄러웠다. 일단 주목받는 것이 부끄러웠고 이 일은 별일이 아니라고 생각했기 때문이다. 마침 그 시기에 모범이 되는 학생에게 상장을 주는 투표를 진행하게 되어 학생들의 많은 투표로 상장을 받았다. 학교 선생님이 저렇게 다른 학생들의 세밀한 부분을 알려준다는 것을 보고 동경했다. 그때부터 사범대를 가기 위해 입시를 준비했다.

하지만 입시 준비는 내 마음대로 되지 않았다. 생각보다 성적은 좋지 않았고 지방에 있는 대학교는 가지 않았으면 하는 부모님의 바람에 성적에 맞추어 집과 가까운 경기도권에 대학교 국어국문학과로 입학했다. 취업과 관련해서는 어려운 지점이 있었지만, 혹시 모를 교육과 진학을 염두하고 국어국문학과에 입학한 것이기도 했다. 하지만, 대학교에서 시간이 지나면 지날수록 현실적인 일들과 부딪히게 되었다. 대학원 진학해서 교직 이수를 하는 것보다 취업을 빨리하는 것이 나을 것이라 생각했다. 그렇게 4학년 1학기 중간고사를 마치고 종강을 향해 달리고 있었다. 취업하고 앞으로 더 나아갈 일만 남았다고 생각했던 그때, 병원에 입원하게 된 것이다. 이유는 알 수 없지만 그때 누군가가 나를 방해하고 있다고 생각했다. 마치 그 길이 아니라고 다른 곳으로 가라고 말이다.

5.
오해
....

꿈에 그리던 교육대학원 입학을 하였다. 첫 수업은 '국어교과교육론'이라는 수업이었고 국어교과를 어떻게 가르쳐야 할지를 논의하고 토론하는 수업이었다. 그 수업에서 새로운 생각을 많이 하였다. 학교에서 당연히 이해하고 배워야 한다는 생각과 오랫동안 국어와 국문학만을 배워오던 터라 정작 학생들이 어떤 부분이 어렵고 왜 국어 공부를 어려워하는지 몰랐다. 수업에서 한 학교 선생님이 말했다. "왜 학생들은 까먹을까요?" 수업 시간에서 문법을 가르치는 것에 대해 토론하다가 나온 주제였다. 교수님과 선생님들이 이 질문에 대해 답을 하기 시작했다. 중학교 과정 고등학교 과정에서 문법을 배운다. 문법이라는 것이 한계가 있기 때문에 중학교와 고등학교 문법 내용이 크게 다르지 않다. 생각해 보니 내가 학생 때도 문법을 분명히 중학교 때 배웠음에도 불구하고 고등학교 때 마치 처음 본 것처럼 멍하니 칠판을 바라봤다. 영어, 수학 등과 같은 경우에는 앞 내용을 모르면 전혀 풀 수조차 없어서 아주 어렸을 때부터 공부하지만 국어는 우리가 평소에 말하고 있기 때문에 공부해야할 필요성을 느끼지 않을 수도 있다고 생각했다.

대부분의 대학원 수업은 토론 위주였고 학생들에게 사회에서 국어가 왜 필요한지 알려주는 것을 주로 했다. 교사가 되고 싶다는 꿈을 가지고 대학원에 입학기 전까지만 해도 학교 수업을 조금 오해했던 것 같다. 정확히는 '가르치다'라는 것에 대해 대한 오해였다. 이제까지 학창 시절, 대학교 시절에는 가르치는 방법에 대해서 추상적으로 생각했다. 내가 가르치는 학생들이 요즘 디지털 미디어가 발달한 시기에 맞추어 원래 있던 이론들을 재미있게 가르치면 그만이 아닌가 싶기도 했다. 이 지점부터 내 이상 속 교사와 현실 교사는 괴리가 있음을 깨닫게 되었다.

교사의 계획대로 학생들이 따라오지 않는다는 말씀이 많았다. 그 말씀에, 나의 학창 시절 중에서 재미있었던 수업을 떠올려보게 되었고 자연스레 수업을 '어떻게 해야 학생들에게 동기부여를 해줄 수 있을까?'에 대한 고민을 많이 했다. 학창 시절을 생각해 보면 반 친구들이 선생님에게 "재미있는 이야기 해 주세요!", "재미있는 거 보여주세요!" 등 항상 수업 시간에 '재미'를 요구했다. 선생님 각각 말씀이 달랐지만, "개그맨이 아니다"라는 말과 "공부해야지"라는 대답이 주를 이루었다. 그 말씀에 이어서 친구들은 하나같이 반응이 같았다. 눈썹 양쪽 시침이 각각 8시, 4시를 가리키고는 "아아아…"하는 짧은 탄식과 함께 수업을 계속 들었다. '공부를 왜 해야 하는가'에 대한 이야기는 수없이 들었다. '잘 살기 위해서', '다 같이 살기 위해서' 등 모두 맞는 이야기이다. 한쪽으로만 이야기하고 이유를 더 말해 줬더라면 공부만 했을지도 모른다. 하지만, '공부 못해도 상관없다.', '공부보다는 인성이다.' 등 반대의 이야기도 하니 어지러움이 배가 되기도 했다. 도대체 어디에 맞장구를 쳐야 할지 아마 지금도 별다르지 않을 것이다.

이러한 일들 때문이었는지 항상 학생의 입장에서 '재미있는 수업'을 생각해 보곤 했다. 실상 교육대학원에서 여러 선생님을 만나보니 재미있는 수업이란 쉽지 않았다. 단순히 재미만을 추구하는 것이 아니라 학생들에게 '성취 기준'이라는 하나의 목표를 가지고 수업이 이루어져야 해서 복잡했다.

'독서교육'이라는 과목에서 처음으로 '수업 지도안'을 짜게 되었을 때였다. 수업 지도안이라는 문서를 검색해 보니, 문서의 양식은 생각보다 훨씬 세부적이고 계획적이었다. 어떤 것을 가르칠 때 어떤 일화를 이야기해 줄 것까지도 작성하도록 했다. 그때 그 지도안을 작성하면서 하나의 수업에 대한 무게를 체감하게 되었다. 그동안 가르침 받았던 내용은 선생님의 계획하에 있다는 것을 깨달았다. 이질감은 아니었다. 다만 내가 그동안 했던 10명 남짓의 친구와 동기들에게 가르치는 것과는 다르다는 것을 알게 되었을 뿐이었다.

6.
갈대도 이런 갈대는 없다

학교 교사, 학원 강사, 일반 회사원, 전혀 다른 직종에서 일한 분, 대학교에서 진학한 학생 등 다양한 직업의 학생이 존재한다. 다양한 정보를 들을 수 있어서 좋았고 한편으로는 교육대학원에 온 목적이 달라서 놀라기도 했다. 내가 생각한 교육대학원은 학교 교사를 꿈꾸고 오는 경우만을 생각했기 때문이다. 학교가 끝난 늦은 저녁, 23년 봄학기에 입학한 동기들과 밥을 먹게 되었다. 그곳에서 '반드시 학교 교사가 될 것인가?'에 대한 주제로 이야기를 나누었다. 선생님들의 생각은 각기 달랐다. 대학교를 막 졸업하고 교육대학원에 들어온 분들 대부분은 임용고시 몇 번 보고 합격하지 않으면 다른 곳으로 취업할 계획이라고 했다. 학교 선생님을 전혀 생각하지 않은 분들도 있었다. 그도 그럴 것이 교육대학원에 온 선생님의 연령대는 대학교를 졸업한, 이십 대 중반부터 시작된다. 오랜 기간 임용고시에 매달릴 수는 없는 노릇이었다. 병원에서 대학원을 진학하고 교육이 내 운명이구나 생각한 일들이 흔들리기 시작했다. 무엇보다 부모님께 부담을 드리고 싶지 않았다. 그래서 학교 조교 활동도 해서 생활비와 학비를 벌어나갔다. 그런 일들이 지나면 지날수록 '꼭 학교 교사를 고집해야 할까?'하는 생각이 자주 들었다. 운명이라는 생각했던 것도 현실에 부딪힐 수 있다고 생각하니 괜히 서글퍼지기도 했다.

학비를 마련하기 위해서 학교 조교에 지원했다. 학교에서 가장 최근에 지어진 건물에서 학생들의 수업 지원 조교로 일했다. 일하는 사람들은 나와 전공은 달랐지만, 같은 교육대학원생이었다. 일을 하면서 시간이 날 때 함께 이야기하기도 했다. 역시 이야기의 처음 부분은 교육대학원을 졸업하고 반드시 임용고시를 볼 것인지에 대한 물음이 먼저였다. 조교 5명 중 4명이 임용고시를 볼 계획이지만, 몇 번 떨어진다면 다른 일을 고민해

볼 것 같다는 대답이었다. 대부분 한두 번 만에 붙는다는 생각은 하지 않았다. 학교에서 가르칠 수 있다는 자격이 주어졌을 뿐, 교사가 되는 길은 험난하기만 했다.

한편으론 다른 조교에게서 교생실습에 관한 이야기도 들었다. 학부에서 교생실습을 다녀온 총 평가로는 '한 달 연예인 체험'이라고 말하기도 했다. 사범대 학생이 가장 자신의 진로에 대해 고민하는 계기가 교생실습이라고 들으니 지금 시점에서 다음 연도에 갈 교생실습이 기대되기도 했고 학생들은 교생선생님을 좋아하는지 궁금하기도 했다. 그렇게 나름의 상상을 하면서 교사가 되면 좋겠다고 생각했다. 또 언젠가는 교직과목에서 교권에 대한 이야기를 다루기도 했다. 내가 입학했을 당시에 교권이 사회적 쟁점이 되던 시기였다. 그 이후로는 주변에서 "그래도 교사를 할 거야?"라는 질문이 많았다. 아직 교사 일을 해본 적이 없어서 별생각 없이 "응"이라고 대답했다. 대학원까지 와서 교직이수 한 것이라면 해야지 하는 생각이 지배하고 있었다. 초기에 교사가 되는 것을 운명이라고 생각한 것이 한몫했다. 이런 생각은 내가 아마 졸업 할때까지 계속될지도 모르겠다. 흔들리는 갈대보다 더 날뛰는 심정을 누군가 와서 다시금 뿌리 깊게 심어줬으면 하는 바람뿐이다.

7.
통로
·········

1년 동안 교육대학원에 다닌 후 교생 실습을 갈 수 있었다. 이것만 갔다 온다면 꿈이 확고하거나 바뀌어 들어온다는 판타지 소설에나 나오는 전설적인 미지의 공간으로 떠나는 느낌이었다. 교생 실습을 갔다오는 방법은 두 가지가 존재했다. 대학원에서 학교를 정해주는 것과 개인적으로 학교에 전화해서 할 수 있는지 여쭈어 보는 것이다. 둘 중 첫 번째를 선택했다. 교육대학원에 온 이후로 홀로 살기를 선택했기 때문에 본가에서 교생 실습 학교를 갔다 온 후 대학원을 같이 다니기에는 무리가 있어 보여 그렇게 결정했다. 2023년 겨울, 대학원에서 배정된 학교를 알 수 있었다. 자취방에서 차를 타고 약 30분 정도 떨어진 곳이었다. 당시에 이사할 계획이 있어서 그쪽으로 집을 알아보기도 했다. 운 좋게 집을 구했고 실습 학교에 10분 정도 걸어서 다닐 수 있게 되었다. 무언가 이렇게 일이 잘 풀린다는 생각을 하니 계속 좋은 일이 있을 것만 같다는 느낌이 들었다. 그렇게 봄을 시샘하는 겨울이 아직 가지 않은 4월, 드디어 학교로 실습을 가게 되었다.

검정 바지, 검정 재킷 안에는 푸른 셔츠, 신발은 그래도 깔끔해 보이기 위해 적당한 높이의 상아빛 구두로 신었다. 학교에 이런 차림으로 가게 되다니 오래살고 볼 일이라고 생각했다. 학교 가는 길에 가게 유리에 비치는 전신을 보며 어색하면서도 제법 모양새가 있어 혼자 우쭐하기도 했다.

학교 교문에 들어서자마자 생명력 넘치는 연둣빛 이파리들이 반겨주었다. 교생 실습 안내를 받기 위해 곧장 학교 교무실로 향했다. 학생 때의 교무실은 어려운 공간이었다. 선생님이 있는 공간, 무언가 잘못했을 때만 들어갈 것 같은 공간, 학기 중 한 달은 들어가지 못하는 공간 등 들어가면 안 될 것 같은 무서운 공간이기도 했다. 미닫이문을 열고 들어설 때 다른 교생실습생이 있었다. 짧게 인사를 나누고 교생 실습 유의 사항을 들었다. 여러 가지 지킬 내용을 들은 뒤 가장 걱정이 되었던 부분은 다름 아닌 '수업'이었다. 학교 교사가 되기 위해 다짐했지만, 약 서른 명의 학생을 가르치는 것은 처음이었다.

학창 시절엔 발표를 가장 두려워했다. 긴장해서 발표할 내용을 모두 잊어버리기도 했다. 보는 사람까지 긴장하게 만드는 그런 수업은 하고 싶지 않은 마음에 수업 준비를 열심히 해야했다. 교사가 될 사람이 발표 불안이라니. 이것 때문에 교사를 고민하기도 했다. 한편으로는 발표 불안이 있는 나를 부끄러워 하기도 했다. 내 평생의 숙제라고 생각하며 조금 더 당당해졌으면 하는 바람도 있었다. 그래서 대학원에서 발표자를 구하면 지원하기도 했다. 그런 연습을 통해 학생들에게는 내가 긴장하고 있다는 사실을 눈치채지 못하는 것이 교생 실습의 새로운 목표이기도 했다.

내가 맡은 학급은 1학년이었다. 지도 선생님은 학생들에게 첫인사를 하도록 도와주셨다. 학생들에게 인사를 했다. 나름의 멘트도 쳤다. "이 반이 태도가 가장 훌륭한 반이라면서요?"라는 전형적인 인사를 하고 난 뒤에 혼자 머쓱해지기도 했다. 몇 마디 하지 않았지만, 학생들의 반응은 엄청 좋았다. 학교를 떠난 지 약 7년 정도 되었는데 학교 시설은 크게 바뀌지 않았다. 그래서 더욱 정감이 갔다. 몇 가지 다른 점이 있다면 학교 다니는 학생 모두에게 전자기기가 지급된다는 것이었다. 두 번째는 전자 칠판이었다. 터치식 모니터에 전자펜을 사용하면 필기를 할 수 있었다. 전자기기를 좋아해서 별문제는 없었다. 학생들은 복도를 후다닥 뛰어다니면서도 선생님들께 깍듯이 인사했다. 나한테도 마찬가지였다. 학교에서 특유의 페인트 냄새인지 벽 콘크리트 냄새인지 이곳에서도 내가 학창 시절에 맡은 익숙한 냄새가 났다. 앞으로의 있을 일을 기대하며 학생들 사이를 함께 걸었다.

8.
같은 마음

　다음 날 학교 교실에 들어갔다. 내가 맡은 학급 학생들은 아침 자습 시간에 책 읽기를 실천하기로 했다. 모두 일제히 책을 펴서 약 15분 동안 조용히 책을 보았다. 말을 잘 듣는 학생들이 기특했다. 물론 선생님들이 이 학교 학생들은 유난히 더 착하다고 말씀해 주셨지만, 이렇게나 말을 잘 듣는다니 유니콘이 있는 것 같은 놀라움이었다. 소문에서 들은 학교 모습은 시끌벅적하고 선생님 말씀 안 듣기로 유명했다. 자연스럽게 내가 중학교를 다니던 때를 생각했다. 확실히 내 기억 속의 중학생은 사건 사고가 끊이지 않았다. 아침 점심 저녁 모두 힘이 넘쳤다. 그것만은 확실했다. 몇 학생들에게 책을 읽는 것이 재미있냐고 말을 걸었다. 모두 대답이 "아직, 잘 모르겠어요"라는 답이었다. 그렇게 조용한 15분이 끝나고 학급 담당 선생님과 교무실에서 짧은 대화를 나누었다.

　"애들이 긴장했나 봐요. 원래 이렇게 안 조용한데…"라고 말씀하셨다. 그래서 "네? 정말요?"라고 답했다. 학생들은 원래 조용한 것이 아니라 내가 있어서 조용했던 것이다. 교생실습 선생님은 학생들에게 어떤 의미인지 궁금하기도 했다. 내 기억 속의 교생실습 선생님의 이미지는 고등학교 1학년때 박혀 있었다. 당시 학습 태도가 좋았던 우리 반은 교생실습 선생님의 연구 수업 대상 반이었다. 개인적으로 선생님께 큰 감상은 없었다.

몇 친구들은 교생실습 선생님께 열광하는 모습을 보이긴 했지만 그다지 관심이 없었던 기억이 난다.

사범대를 나온 친구들의 말을 들어보면 교생실습은 한 달 연예인 체험 이라고 할 정도로 학생들의 관심이 엄청나다고 했다. 하지만, 내가 다니는 중학교는 교생실습 선생님이 누구인지 모르는 학생들도 있었다. 5일 정도 학교에서 근무하고 난 뒤에 한 학생이 말해주었다. "여기 원래 엄청 시끄러운데 아마 선생님이 와서 어색해서 그런지 조용해요. 원래 안 그러는데." 이 말을 듣고 정말 나의 존재가 학생들에게 알게 모르게 신경 쓰이는 대상이라는 사실을 알 수 있었다. 끝에 그 학생은 "아마 조금 시간이 지나면 원래대로 돌아올 거예요."라고 말하며 쑥스러운 듯 웃었다. 그 모습이 귀엽기도 했고 아주 조금은 교생실습 선생님이 어떤 존재인지 체감하기도 했다.

9.
뜻밖의
....

실습 학교에서 눈에 띄는 학생이 있었다. 그 학생은 학교에 있는 동안 마스크를 썼다. 각 반에 1명씩은 마스크를 쓰고 있는 학생이 있었다. 교생실습을 하기 6개월 전, 중학교 멘토링 봉사를 한적이 있었다. 멘티 학생이 수업을 받는 동안 마스크를 쓰고 있었다. 그 시기에는 코로나 상황이 지난 후인 2023년 9월이었기 때문에 마스크를 쓰지 않아도 됐다. 마스크를 쓰지 않아도 된다는 사실을 안 이후로 곧장 마스크를 벗었다. 그리고 주변 사람들도 마스크를 쓰는 일은 거의 없었다. 그래서 그런지 학생이 마스크를 쓰는 것이 어색하게 느껴졌다. 가장 큰 궁금증은 '답답하지 않은가?'였다. 그래서 조심스럽게 마스크를 쓰는 것에 대해 물었다. 하지만 학생은 "편해요."라고 말했고 마스크를 쓴 채로 수업을 이어나갔다. 한 학기 멘토링이 끝날 때까지 마스크를 벗은 얼굴을 볼 수 없었다. 교생실습을 하는 동안 학생을 볼 때마다 마스크를 쓰는 이유를 물어보고 싶었으나 그러지 못했다. 내가 모르는 사이에 받아들여지는 무언가가 존재했음을 어렴풋이 느꼈기 때문이다.

마스크를 쓰고 있는 학생이 있어서 내게 어려운 점은 딱 한가지였다. 학생들의 이름을 익히기 어렵다는 것. 사람의 이름과 얼굴이 있으면 얼굴부터 기억하는 편이었다. 이름을 외우기에 꽤나 오랜 시간이 걸린다. 학창 시절 때 선생님이 우리 이름을 다 아는 것이 신기할 정도였다. 반에서 처음 만난 친구들은 2주면 반 친구 이름 정도는 모두 외웠다. 거의 한 달 가까이 걸려야 친구의 이름을 모두 외웠다. 무관심했던 것은 아니었다. 단지 글자를 외우는 것이 사람의 얼굴 이미지를 외우는 것보다 힘들었을 뿐이다. 교생실습 담당 선생님께서 본인 학급 담당 학생들의 이름은 외워야 한다고 하셨다. 학생들이 본인에게 관심이 없다고 생각할 수 있다고 덧붙였다. 그 말씀에 깊이 공감했다. 학급 담임 선생님께 받은 증명사진이 있는 출석부를 보고 학생들에게 원래 이름을 알았던 것 마냥 태연하게 부르는 것에 대한 개인적인 미션을 수행하였다. 그래서 더욱 마스크를 쓴 학생들의 이름을 불러주고 친근하게 대해주지 못한 것이 아쉬웠다.

10.
나의 쓰임
·····················

 교생실습 학급 담당 선생님이 첫날에 내게 말씀해 주셨다. 학급에서
해보고 싶은 일이 있으시면 무엇이든 해도 된다고 말이다. 그 말을 듣고
눈이 동그래졌다. 지금껏 학교에서 수업하는 것 외에는 생각하지 않았다.
교생실습을 미리 경험하신 분들께도 수업이나 학생들과 소소한 이벤트
외에는 경험담을 들은 적이 없었기 때문에 당황하기도 했다. 개인적으로
준비할 수 있는지 없는지도 모르는 상황이었기 때문에 준비한 것이 아무
것도 없었다. 학급 담당 선생님은 2주차 부터는 학급에서 마니또를 진행
한다고 했다. 그 이외에 하고 싶은 게 있으면 미리 말씀해 주시라고도 하
였다.

 학급에서 해야 할 일이 있다는 것을 처음 알게 되어 고민이 많았다. 일
주일동안 학생들의 얼굴을 외우면서 학생들이 어떤 것을 좋아하는지 관
찰했다. 아침 자율시간에는 독서를 했다. 학생들이 읽는 책을 지나가면
서 유심히 보았다. 학생들은 각자 만화책, 소설, 시 등 조용히 책을 읽었
다. 몇몇 학생들은 책을 읽지 않고 그림을 그리는 학생이 있었다. 학생에
게 다가가서 어떤 것을 그리냐고 물었다. 좋아하는 캐릭터라고 답했다.
또 다른 친구들은 연예인을 좋아했다. 각종 필기구에 연예인 스티커가 붙
어있었다.

 그리고 내가 학생들에게 해줄 수 있는 것이 무엇일지 고민했다. 내가
잘하고 좋아하는 것, 바로 사람들을 캐릭터로 그려주는 것이었다. 곧바
로 쉬는 시간에 출석부를 보고 학생들 27명 모두 하나하나 그림으로 그

렸다. 집에서 나름의 편집을 해서 포토카드를 만들었다. 다음 날 학교에서 그림을 보고 우리반 친구 맞히기 게임을 했다. 학생이 정말 잘 맞힌 걸 보아 성공적인 캐릭터 그림이었다. 쉬는 시간에는 그림을 모두 프린트하고 코팅해서 학생에게 주었다. 학생들은 "제가 이렇게 생겼나요?"라고 말하면서도 수줍게 웃었다. 집에 돌아가는 길에 학생들이 단체 채팅방에 감사 인사를 했다. 이후, 학생 프로필 사진에 익숙한 것들이 있었다. 그날 내가 만들어준 그림을 자신의 얼굴처럼 올려놓은 것이었다. 그때 내가 누군가에게 행복을 주는 쓰임을 느꼈다.

11.
처음이라는 맛

약 3주의 시간 동안 현직 교사분들의 수업을 참관했다. 모두 수업 방식이 달랐지만, 수업을 보면서 한 가지는 알 수 있었다. 선생님들의 멘트가 정해져 있다는 것이다. 이것은 당연하기도 했다. 어느 학급이나 빠지는 것 없이 시험 때까지 같은 진도를 나가야 했고 수업의 양과 질에 대한 것도 차별 없이 진행해야 한다는 것을 새삼 느꼈다. 중학교 때 학교 친구들이 체육 시간에 밖에 나가기 귀찮아서 선생님께 저번에 교내에서 영상 보는 수업을 안 들었다고 말한 적이 있었다. 그때 수업을 들으며 놀랐다. 저번 수업 시간에 들었던 내용을 기시감을 느낄 정도로 말과 영상과 타이밍까지 너무나도 똑같았다. 나만 놀랐나 주변을 둘러보니 다른 친구들은 평온했다. 그날을 잊을 수가 없었다. 체계적으로 맞추어진 모습에서 이

질감이 느껴지기도 했지만, 한편으로는 대단하다고 생각했다. 교생실습에서도 다른 차시의 수업을 몇 번 보았는데 수업 참관은 너무나도 신기했다. 수업이 계획되어 있다는 느낌과 같은 수업에서도 학생들이 각기 다른 반응을 하고 있다는 점이 흥미로웠다. 수업을 들으면서 나도 어떤 방법으로 수업해야 하는지 고민했다. 국어 중에서도 읽기를 알려주는 수업이었다.

사실 읽기 방법을 알려주는 것이 어려웠다. 읽기라는 것이 보통은 글을 읽는 것으로 생각하는 부분이기 때문에 더욱 힘들었다. 즉, 학생들에게 동기를 유발하여야 하는데 그 방법이 가장 고민이 많이 되고 어려웠다. 새삼 대학원에서 학생들에게 강의식 수업을 하는 것이 가장 쉬운 방법이라는 것이 생각났다. 직접 수업을 계획하고 실제로 해보니 이해가 잘 되었다. 나름대로 '활동식 수업'이라고 생각했던 것도 참신하거나 활동적이지 않게 흘러가는 경우도 있었다. 말 그대로 완벽한 수업 초보자였다. 교과 담당 선생님도 처음부터 잘할 수 없으니 차츰 나아질 것이라고 말씀해 주셔서 힘이 나기도 했다. 정말 그랬다. 발표에 대한 부담은 내가 준비한 것의 반도 해결하지 못했다. 수업 삼분의 일은 잊어버리기 일쑤였다. 한가지 확신할 수 있던 것은 그래도 수업을 준비하고 학생들에게 설명하는 내가 좋았다. 가장 걱정한 것이 앞서 말했던 발표 불안이었다. 분명히 수업 시간에 많이 떨리지 않았다. 오히려 편하기까지 했다. 학생들이 조금이라도 반응을 해주면 그렇게 기쁠 수 없었다. 마치 팝핑 캔디가 있는 아이스크림을 먹는 것 같았다. 달콤하면서도 입안에서 팡팡 터지는 그런 느낌이었다.

　어느덧 교생 실습 마지막 날이 되었다. 아침 조례, 점심시간, 종례 시간에만 얼굴을 비출 뿐 많은 시간을 함께하지 못했다. 마지막 시간에 인사하러 학급에 들어갔다. "저희가 선생님을 위해 준비한 게 있어요!"라는 말과 함께 학생들이 나를 맞아주었다. 반에 들어가니 노래도 불러주고 칠판은 귀여운 낙서들로 가득했다. 학생들이 쓴 편지도 받았다. 그리고 울었다. 울 거라고는 전혀 생각하지 못했는데 20일이라는 짧은 기간 동안 작은 일들이 모여 나와 학생 모두 추억이 되었다는 걸 느꼈다. 그리고 내가 우는 모습을 봐서 그런지 몇몇 학생도 울었다. 마스크를 쓴 학생도 같이 울었다. 그리고 그 때 그 학생의 얼굴을 볼 수 있었다. 출석부에서 볼 수 있었던 옅은 얼굴이 진하게 채워지면서 기억 한편으로 자리 잡았다. 교생실습은 앞으로 교사 생활을 준비하게 될 나에게 가장 소중하고도 특별한 추억임이 틀림없었다.

김정은

두 가지 감정을 가장 강력하게 느낍니다. 무언가를 새롭게 알게 되는 즐거움,
시간과 노력을 들여서 쌓아 올린 것에 대한 성취감. 이 두 가지 감정이
가져다주는 기쁨을 다른 이들에게도 전하고 싶어 고려대학교 교육학과에
왔습니다. 쉼 없이 바쁜 날에도 생각하고 기록하는 일만은 멈추지 않습니다.
글쓰기는 멈추지도, 붙잡지도 못할 '시간'을 일부나마 보관할 유일한
방법이기 때문입니다. 매 하루를 담아두기 위해 오랫동안 쌓아온 기록들은
이제 제 존재와 삶을 증명하는 증거가 되었습니다.
그 기록 중 일부를 이 글을 통해 전합니다.

'정의', 불완전한 세상을 향한 사랑.

1.
가장 중요한 건 눈에 보이지 않아.

극단은 분명하지만, 두 극단 사이를 촘촘히 채우고 있는 수많은 감정과 행위들은 깊게 들여다보지 않는 이상 발견하기 힘들다.

학교 생활을 돌이켜보자. 모범생은 교칙과 선생님의 지시에 그린 듯이 반듯하게 따른 이들이고, 문제아 또는 불량 학생은 그 모든 것을 거부하고 명령에 정면으로 부딪친 이들이다. 그러나 그 사이에 존재하는 학생들에게는 특별한 이름이 없다. 그들은 그저 보통의, 일반의 학생이라 불릴 뿐이다. 이와 같이 분명하고 명확한 극단의 행위들은 사람들의 눈에 더 쉽게 명명되고, 더 쉽게 눈에 띈다. 대부분의 사람은 자신의 학교 생활이 이런 극단의 상황에 해당하지 않았다고 생각할 것이다. 하지만 조금 더 생각의 범위를 넓혀 우리의 일상 전반을 돌아보자. 선택의 기회가 주어졌을 때 우리는 생각보다 자주 극단에 해당하는 행위를 선택하곤 한다. 왜냐하면 극단을 선택하는 일은 너무나도 쉽기 때문이다.

 부당함, 부족함과 마주했을 때 우리가 택할 수 있는 극단의 행위는 '순응과 분노'이다. 그 부당함을 받아들이거나, 그것에 맞서 싸우거나. 우리는 일상에서 편견과 부조리를 만났을 때 눈을 한번 질끈 감는 것으로 비판의 기회를 포기하기도 하면서(순응), 동시에 유명인에 대해 좋지 못한 소문을 들으면 그들을 쉽게 비난한다(분노). 극단은 눈에 띄고, 깊은 고민 없이도 선택할 수 있으며, 결정에 큰 노력이 들지도 않는다. 그래서 수많은 사람이 모여 탄생시킨 우리 사회는 그 두 가지 중 하나의 극단을 택하면서 이어져 왔다.

 얼마나 좋은가, 모든 이들이 개인적 욕망을 감추는 불편함을 용인한 채 나라를 위해 힘껏 일해 눈부신 경제 발전을 이룩해낸 모습은! 또 얼마나 좋은가, 개인이 아닌 집단을 위한 의무만을 강조하는 불편한 세상을 향해 던지던 그 분노의 항쟁은! 순응과 분노, 그중 어떤 것을 택하든, 그 목적은 지금보다 더 나은 사회를 만들기 위함이었고, 나는 그 두 가지 모두를 의미 있고 가치 있었다고 느낀다. 사회의 움직임은 끊임없이 되풀이되어, 내가 속한 세대 또한 순응과 분노의 길을 차례로 걸어가고 있다. 하지만 이것이 과연 최선의 방향일까?

 '가장 중요한 건 눈에 보이지 않아.'

 우리는 극단에 눈이 멀어, 가장 중요하고 소중한 가치를 잃어가고 있는 것이 아닐까? 순응과 분노라는, 사막과 같이 끝없이 반복되는 사회의 굴레 속에서, 나는 어린 왕자처럼 장미와 별을, 내가 놓친 성숙함을 찾아 헤맸다. 이번 '우리 별 갖기 프로젝트'에서는 내가 걸어왔던 숱한 사막, 그 끝에서 발견한 나의 나아갈 길, 나의 성숙, 별을 찾으려 한다. 그 여정을 당신에게 들려주고 싶다.

2.
분노와 순응

⚜ 2-1. 교육 체제에의 순응과 분노

독일의 법철학자 라드부르흐는 다음과 같은 공식을 제안했다.

"정의와 법적 안정성 사이의 갈등은 다음과 같이 해결될 수 있다. 규정과 권력에 의해 보장된 실정법은 비록 그 내용이 부정의하고 합목적적이지 못하다 하더라도 일단 우선권을 갖는다. 그러나 실정법의 정의에 대한 위반이 참을 수 없는 정도에 이르면 부정당한 법인 이 법률은 정의에 자리를 내주어야 한다."

이는 실정법이 정의를 위반하더라도 일단 실정법을 준수해야 하지만, 실정법이 정의를 위반하는 정도가 참을 수 없을 정도에 이른다면 그것은 법률로서의 효력이 없으며, 복종할 의무도 사라진다는 뜻이다.

이 공식은 내 삶과 맞닿은 부분이 상당히 많아서, 나는 삶의 곳곳에서 이를 살필 기회를 얻곤 하였다. 고등학교 시절에는 이 공식을 통해 '시민 불복종'이 어떤 경우에 법률을 고의로 위반할 정당성을 확보할 수 있을지 확인했고, 대학교에서는 '과잉 금지의 원칙'의 근간이 된 법 이론으로 이 이론을 살펴보았다. 그리고 이 글을 작성하면서는 아주 어린 시절부터 현재에 이르기까지 내가 해온 선택 전반이, 법적 안정성과 정의, 그 사이의 경계를 발견하고자 했던 라드부르흐의 고뇌와 닮아있다고 생각했다.

누구나 으레 그렇듯, 세상뿐 아니라 자신에 대해서도 모든 것이 불명확한 어린 시절에 내가 스스로를 정의하는 방법은 남들로부터의 평가와 인정을 기반한다. 나는 세상이 내게 전한 칭찬과 비난의 벽돌을 차곡차곡 쌓아서 '나'라는 사람을 지었고, 그것이 결국 내가 되었다. 성숙한 아이들은 타인이라는 창문을 거치지 않아도 자신의 가치를 스스로 정의 내릴 수 있도록 자랐겠지만, 나는 너무 오랫동안 경쟁과 비교 속에 놓여있었던 나머지, 타인을 통해서만 나를 확인할 수 있도록 자라버렸다.

인정을 받기 위해 발버둥 치던 기억은 아주 오래전에 내게 주어진 '의젓하다'는 평가에서 시작된다. 어떤 것도 평가의 대상이 되지 않고, 모든 것이 어린 나이만으로 평등하게 용서받고 사랑받던 그때, 나는 자신의 '존재'를 넘어 적합한 '행위'가 동반되어야 더 큰 사랑을 받을 수 있음을 깨우쳤다. 부모님께 무한한 사랑을 받고 유치원에 들어섰을 때, 아주 어렸음에도 나는 나와 친구들에게 주어지는 선생님의 관심의 크기가 서로 다르다는 그 미묘함을 알아챈다. 선생님은 부모님과 달리, 나의 존재 자체가 내가 사랑받기 위한 조건은 될 수 없었다. 상과 벌이 주어지는 그 모든 전제와 행동의 인과를 훑어본 결과, 선생님의 사랑을 받기 위해서는 '어른스러움'이 필요함을 알게 되었고, 나는 조금 더 의젓하게, 모든 일을 먼저 나서서 용기 있게 행하는 모습으로 선생님의 인정을 받아냈다. 소꿉놀이용 장난감과 예쁜 색의 레고 블록을 원하는 친구에게 선뜻 건네고, 사물놀이 공연 시에는 친구들이 꺼리는 가장 앞자리에 서서 꽹과리를 치고 풍물패를 이끌었다. 나를 향한 '평가'가 본격적이고 가시적으로 주어지기 시작한 건 초등학교에 입학하고서부터였다. 평가가 만들어내는 단맛과 쓴맛을 경험해 본 적 없던 내게, 커다랗게 100점이 쓰인 받아쓰기 시험지는 무색무취의 요리와 다름이 없었다. 그러나 그 시험지를 건넬 때 내게 주어지는 부모님과 선생님의 칭찬이란! 나는 그 먹어보지도 못한 종이에서 사랑보다 더 큰 달콤함을 느낄 수 있었다. 빈약하지만 분명하게 이어지는 초등학교 속 줄 세우기와 경쟁 속에서 나는 우수함이 주는 달콤함을 조금 일찍 발견한 사람이었고, IQ 테스트나 올림피아드, 영재교육 등의 평가 체제에는 모두 뛰어들어 나를 증명하고 사랑을 받았다.

그러나 '입에 단 음식이 몸엔 쓰다'고 했던가. 나는 어느 순간부터 자신의 존재로서의 가치가 행위로서의 가치에 집어삼켜지는 듯한 느낌을 받았다. 달콤한 인정을 받기 위해 했던 행동들이 내 가치를 증명할 유일한 조건들로 느껴지기 시작한 것이다. 나는 뭐든 잘하는 사람이고, 그러지 않으면 안 돼. 결국 중학교에 입학하기 전 어머니께 신신당부했다.

"중학교에 들어서면 잘하는 친구들이 많을 거고, 성적이 그렇게 좋지 않을지도 몰라요."

어머니께서는 괜찮다고 짧게 답해주셨지만, 나는 조금 더 확신을 얻고 싶었을지도 모른다. 존재만으로도 사랑받을 수 있다는 '확신'. 내가 앞으로 실패하더라도, 어머니는 언제나, 당연하게 나를 아껴주실 것이라는 '지지'. 나는 어른들의 인정과 기대, 믿음을 그리도 바랐지만, 그것이 나를 겹겹이 둘러싸면 도리어 넘어서기 힘든 벽이 될 수도 있다는 것을 알게 되었다. 나는 그 벽을 빠져나가기가 점점 두려워졌다.

다행히 중학교 시절에도 일취월장으로 실력을 증명할 수 있었고 주변의 어른들에게서 흔들리지 않는 사랑과 인정을 받을 수 있었다. 그러나 쓴맛은 예상치도 못했던 곳에서 찾아왔으니, 바로 건강 문제였다. 사랑받기 위해서 주변을 둘러보다가 스스로를 사랑하지 못한 아이러니 같은 상황이 초래한 결과였다. 나는 나를 아끼지 않았고, 그것은 내게 무엇보다 큰 비용을 치르게 했다. 중학교 3학년이라는 어린 나이에 돌발성 난청이 발생했고, 몇 달을 꼬박 병원에서 지냈지만, 왼쪽 귀의 청력은 돌아오지 않았다. 의사 선생님은 원인을 확실하게 알 수는 없어도 스트레스가 큰 영향을 미쳤을 거라고 말씀하셨다. 대개 중학생인데 무리해서 공부하다가 스트레스를 받았다고 짐작하겠지만, 내게 이 진단 결과는 청천벽력과 같았다. 공부는 일상이었고, 나는 그것에 어떤 불만도 싫증도 느끼지 않았다. 배움은 내게 언제나 새롭고 즐거운 자극을 선사했다. 그러나 지금 생각해 보면, 몸이 크게 아플 때까지도 스트레스를 받는지조차 모르는 그 모습이 스스로에 대한 무관심을 보여주는 확실한 증거였다. 스트레스는 단순히 정신적인 고통만이 아니라 신체적인 피로로도 쌓일 수 있었고, 나는 인정받을 수 있다는 기분에 심취한 나머지 내게 주어지는 신체적 피로와 고통을 전혀 돌보지 않았던 것이다.

사람들로부터 인정받기 위한 가장 기본적인 전제는 '순응'이다. 현재의 체제에 대해 반기를 들거나, 일탈을 해서는 안된다. 저항한 이에게 주어지는 낙인은 커다랗고 무거워서, 낙인이 찍힌 후에는 그 어떤 성취를 거두든 간에, 낙인에 가려 어떤 것도 제대로 평가받을 수 없게 된다. 나는 그것을 이미 잘 알고 있었기에 교육 체제에 '순응'하였고, 누구보다 그 체제에서 더 큰 혜택을 누리며 살아왔다. 그래서 이런 일을 겪고 나서도 관성적으로 모범생의 자세를 고집했다. 다른 선택지는 없었다. 왜냐하면 나는 더이상 이 체제를 떠날 수 없었기 때문이다. 모범생이라는 타이틀이 주는 수혜를 벗어나서는 나의 가치를 인정하기 힘든 사람이 되었기 때문이다. 관성적인 삶을 변화시킬 계기는 무엇보다 비일관적인 사건에서 탄생했다.

국제고등학교에 입학한 이후, 좀 더 치열해진 경쟁 속에서 나는 더더욱 공부 속에 스스로를 파묻었고 다른 것들에는 전혀 관심 없이, 주어진 입시의 길만을 걸어가고 있었다. 지역 탐구 보고서의 작성을 시작할 때만 해도 나는 내 삶이 그렇게 잔잔히, 확고히 한 방향을 향해 흘러갈 것이라 짐작하고 있었다. 하지만 세 사람이면 거짓말로 호랑이도 만들어낼 수 있다고 했나? 넷이 함께는 더 멋진 일탈을 해낼 수 있었다! 무엇이든 잘 해내고 싶던 열의에 불타던 네 명의 고등학생은 단순히 검색을 통해 세계 각지를 탐구해 봤으면 좋겠다는 학교의 의도는 새까맣게 잊은 듯이 당일치기 서울 여행 계획을 세우기 시작했다. 더 나아가 지역 탐구라는 주제도 잊고 진로 탐구로 주제를 틀어서는 관심 있는 분야의 전문가들과 연락하여 일사천리로 인터뷰 일정도 잡았다. 주제에서 완전히 벗어난 여행 이야기는 물론 입상할 수 없었다. 그러나 입상보다 더 가치 있는 진로 선택의 기회를 주었다.

　나를 비롯한 진로 탐구 팀원 네 명은 '국제 아동인권센터'와 '유니세프'에 방문하게 되었는데, 이 두 장소에서 내게 공통으로 한 가지 질문을 던졌다. 바로 '아동은 무엇인가요? 그럼 나는 무엇인가요?'라는 질문이었다. 평생을 아동으로 살아오면서도 나는 이런 기본적인 질문에 관해서 틀에 박힌 답변만을 했고, 그런 내가 부끄러웠다. 어른들이 제시한 올바른 삶의 방향, 열심히 공부하고 좋은 대학에 가서 좋은 직장을 얻는 것만이 내가 수행해야 할 바였기에 아동이 가진 본질적이고 다양한 권리에 관해서 관심을 가진 적이 없었기 때문이다. 그런데 함께한 나머지 친구들도 비슷한 반응을 보였다. 누구든지 권리란 것은 침해당하고 있는 이들이 더욱 더 절실하게 얻고 싶어 하는 것임에도 아동의 권리는 거의 '어른'들이 지켜왔기에, 우리는 이에 관해 질문해 본 적도, 권리를 찾고자 노력해 본 적도 없던 것이다.

　공부하지 않고 휴식을 취할 때는 왠지 모를 죄책감을 느꼈고, 선생님의 의견에 반대하고 의문을 던지는 것은 반항처럼 느껴졌다. 하지만 놀 권리, 반대할 권리, 질문할 권리, 그 모든 것이 아동으로서의, 나의 권리라는 것을 알게 된 순간, 처음으로 삶에 정답처럼 주어진 명제에도 '순응'하지 않는 길이 있음을 깨달았다. 더불어 행복을 경쟁과 비교 속에서 얻는 문화가 당연시된 지금의 학생들이 자신의 권리를 알고 행복해지기 위해 노력하고, '분노'할 수 있길 바랐다. 나는 그저 나와 같은 상황에 부닥친 아동의 권리를 탐구하는 데에만 멈춰있지 않았다. 여성과 학교 밖 청소년의 인권에 관해 연구하는 동아리에서 여성 청소년의 자립을 지원하는 정책을 제안하고 생리대 지원사업 제안서를 작성하는가 하면, 모의 유엔을 통해 아프리카의 교육권과 지역별 교육격차에 관해 논의하고, 더 나아가 어르신들의 교육권을 보장하기 위해 노인 복지관에 영어 교육 프로그램을 개설하고 오랫동안 수업을 진행하기도 했다. 이런 활동들은 결과적으로 아동과 교육권이라는 두 가지 주제로 나의 삶을 이끌었고, 나는 아동과 가장 가까이서 만날 수 있는 곳이자 교육권 보장을 위한 정책을 논의할 수 있는 곳인 '교육학과'를 다음의 행선지로 선택하게 되었다. 즉, 유치원에서 고등학교에 이르기까지 나는 교육제도에 대한 순응에서 분노로 점차 고개를 돌려가며 성장하였고, 그 결과 교육학과에 진학한 것이다.

❀ 2-2. 정의란 무엇인가?

　그렇지만 과연 순응에서 벗어나서 분노에 도달한 때, 온전한 성숙에 이르렀다고 할 수 있을까? 사회가 순응과 분노의 시기를 거쳤음에도 다시 학생들을 순응의 단계로 밀어 넣었다는 것은, 분노가 이뤄낸 '성숙함'에도 어떤 문제가 있다는 의미가 아닐까. 교육학과에 입학한 지 1년째, '분노'에 관한 글을 쓰며 다시 한번 이를 고민했다. '정당한 분노에 관해 이야기하는 것'이라는 제목의 글에서 나는 아동들이 친절과 사랑을 배우는 것만큼 정당하게 분노하는 방법을 배워야 한다고 이야기했다. 착한 아이가 되어야 했던 어린 시절에 마주한 어른의 분노 앞에서 나는 내가 무언가를 잘못했을 거라는 죄책감을 느꼈다. 그러나 누군가 어른들이 하는 말에는 얼마든지 실수와 오류가 있을 수 있고, 아이는 그를 비판할 권리가 있다는 것을 알려주었다면, 정당하게 분노할 수 있음을 알려주었다면 그때의 나의, 그리고 많은 아동의 평생에 남을 두려운 기억을 하나쯤은 극복하게 도울 수 있을 것이라는 내용이었다.

　　그렇다면 분노의 조건이 되는 '정당함'은 무엇일까? 어떤 종류의 분노를 아이들에게 가르쳐야 할까? 이 '정당함'이 라드부르흐가 그리도 찾던 '정의'였을 것이다. 그러나 '참을 수 없는 정의의 위배'라는 라드부르흐가 제시한 순응과 분노의 경계는 너무 모호했다. 그래서 나는 '정의'를 찾기 위해 한참을 헤매야 했다.

3.
그 가운데의 것

　　결론부터 말하자면, 나는 라드부르흐와 내가 찾던 '정의'에 명백한 차이가 있음을 알아야 했다. 라드부르흐는 법이 실현해야 하는 궁극적 목적이자 규칙으로서의 '정의'를 이야기했고, 나는 삶의 방향을 잡기 위한 기준으로서의 '정의'를 원했기에 서로의 개념은 다를 수밖에 없었다. 좀 더 자세히 이야기하자면, 라드부르흐가 제시한 '참을 수 없는 정의의 위배'는 '선'과 같다. 부조리를 마주했을 때, 법적 안정성을 주장하며 법에 순응하다가도, 그것의 부당함이 점차 커져서 일정한 선을 넘으면 그때부터는 악법, 정당하지 못한 법의 영역이 시작되는 것이다. 하지만 내가 발견한 순응과 분노, 그 사이의 경계는 '면'이라고 불러야 마땅하다. 순응과 분노, 그 사이의 세계는 깊고 넓었고 '정의'는 두 가지로 명확하게 정의할 수 없는 드넓은 간극 사이에 수많은 점의 형태로 희미하게 빛을 발하고 있었다. 일률적이고 일관적인 판단의 기준이 되어야 했던 '법'과 달리, 일상에는 정답이 없기에 '정의'의 개념은 그만큼 폭넓고 다양할 수밖에 없었다.

　　다만 어떤 쪽의 '정의'든지 간에, 정의를 이해하기 위해서 나는 극단의 세계를 넘어, 그 사이의 세계에 관심을 가져야 했다. 분노에 머물지 않고, 진정한 정의가 무엇인지 탐색하는 과정, 그것이 내가 이후의 대학교 2년을 보낸 방식이다. 여전히 정의가 무엇인지는 알기 어렵지만, 그래도 2년간의 탐구는 분명 수확이 있었다. 나는 그 사이 세계의 한 조각에 겨우 이름을 붙일 수 있었다. 내가 발견한 것은 '용서'였다.

　　'용서'는 분명 극단의 세계 사이에서 정의를 실현하는 중요한 방법의 하나지만, 나는 이것을 그리 중요하게 생각한 적이 없었다. 애초부터 잘못된 일을 하지 않는 것이 중요하다고 생각했고, 용서는 부당함이 있음에도 눈을 감는다는 점에서 비겁하게 느껴지기도 했다. 하지만 '사랑의 심리학' 강의를 들으면서 처음으로 진정한 의미의 '용서'에 눈을 뜰 수 있었다.

이 강의에서 제시한 용서의 의미는 '다른 사람의 잘못이나 미성숙함에 대해 과분한 수준의 관대함과 안타까운 마음을 간직하는 것'이며, 온전하지 않은 '인간'이 서로를 사랑하고 사랑받기 위한 필수적인 전제 조건이었다. 언젠가 친구의 연애 상담을 해주면서 이런 이야기를 들은 적이 있다.

"내가 이때까지 사귄 사람들은 어딘가 흠이 있었어. 돈을 너무 많이 쓰거나, 연락에 집착하거나. 그런데 내가 지금 사귀는 사람은 그런 부분이 없어."

나는 그 친구가 천생연분을 만난 일을 축하하면서도 이렇게 대답했다.

"흠이 없는 사람이 어디 있겠어. 네가 만나는 사람도 분명 단점이 있을 거야. 그런데 네가 그 흠을 흠이라고 느끼지 않을 정도로 사랑하는 거겠지."

그래! 그것이 용서였다. 단점이 있음을 알면서도 기꺼이 품어주기로 결심하는 것. 옳지 않음을 인지하고 직시하기에 무조건 비판을 포기하거나 순응하지 않으면서, 완전한 분노까지도 나아가지 않는 것. 용서는 내가 오랫동안 놓치고 살아온, 순응과 분노 사이에 존재하는 소중한 한 조각이었다.

✽ 3-1. 나와 타인을 용서하는 법

모든 사안에서 용서가 곧 정의가 될 수는 없을 것이다. 순응과 분노가 더 정의에 가까운 경우도 분명 존재한다. 그럼에도 내가 '용서'에 집중하는 것은, 우리는 자주 양극단 사이의 것을 놓치곤 하기 때문이다. 그 사이에 초점을 둘 때 보이는 더 넓은 세계가 분명 존재함에도 말이다. '용서'는 나와 타인을 바라보는 시야를 한껏 넓혀주었다.

누구나 조건 없이 자신을 사랑하기는 어려울 것이다. 하지만 나는 유달리 그 일이 힘든 사람이었다. 나는 내게서 못난 부분만을 내 일부가 아닌 것처럼 떼어놓을 수 없다는 점이 괴로웠다. 어릴 적 자주 세상이 전래동화 같았으면 하고 바랐다. 전래동화가 아름다울 수 있는 이유는, 그 동화 속에 비친 단면만을 가지고 인물의 선악을 판단해도 아무런 문제가 없기 때문이다. 예를 들어, 독자에게 흥부와 놀부가 동화의 이전과 이후에 어떤 삶을 살았는지는 크게 중요하지 않다. 동화가 보여주고자 하는 단면, 그것이 바로 흥부와 놀부의 성격을 대표하는 장면이며, 우리는 그 장면만 두고 마음 놓고 그들의 옳고 그름을 판단할 수 있다. 하지만 인생은 동화 같지 않았다. 내가 올바르게 행동한 장면만을 짜깁기하여 나라는 사람의 옳고 그름을 설명할 수 없기 때문이다. 올바르게, 또는 올바르지 않게 행동한 내 인생의 모든 단면이 모여서 나의 이야기를 구성했고, 그것은 결코 도덕적으로 깔끔하고 완벽한 이야기가 될 수 없었다. '죽는 날까지 하늘을 우러러 한 점 부끄럼이 없기를.' 그 한 문장을 지키는 것이 이리도 어려울 줄이야! 나는 내가 흠이 있는 인간임을 느끼는 순간마다 고통스러워했다.

'나는 왜 이걸 못할까? 내 성격은 왜 이렇게 별로지? 나는 왜 그런 말을 했을까?'

성공과 실패, 옳음과 옳지 못함이라는 엄격한 기준들을 가지고 재단한 내 인생은 실패투성이였다. 나는 모순적인 나의 모습을 품지 못하고 끝없는 후회로 과거의 잘못을 곱씹으며 스스로를 몰아붙이고 할퀴었다.

그러나 그 엄격한 기준들 사이에 놓인 '용서'를 발견한 순간에, 나는 내 전부를 끌어안을 수 있었다. 나의 잘못을 비판적으로 바라보되, 호되게 몰아붙이기보다는 나를 아끼고 더 나은 사람이 될 방법을 발견하는 것. 용서를 통해서 바라본 인생은 전래동화보다 더 아름다운 이야기였다. 인생은 하나의 단면으로 끝을 맺지 않기에, 앞으로 더 나은 삶을 살아가는 사람의 이야기도 써나갈 수 있으니까.

　나는 타인에게도 똑같은 모양의 줄자를 가져다 대곤 했다. 그 사람이 내게 보여준 단면에 옳음과 그름이 표시된 눈금을 죽 늘어놓고 그의 됨됨이를 판단했다. 이 습관이 지독하게 잘 드러났을 때는 고전 명작 도서들을 읽을 때였다. 몇 학기 간 교육학과 학우들과 독서 모임을 만들어 활동했다. 우린 고전이라 불리는 책들을 선별해서 읽고 이야기를 나누곤 하였다. 그때의 감상을 솔직하게 얘기하자면, 왜 그 책들이 '고전'이라 불리며 칭송받는지를 이해할 수가 없었다. 특히 '인간 실격', '죄와 벌', '이방인'을 읽을 때, 나는 주인공들의 음침하고 뒤틀린 가치관에 조금도 동의할 수가 없었고, 그렇기에 그들의 행동을 이해하려 노력하기보다는 원색적인 비난만을 퍼붓곤 했다. 옳고 그름에만 초점을 두니 그 너머의 세계가 보이지 않았다. 문득 내가 무엇을 보지 못하고 있는지가 궁금해졌다. 그래서 그 작품들을 읽을 때 내 머릿속을 지배하던 가장 큰 생각이자 판단 기준이 되었던 줄자를 돌돌 말아 상자 속에 넣고, 그들의 눈으로 재지 않고 책을 다시 한번 읽어보기로 했다. 그 결과, 나는 가장 이해할 수 없던 '인간 실격'의 주인공 '요조'의 행동에 어느 정도의 합리적인 설명을 덧붙일 수 있었다.

　높은 도덕적 이상을 품고 있는 자신을 일반인과 다른 우월한 존재로 인식하지만, 실제 사회에서는 버려졌기에 패배감도 공존하는구나. 높은 도덕성에 부합하고자 하는 이상이 제국주의 시대 일본에서 삶을 살아가는 이로써 지키기에는 너무 버거웠기에, 그에 부합하지 못하는 자기 모습을 괴로워하고, 이상을 깎고 버리다 보니 결과적으로는 죽음(자살)밖에 탈출구가 없게 되었구나.

줄자를 제쳐둔 채 주인공의 행동에 도덕적으로 관대함을 베푸는, '용서'의 눈으로 읽은 책은, 절대로 닿을 수 없다고 느꼈던 주인공과 나의 가치관에 얇은 '이해'의 줄을 연결해 주었다. 지독하게 우울한 고전 속 주인공들에게서 처음으로 사람 냄새가 났다. 용서는 나와 타인의 미성숙함을 보듬고 '이해'하게 만드는 출발점이었다.

❀ 3-2. 미성숙함을 용서하는 법

지금부터는 '미성숙함'을 성숙하게 길러내는 것이 가장 본질적인 목적이 되는 '교육'에 관한 이야기를 해볼까 한다. 앞서 부족함, 부당함을 마주쳤을 때 우리가 택할 수 있는 양극단의 행동을 순응과 분노라고 불렀다. 앞으로 나와 타인의 성격, 능력적인 부족함, 즉 '미성숙함'을 마주쳤을 때의 양극단은 체념과 강박이라고 부르겠다. 체념이란 자신, 타인의 미성숙함을 인정하면서 그것을 개선하기 위한 어떤 노력도 보이지 않는 무기력(순응)을 의미한다. 반면 강박이란 자신, 타인의 미성숙함을 완벽하게 다듬기 위해 몰아붙이는 태도(분노)를 의미한다.

나의 초등학교 시절은 10년이라는 시간의 흐름에 여러 번 씻기고 깎여나가서 모래알만큼 작은 기억들로만 띄엄띄엄 남아있다. 그럼에도 자리를 지키고 있는 반질반질한 기억 하나가 있다면, 유쾌한 담임선생님과 덩달아 유쾌해진 한 명의 친구에 관한 기억일 것이다. 우리 학년에서 그 친구를 모르는 사람은 없었다. 전교를 떠들썩하게 만드는 사건 사고의 중심에는 항상 그 친구가 있었고, 그 친구와 한 반에 있을 적에는 그를 혼내는 선생님의 목이 아프지 않을 날이 없었다. 친구는 화가 나면 책상을 엎고, 물건을 던지고, 제가 원하는 대로 일이 풀리지 않을 때는 피가 날 때까지 벽에 이마를 쿵쿵 찧어댔다. 나는 그 친구와 4, 5학년 시절을 같은 반에서 보냈는데, 각 학년을 맡은 담임선생님께서 그 아이의 행동에 보이신 반응은 완전히 달랐다. 4학년 때의 담임선생님은 건장한 체육 선생님이셨다. 그는 친구가 문제행동을 보일 때마다 크게 꾸짖으셨고, 책상과 물건을 마구잡이로 던지려 할 때는 큰 체격과 힘을 이용해 행동을 멈춰 세웠다. 그 친구를 통제할 수 있는 사람은 우리 담임선생님뿐이라고 생각했다. 하지만 5학년 때 우리를 가르치신 담임선생님께서는 사뭇 다른 방식을 택하셨다. 그분은 친구가 문제행동을 할 때에는 아예 관심을 주지 않으시다가, 적절한 행동을 할 때에는 큰 칭찬을 퍼부으셨고, 수업 시간에는 교과서를 다루기보다는 학업 수준과 상관없이 모든 학생이 즐길 만한 간단한 유머, 웃긴 이야기와 노래를 준비해 오셨다. 4학년 때만 해도 수업에 전혀 집중하지 못하던 그 친구는, 5학년 담임선생님의 유쾌한 수업에 함께 깔깔 웃고 흥겹게 노래 부르기 시작했다. 어디로 튈지 모르는 행동이 걱정되어 그 친구에게 다가서지 못했던 많은 친구가 그 친구의 주변으로 하나둘씩 모여들었고, 졸업할 때쯤 그 친구는 더 이상 특별한 학생이 아닌 수많은 학생 중 하나가 되어 있었다.

　문제행동을 억제하는 가장 직접적인 방법은 그 행동을 하지 못하도록

'통제'하고, 벌을 주는 것일 테다. 하지만 가장 명확한 방법에만 집중하다 보면 그것을 미미하게나마 실현할 수 있는 작은 실천들을 놓치게 된다. 통제라는 가장 명확한 방법을 벗어나서 그 사이의 방법, 사소하지만 조금씩 개선할 수 있을 '약화', '칭찬'이란 방식을 택한 5학년 담임선생님의 지혜가 아직도 내겐 소중한 가르침으로 남아있다.

　교육학과를 다니며 얻은 다년간의 과외 경험과 교육봉사, 교생실습 경험은 내게 교사로서 '미성숙함'을 어떻게 다루어야 할지를 지속적으로 고민하게 했다. 과외와 교육봉사를 진행하다 보면 자주 숙제를 하지 않는 학생들을 만나게 된다. 선생님이라는 직무를 처음 맡아본 1학년 때의 나는 이 점으로 인해 고민이 많았다.

　'혼을 내야 할까? 아니면 다음에는 잘해오라는 말과 함께 넘어가야 하나?'

　선생님에 대한 애정과 믿음이 있는지가 학생의 공부를 향한 열망을 크게 높이기도 낮추기도 한다는 것을 너무도 잘 알고 있었던 나는, 혼을 내기보다는 늘 후자를 선택하며 상황을 흐지부지 넘기곤 하였다. 그러나 하지 않은 숙제가 쌓이고 쌓였을 때 학생의 성장은 눈에 띄게 더뎌졌고, 나는 이것이 결코 좋은 대처방식이 아님을 인정해야 했다. 과외 시간마다 학생들은 숙제하지 못한 이유를 변명처럼 꺼내놓곤 했다. 수행평가, 과한 피로, 교우관계에 관한 고민 등의 이야기를 듣다 보면 내 마음속에는 깊은 안타까움이 쌓여갔다. 이미 수많은 일들로 고민하고 이리저리 치이고 있는 아이들에게 숙제라는 짐을 또다시 얹어주고 싶지 않았다. 동시에 교사로서 그들의 학업적인 성장을 도와서 성취의 기쁨도 알려주고 싶었다.

학생들을 몰아붙이는 '강박'도, 능력의 성장 없이 침체하는 '체념'도 모두 싫었던 나는 그 사이의 방법을 찾았다. 학생과 다음 시간까지 해올 숙제 량을 함께 설정하고, 만약 시간 관리가 어렵다면 하루 중 숙제에 쓸 수 있을 시간도 함께 정했다. 숙제를 해온 날에는 과분한 칭찬을 해주었고, 학생이 이 숙제를 하고 수업을 들음으로써 거둔 발전을 계속해서 알려줌으로써 학생이 자신의 성취를 눈과 귀로 확인하게 해주었다. 성장이라는 목적을 잊지 않되, 그 방법에 있어서 너무 몰아붙이지 않고 관대함, 여유, 기쁨을 베푸는 것. 그것이 내가 과외와 교육봉사를 통해 배운 체념과 강박 사이의 '용서'였다.

하지만 교생실습을 통해서 확인한 실제 교육 현장은 '용서'를 찾아 나서기엔 너무 바쁘고 힘든 환경이었다. 선생님들은 수많은 학생을 담당하기에 학생 각자를 위한 최선의 방법을 찾아낼 여유가 없었고, 수업과 학생 지도 이외에도 맡은 행정업무들이 가득했다. '용서'는 우리가 나아가야 할 이상적인 방향임이 분명하다. 그러나 '용서'는 개인의 인식 변화뿐 아니라 사회적인 기반, 뒷받침이 있을 때 진정으로 찾을 수 있고, 달성되는 것이기도 했다.

✦ 3-3. 사회의 부당함을 용서하는 법

아주 어린 시절부터 현재까지 내가 가장 좋아하는 소설이나 영화의 장르는 변함없이 '추리'였다. 어떤 사건도 이유 없이 발생하지 않으며 어떤 사람도 이유 없이 잘못된 길을 택하지 않을 것이라 믿었던 나는, 무엇을 만나건 '왜?'라는 근원과 출발점을 향한 질문부터 던졌다. 추리는 그 어

떤 장르보다 이 질문에 대한 명확한 정답을 제시했다. 가상의 사건일지라
도 개연성보다는 빽빽한 인과성으로 상황을 설명하고자 하는 세계, 그것
이 바로 '추리'였기 때문이다. 특히 추리는 단순히 원인을 찾는 것에 그치
지 않고 범죄자에 대한 처벌과 피해자에 대한 배상, 지원 과정까지도 폭
넓게 이야기하고 있는 경우가 많았기에 시작부터 결과까지의 모든 과정
을 한눈에 명쾌하게 정리해 주었다. 추리소설과 영화는 정의는 이렇게 실
현되어야 한다고 말해주는 삶의 정답지 같았다. 사건의 모든 내막을 파
헤친 추리소설의 탐정들은 정의를 실현하는 데 거침이 없었다. 그들은 범
죄자에게 엄격한 죗값을 받게 할 것인지, 아니면 자비로운 용서를 베풀 것
인지, 범죄자의 범죄행위에 관해 분노(처벌)와 순응(포용)의 양자 중 하나
를 명쾌하게 결정했다. 예를 들어 대부분의 사건은 범죄자가 처벌받도록
경찰에게 넘겨지는 것으로 마무리되지만 오리엔트 특급 살인 등에서 탐
정 푸아로는 진실을 감추고 범인을 놓아주는 일을 선택하기도 했다. 그
모든 선택은 정답처럼 보였고, 나는 그런 탐정의 모습을 동경했다. 자연스
레 범인을 찾아내고 합당한 처벌을 내리는 데 가장 근접한 직업인 법조인
은 나의 오랜 꿈이 되었다. 그러나 대학교에 입학한 후 주어진 수많은 과
목에 대한 선택권은 내게 새로운 길도 있다고 속삭였다. 나는 교육철학,
교육심리학, 교육경제학 등의 전공과목과 함께 법학, 문학, 경영, 경제학,
컴퓨터 공학, 프랑스어 등 모든 관심이 가는 분야의 수업을 수강했는데,
내가 대부분의 과목에 어느 정도의 흥미를 갖는 사람임을 발견했고, 단
순히 추리를 '좋아한다'는 사실만으로 나의 미래를 결정할 수는 없겠다고
판단했다.

　그럼에도 나는 법조인의 길을 걷기로 했다. 교양으로 선택한 '범죄와 사

회' 과목에서 대한민국의 범죄 사건에 관한 통계를 접할 기회가 있었는데, 이 통계에서는 전체 범죄 중에 수사기관에 의해 인지되지 않는 '숨은 범죄'의 비율이 99%에 달함을 보여주었다. 수많은 범죄 중 극히 일부만이 인지되고 송치되며 기소되어 처벌받는다는 것이다. 이 이야기는 많은 이들에게 자신이 언제든 범죄에 노출될 수 있고 그것이 제대로 처리되지도 않는다는 불안감을 조성하며, 더 나아가 수사, 사법기관의 유능성까지도 의심하게 만들 수 있다. 하지만 놀랍게도 내세는 큰 안도감을 주었다. 성인이 되고 아동을 지켜주던 단단한 '학교'라는 보호망을 벗어나자, 내 주변의 친구들은 폭행, 사기 등 다양한 범죄에 휘말리기 시작했다. 나는 대학교 때 수강한 형법, 헌법, 민법 등의 과목을 통해 얻은 법에 관한 얕은 지식을 바탕으로 친구들의 법적인 분쟁을 해결하려고 도왔고, 실제로 어느 정도 도움을 주기도 했지만, 마음 한편에는 근거 없는 죄책감도 피어났다.

'왜 내 주변 사람들에게 이런 범죄가 연이어서 일어나는 걸까?'

앞서 보았던 통계는 내게 해답을 주었다. 내게 문제가 있어서 주변인들이 사건에 휘말린 것이 아니라, 내가 관심과 노력을 기울였기 때문에, 그냥 지나갈 수 있는 잘못된 일들이 '범죄'로 인지될 수 있었고, 해결도 꿈꿀 수 있게 되었다는 것이다. 이를 알게 됐을 때, 사범대에 진학한 이후 그토록 고민하던 꿈이 처음으로 조금은 명확해진 기분이 들었다. 나는 법학을 전공해야겠구나. 나는 단순히 흥미만으로 법에 관심을 가진 것이 아니라 천성적으로 불합리한 일을 마주하면 정의를 실현해야 한다고 생각하는 사람이며, 실제로 정의의 실현을 위해 노력할 수 있는 사람이구나.

그렇게 법학을 본격적으로 배우기로 마음먹은 후 가장 눈에 띈 것은 바로 실제 사안에서 정의는 탐정이 행하던 것처럼 그리 명쾌하지 않다는 점이다. 친구와 둘이 함께 관광객들로 붐비는 전통 마을로 여행을 간 적이 있다. 우리는 그곳의 골목골목을 돌아다니며 지도에 적힌 명소들이 실제로 우리의 앞에 펼쳐져 눈과 귀를 설레게 하는, 여행의 기쁨을 만끽하고 있었다. 그런데 어딘가에서 날카로운 호통 소리가 들려왔다. 어떤 아저씨가 우리를 큰 소리로 불러세운 것이다. 그는 캘리그라피로 작성된 종이 한 장을 줄 테니 그냥 들고 가라고 했다. 우린 못 본 척 그를 지나치려 했지만, "내가 준다고 했잖아! 이거 준다는데 왜 지나가냐고! 빨리 와서 받아 가!"하며 호통을 치는 그의 목소리에 압도되어, 어쩔 수 없이 캘리그라피 매대로 다가가 종이를 받으려 했다. 그런데 다가간 내게 아저씨가 이름을 물어보셨다. 정은이요. 대답하자마자 말릴 틈도 없이 아저씨는 캘리그라피로 내 이름을 적기 시작했다. 종이만 받으러 왔는데, 거의 5초 만에 내 이름을 담은 네 자의 글자를 완성한 그는 당황한 채 서 있는 내게 캘리그라피 작품의 대가, 돈을 요구했다. 나는 졸지에 원치도 않은 작품을 받고 돈을 내야만 했다. 이건 분명 옳지 않았다. 관광 안내소에 이 강매 행위를 설명하며 제재가 필요할 것 같다고 말씀드리자, 안내소 직원분은 이 근방의 많은 상인들이 똑같은 방식으로 사람들에게 물건을 강매한다고 하시며 본인에겐 그들을 제재할 현실적인 권한이 없고 도울 방도도 없다고 하셨다. 하지만 그 이야기를 듣자, 나는 더욱 이 문제가 해결이 필요한 사안임을 확신할 수 있었다. 나뿐만 아니라 많은 관광객이 이와 같이 강매를 당했다고? 그런데 해결하기 위한 어떤 노력도 이루어지지 않고 있다고? 우리는 다음으로, 경찰서로 갔다. 형사님과 만나 이런 상업행위에 대한 제재가 필요하다고 했을 때, 형사님은 이 행위가 분명 잘못된 것은 맞지만 관광지 내에 너무 비일비재한 사안이며, 강매 행위에 대한 증거가 나의 말로만 남아있기에 경찰과 형법이 개입하기에는 무리가 있다고 말씀하셨다. 그래도 누군가는 이 행위가 잘못됐다고 말해줘야 하는 것 아닌가요? 답답하고 무력해하던 나는 형사분께 많은 대안을 제시했고, 그중 겨우 하나의 대안만을 채택 받을 수 있었다. 나는 경찰서에 신고 기록을 남길 수 있게 해달라고 했고, 이후 똑같은 사안이 접수될 경우 이 기록을 조사와 제재의 근거로 삼아달라고 부탁했다.

강매는 분명 잘못된 행위이고 저지될 필요도 있었다. 우리는 이 불의 앞에서 분노했지만, 이런 사안은 법이 나서서 제재하기 어려운 영역임도 알았기에 결과적으로는 분노와 순응 사이의 어딘가를 대응 방식으로 선택했다. 사회의 부당함을 마주하는 실제 상황에서 내가 택한 정의는 분노와 순응의 두 가지 극단에 머물러있지 않고 그 사이의 '용서'에 놓여있었다. 옳지 못함을 직시하면서도 분노가 가진 한계를 인정해야 했기 때문이다.

형사판례연구반에서 활동하며 읽은 다양한 판례들은 정의가 가진 불명확성을 더욱 여실히 보여주었다. 성범죄가 일어난 화장실이 법에서 정한 공중화장실의 정의에 해당하지 않아 처벌할 수 없다고 한 판례, 공무원은 공권력을 가지고 있으므로 공무원에게 단순히 위력(폭행, 협박보다 약한 유형력의 행사)을 가해 공무집행을 방해하는 것은 일반 업무에 대한 방해와 달리 처벌의 대상이 되지 않는다고 판단한 판례는 분명 도덕적으로는 이치에 맞지 않는 이야기를 하고 있다. 그러나 법이 가진 엄중한 처벌의 효과를 생각할 때, 법은 늘 우리의 자의와는 별개로 법전에 쓰여있는 대로 모든 것을 판단해야 했고, 그렇게 하는 것이 법이 목표로 하는 정의이

기도 했다. 따라서 판례는 진정한 정의를 실현하기 위해서 법의 선을 지
킬 의무를 부담하게 되었다.

◈ 3-4. '용서'의 미학

이처럼 내가 교육학과에 입학한 후 3년간 찾고자 한 성숙, '용서'는 교육
제도, 나와 타인에 대한 이해, 아동을 향한 관심, 사회적 정의에 대한 탐
구에서 비롯되어, 결과적으로는 소년 보호 재판을 담당하는 법조인이 되
고 싶다는 현재의 꿈을 만들어냈다.

최근 사회 전반에서 '용서'의 미학이 사라지고 있음을 느낀다. 자신과
타인의 미성숙함을 용인하지 않는 사회 분위기가 퍼지고 있다. '노키즈존'
은 어린이들의 출입을 명시적으로 거부하고, 유명인이 한번 잘못 꺼낸 이
야기에 악플과 비난은 파도처럼 밀려들며, 사람들은 점차 나와 정치적으
로 다른 이들의, 또는 성별이나 인종이 다른 이들의 이야기는 제대로 들
어보지도 않은 채 분노한다.

미성숙함에 관대함을 갖고 바라본다면, 용서의 미학을 배운다면. 나
는 그것이 성인으로서 내가, 그리고 우리 사회가 걸어갈 길이자, 세상을
진정으로 '사랑'하기 위해 배워야 하는 태도가 아닐까, 생각한다. 세상에
흠 없이 완벽한 것은 존재하지 않고, 그 불완전함이 있기에 우리는 불완
전한 것도 품게 만드는 '사랑'의 무게에 경외를 품고, 발전과 성숙의 기쁨
도 누릴 수 있으니까.

정의는 세상의 불완전함을 향한 사랑이었다.

류준서

2004년 겨울에 태어났다. 경남 김해에서 자랐고 현재는 대학이 있는
서울 성북구에 거주하고 있다. 임용고시에 통과해 중등학교 국어교사가
되는 것을 목표로 고려대학교 국어교육과에 재학하고 있다.
불확실한 미래의 갈피를 잡고 싶어 하는 청춘이지만 세상을 믿고 나아가고
싶어 한다. 사람들을 만나고 그들에게 다정을 배우면서
학생들을 사랑할 준비를 하고 있다.

내가 만날 그 아이

1.
구원 이야기
....

#1

열일곱, 학교가 가기 싫다. 학교를 왜 가야 할까? 학교라는 공간이 싫었고 학교에 가봤자 의미도 찾을 수 없었다. 대학교 입시를 위해서 간다고들 하지만 나는 대학교에 가고 싶은 생각 또한 없었다. 공부를 잘하는 것도 아니었지만 더 큰 이유는 한 번도 나의 꿈을 가진 적이 없었기 때문이었다. 꿈을 가지고 무언가를 배울 의지가 없었다.

열일곱, 학교에서 사람들을 마주치는 것이 무서웠다. 대화하고 발표하는 것은 엄두도 나지 않았다. 학교 친구들도 선생님도 대하기 두려운 존재였다. 학교에 가면 잠자는 척만 하며 혼자서 생각 놀이를 했다.

그해 여름, 나는 학교에 가야 했다. 나의 열일곱은 코로나19의 유행으로 여름이 되어서야 대면 수업이 시작된 해였다. 무더운 날씨에 녹아가는 세상처럼 사람들도 지쳐 있었다. 뜨거운 햇볕 아래로 새로운 환경에서의 수업이 시작되었고, 새로운 선생님과 친구들을 마주하며 아이들의 새로운 출발이 조심스레 첫발을 내디뎠다. 그러나 나는 그 출발을 할 수 없을 것 같았다. 나는 지쳤고 약해져 있었다. 사람과 함께 살아가지 못하는 것이 나의 삶이라고 생각했다.

다음 날, 가고 싶지 않았지만 나는 학교로 향했다. 그러나 학교에 갈 수 없었다. 내가 학교에 모습을 드러내지 않은 채로 시간이 흐르고 첫 수업이 끝났다. 학교에 도착한 것은 그 이후로도 시간이 조금 더 지나서였다. 인적이 드문 길에서 정신을 잃고 쓰러져 있었던 나를 지나가던 아주머니가 발견하고 가까이에 있던 학교로 부축해 주셨다. 그리고 교문 앞의 경비실에서 휴식을 취하고 있었을 때 담임선생님을 만나게 되었다. 선생님은 연락을 듣자마자 내려왔다며, 나를 계속 걱정하고 기다렸다고 하셨다.

#2

나는 지방의 일반계 고등학교에 진학했다. 성적은 중간보다 약간 높은 편이었고 교우관계는 다른 동네에서 살다 왔기 때문에 거의 없었다. 성격이 조용하고 소심하였기에 무언가를 나서서 하지 않았고 다른 학생들과 잘 어울리지 않았다. 한 번도 표정이 있는 것을 본 적이 없다는 이야기를 들을 정도로 얼굴이 차가운 편이었다.

학교를 가고 수업도 그냥저냥 듣고 이것저것 했다. 중학교 때와 다르게, 이상하게 그냥 그러고 싶어졌다. 학기 초 자기소개 종이에 꿈이 없다고 썼다. 선생님은 내 이름표에 'dreaming'이라는 단어를 적어서 주셨다. 공부에는 흥미가 별로 없어서 할 것이 없었다. 방과 후에는 책을 읽거나 노래를 들으며 시간을 보냈다.

담임선생님은 30대의 젊은 영어 선생님으로, 그 해에 담임을 처음 맡게 되셨다. 선생님은 다정했고 아이들을 잘 챙겨주려 하셨다. 어느 학교나 그렇듯 말썽꾸러기 학생들 때문에 좌충우돌을 겪기도 했다. 하지만 학생들을 가르치는 데에 언제나 열정적이었고 학생들을 사랑하셨다.

선생님들은 수업을 열심히 듣는 나에게 칭찬을 아끼지 않았다. 낯부끄러운 칭찬과 사랑한다는 말이 처음에는 무슨 말인지 몰라 어색했지만, 점차 내 마음속에도 자리를 잡아갔다. 선생님들은 어리숙한 나를 격려하고 도와주셨다. 마음이 졸여져 교실에 들어가지 못할 때도, 친구들에게 다가가는 방법을 몰라 서성일 때도 나의 안내자가 되어 주셨다. 친구들은 나를 환영했고 나는 그들과 함께 있는 시간이 즐겁다고 느꼈다.

#3

그러나, 나는 행복을 느낄 줄 몰랐다. 여전히 나는 학교에 적응하지 못한다고 느꼈다. 나는 학교에 속할 수 없다고 생각했다. 나는 자신감이 없는 것을 넘어 나를 굉장히 폄하하고 미워하는 사람이었다.

미련한 나는 사람들의 말을 믿지 않고 항상 다른 가능성을 의심했다. 이런 혼란 아래에서 나는 아무것도 할 수 있는 게 없었다. 나는 결국 하지 못하는 사람이었다. 2학기가 시작되고, 나는 다시 학교에 가지 못했다. 모든 것이 학교에 처음 간 날 이전으로 돌아갔다고, 그것이 당연하다고 생각했다.

"어떻게든 언제가 됐든, 학교에 와줘. 아무것도 안 해도 괜찮으니까, 오기만 해."

선생님도 담임선생님이 처음이라 너희를 어떻게 대해야 할지 모르겠

어, 그래서 너희들을 가르치는 것에 있어서 미숙했고 잘못도 있는 것 같
아. 이렇게 선생님도 어려움과 고민이 있는 것처럼, 너도 학교를 다니면서
어려움과 고민이 있을 수 있어. 그러니까, 그래도 괜찮아.

그래도 괜찮을까, 그래도 괜찮다. 나를 사랑하는 선생님들이 나를 받
쳐주고 있으니까, 학교에 올 수 있겠다, 학교에 오고 싶다, 학교에 와야 한
다. 나는 학교에 오기 싫었던 게 아니라, 너무 열심히 오고 싶었던 거구나,
정말로 잘 살고 싶었던 것이었구나.

#4

나는 나만의 프로젝트를 시작하기로 했다. 다른 사람들처럼 살고 싶
다는 마음에, 사랑받는 사람이 되고 싶다는 욕심을 갖고, 한편으로는 열
심히 살아볼 거라는 기대를 품고. 이유는, 학교에 가기 싫었던 게 아니라
행복하게 학교를 가고 싶었던 것임을 알게 되었기 때문에.

목표는 간단했다. 순간순간에 최선을 다하기. 학교에 성실히 가고 열심
히 수업을 들었다. 선생님과 친구들과 인사하고 눈을 마주쳤다. 눈을 마
주 보면 그 사람과 연결될 수 있다는 말이 떠올라 고개를 들었다. 내가 눈
을 마주 본 학교는 나와 연결되었고 내게 따뜻한 기운을 보내 주었다.

물론 모든 것이 계획대로 이루어지지는 않는다. 어떤 하나의 노력으로
사람을 한순간에 바꾼다는 것은 쉬운 일이 아니다. 이후에도 나는 학교
생활을 성실히 하지 않았고, 자주 삶으로부터 도망쳤으며, 여전히 모든
것을 싫어했다. 또 어느 날에는 모든 것에 지쳐, 열을 앓고 양호실에 누워
있던 내가 있다. 하지만 그런 날마다 나는 선생님들과 주변 사람들의 도
움을 받으며 일어날 수 있었다.

넘어지는 순간이 있음에도 나의 그래프는 들쭉날쭉 선을 그리며 나아갔다. 그럴 수 있었던 이유는 아마도 나의 방향에 의문이 들 때마다, 나의 옆에는 시간이 얼마나 걸리든 나를 다시 붙잡아 주고 환영해 줄 선생님들과 친구들이 있었기 때문일 것이다. 그렇지? 거봐, 이렇게 막상 오면 잘한다니까.

#5
차가운 바람이 피부에 닿는 겨울이 되었다. 한 해가 마무리되고 인사를 했다. 아쉽지만 마음이 공허하지 않다. 뿌듯함을 가진 채 짐을 챙겨 집으로 향한다. 세상이 환하게 보인다. 마음이 가벼워 뛰어갈 수 있을 것 같다.

왜인지 모르겠지만 내가 생각하기로는, 사랑하는 것들이 아주 많이 생겼기 때문이다. 가족과 선생님들과 친구들, 힘든 날 나를 위로해 준 뮤지션과 이야기들까지. 사랑하는 것들로 내 삶이 채워진 지금에서야 내 얼굴을 똑바로 볼 수 있었고, 불안을 내몰고 내 생각을 할 수 있었다. 사랑을 하는 것이 무엇보다도 나를 행복하게 한다는 믿음을 알게 되었다.

나는 이제야 내가 사랑받는 사람이라는 것을 알게 되었다. 그 사랑 속에서 나는 어떤 일이든 이겨내고 할 수 있게 만드는 자존감을 가지게 된 것 같다. 나를 싫어하지 않고 온전히 받아들이고, 그리고 나를 사랑할 수 있게 되었다. 이때 알게 된 사랑의 감정을 품고 살아가자고 약속했다.

그러다 책 속에서 갑자기 누군가가 나에게 말을 걸었다. 내가 가장 싫어했던 그 아이였다. 왜 나를 그렇게 미워하고 상처를 주었냐고 내게 물었다. 왜 나를 사랑하지 않고 힘들게 했냐고 울었다. 그 아이를 꼭 안아주고 싶었다. 내 목표를 정한다면 이것이라 생각했다. 이런 아이에게 힘을 줄 수 있는, 아이에게 손을 건네고 안아줄 수 있는, 그런 사람이 되고 싶다는 생각이 들었다.

2.
공부 이야기

#1

전교 1등을 했다. 고등학교 2학년이 되고 친 첫 시험을 너무 잘 쳤다고 스스로 생각하긴 했지만, 성적이 어느 정도로 올랐는지는 가늠이 되지 않았다. 충격이었다. 전교권이라고는 초등학교 때 해본 것이 전부였던 내가, 항상 평균과 줄다리기를 하며 중간보다 조금 높다고 기뻐했던 내가, 갑자기 전교 1등이 되어버렸다.

대놓고 드러나지는 않았지만 나는 나를 바라보는 눈빛이 달라졌음을 느낄 수 있었다. 칭찬하고 뿌듯해하며 잘했다, 열심히 해보자고 하는 선생님들, 부러워하고 치켜세우며 대단하다, 나도 그러고 싶다 하는 친구들. 나는 그런 말을 들으면 괜스레 기분이 좋았고, 덩달아 모범생으로서 착실하고 모범적인 학교생활을 해나갔다. 그러면서 나는 학생이 가질 수 있는 큰 무기를 가졌음을 깨닫게 되고, 이 기분을 만끽하고 싶었다.

그러나 나는 어떻게 전교 1등이 되었는가? 나는 한편으로 나의 '모범'을 의심했다. 과연 내가 모범생으로, 전교 1등으로 칭찬받을 만한 학생인지를 고민하고 고민했다. 비법이 뭐냐는 친구들의 질문에 나는 많이 공부했다는 정석적인 대답을 할 수밖에 없었고, 그 정석적인 대답이 모두의 정답이라고 생각하지 않았다.

그리고 나는 성적이 오른 후의 환경에 아무래도 적응하기 실패한 것 같다. 전교 1등이 된다고 나라는 사람이 달라지는 건가, 공부를 하기 전과 후의 나는 다른 사람이 아닌데, 달라지는 태도를 받아들일 수 없었다. 이 칭찬을 나의 자랑으로 뿌듯하게 여겨야 할지 고민했다. 성적을 내 칭찬으로 받아들일수록 내 자존감과 나라는 사람을 이루는 밑바탕은 시험 점수가 되어갔다. 시험 점수가 안 나오면 나라는 사람이 무너지는 것 같이 말이다.

#2

점점 열이 난다. 피곤해서 공부에 정신을 집중하지 못한다. 그러다 어느 순간 툭, 하고 정신을 이루던 줄이 끊어진다. 오래 입원하는 바람에 수업을 듣지 못했다. 병원에 있는 와중에도 공부를 열심히 해서 성적이 떨어지지는 않았지만 스스로 슬럼프가 왔음을 직감했다. 오르지도 떨어지지도 않은 점수는 괜찮은 성적이었으나 그래도 목표하던 '스카이(서울대, 고려대, 연세대)' 대학에 가기 위해서는 성적을 더 올려야만 했다.

입원이 끝나고 오랜만에 학교에 왔는데 기분이 이상했다. 학교의 모범적인 학생 중 한 명으로 성실하게 학교에 와서 공부하던 나의 자리가 치워진 것 같았다. 수업 시연을 하는 날이었다. 열심히 준비한 자신의 수업을 다른 학생들에게 친근하게 보여 주는 다른 학생들처럼 할 수 없을 것 같은 나는 자신감이 떨어졌다. 그래 저런 애들이 교사를 할 수 있는 거지. 나는 저렇게 하지 못할 것 같은데, 이래서 과연 내가 좋은 교사가 될 수 있겠느냐는 고민이 파도처럼 밀려왔다.

나는 '학교'라는 공간에서 어떻게 살아야 할까? 어떤 학생이 되어야 할지에 대해 방황한 것도 이때의 시기였다. 흔히 말하는 공부 잘하고 성실한, 모범적인 학생으로 살아야 한다는 강박도 흩어져 갔다. 모두에게 친절하고 모두와 함께하는 친근한 학생이 되자는 마음가짐도 상처를 받은 끝에 약해져 갔다. 이대로 적당히 친구와 사교하고 적당히 공부하는 학생이 되어 졸업하고, 그러며 나는 무슨 사람이 될까? 나는 여기서 무엇을 배우고 그래서 어떤 사람이 되어야 할까? 먼 앞도 지금도 잘 모르는 나는 혼란스러움에 학교를 마음에서 조금 지웠다.

하지만 혼란의 주머니를 다시 조금 닫고 앞으로의 문을 환하게 열어젖힌 것 또한 학교에서였다. 나는 솔직히 말하면 학교가 재밌었다. 학교의 수업도, 학교에서 다양한 활동을 하는 것도, 학교에서 친구들을 만나는 것도, 너무나 즐거웠고 내 세상을 이루는 것이었다. 내가 학교에서 얻은 것에는 원의 방정식 같은 공식뿐만 아니라 다 까맣게 탄 달고나를 만들며 얻은 웃음이나 수업에 대해 친구들과 이야기하며 얻은 배움 같은 것들도 있었다는 걸 알게 된 순간, 나는 학교를 날 키우는 또 하나의 집으로 받아들일 수 있었다.

#3

고등학교 3학년이 되고 친구들이 다들 각자 바빠지기 시작했다. 누군가는 대입을 위해 수능 공부를 열심히 하고, 누군가는 세부 특기사항을 위해 진로에 맞는 다양한 활동을 하고, 누군가는 기술을 배우기 위해 타지로 떠났다. 나도 이제 누구나 중요하게 말하는 '고3'이 되었음이 실감 났다.

그래도 나는 '나'를 지키고 싶었다. '고3인 나'에서 '나'에 중점을 두고 싶었다. 내가 행복하다고 느낀 일상을 제쳐두고 잃고 싶지 않았다. 여전히 공부하고 친구들과 대화하며 배움을 얻는 것도, 친구들과 취미를 즐기며 이야기하는 것도 내 세상에 없어선 안 될 것이었다. 내 수험생 시절은 행복했고 활기가 있었다. 그런데 문득 이런 내 일상이 모래성 같다는 생각이 들었다. 수능과 대입과 졸업이라는 거대한 파도 앞에서 너무나 쉽게 없어져 버릴 모래성 말이다. 그래서 나의 한편은 항상 불안했다.

나 또한 어떤 전략으로 미래를 준비해야 할지 고민이 되었다. 나는 국어 교사라는 꿈을 이루기 위해 스카이 대학의 국어교육과를 지망했다. 대학 입시에는 학교의 시험 성적을 주 판단 기준으로 대학에 원서를 넣는 '수시' 전형과 수능 성적을 주 판단 기준으로 대학에 원서를 넣는 '정시' 전형 등이 있었다. 나는 학교 수업을 열심히 듣고 공부한 만큼 수시 전형으로 대학에 가고 싶었다. 그러나 나의 상황에서 수시 전형 진학은 굉장한 스트레스 요인이었다.

내 학교 시험 성적은 나쁘지 않았다. 2학년에 전교 1등을 하고 3학년의 첫 시험도 괜찮게 치러 마지막 기말고사만을 남겨둔 상황이었다. 그러나 나는 학교 시험에 지쳐 있었다. 1등급에 해당하는 몇 명의 자리를 두고 학교 친구들끼리 경쟁하는 학교의 시험 형태, 학원의 정해진 커리큘럼을 따라 기계처럼 공부하는 것이 나는 너무나도 싫고 죄책감마저 들게 했다. 내가 '나'가 아니게 되는 것 같았다. 그렇게 잔혹하게 냉정하게 얻은 성적이 내 자존감의 밑바탕이 되어가는 것을 보고 나 자신까지 싫어졌다. 그렇게 성적과 대학 만능주의의 일원이 되어가는 나를 보고 있자 하니 내가 능력 만능주의와 정 없이 경쟁만 가득해지는 사회의 흐름에 동조하는 것 같았다.

그래서 나는 나 나름대로의 반항을 저질렀다. 수시 성적에 반영되는 마지막 시험인 기말고사에서, 일부 과목과 문제, 대략 반 정도에 답을 적지 않았다. 내가 1등급 중 한 자리를 차지하고 다른 친구를 밀어내는 것이 괴로웠다. 내가 나를 스스로 밀어내고야 나는 마음을 정당화하고 편해질 수 있었다. 물론, 웃기게도 목표 대학과 전형 중 하나였던 서울대의 정시 전형이 학교 시험 성적을 반영한다는 것은 기말고사가 지나고 며칠이 지나서야 알았다. 그 정도로 즉흥적이고 무책임한 행동이었다. 답을 적지 않은 전교 1등이라니, 황당한 행동이었지만 선생님들은 나의 정시 전형 선택에 응원을 보내주었다. 그래 그래서 배수진을 쳤다는 거구나, 이제 뒤는 없으니까 열심히 해보자.

#4

이상하다. 숫자의 압박에서 벗어나려 할수록 더 많은 숫자 속에 갇힌다. 공부에 집중하면 된다고 생각했는데, 마음이 편해지지 않았다. 여름이 지나며 기말고사와 6월 모의고사가 끝난 친구들은 휴식 아닌 휴식 시간을 맞게 되었고 각자 나름의 이유로 혼란의 시간을 보냈다. 물론 나 또한 예외가 아니었다. 수능 날짜가 다가올수록 펜이 손에 잡히지 않았다. 공부라는 학생의 본분도 점점 나에게서 멀어져갔고 반대로 공부에 대한 책임감과 불편함은 날로 커졌다.

그런데, 답이 보이지 않는다. 문제가 읽히지 않는다. 글자도, 숫자도 눈에 들어오지 않는다. 어서, 다른 사람들보다 빨리, 문제를 풀어야 하는데……. 수능을 2달 앞둔 9월 모의고사에서, 나는 문제를 끝까지 풀지 못했다. 문제를 풀지 못했다는 충격에 더 문제가 풀리지 않았다. 나의 공부에 의심이 가기 시작했고 성적은 급격하게 낮아졌다. 전교 1등은 물론이고 목표 대학의 마지노선이었던 서울권 대학교에 갈 수 있을지도 의문이 생겼다. 이러면 안 되는데, 나는 대학에 '잘' 가야 하는데…….

나는 잘해야만 한다. 나는 잘해왔던 사람이고, 남들보다 공부를 잘하는 사람이라 믿었다. 그런데 그게 맞는가. 내가 열심히, 잘 배운 학생이라 할 수 있는가? 나는 어느새 공부를 열심히 하는 학생이 아니라 공부해서 얻은 등수를 자랑하는 학생이 되어 있었다. 정신을 차리고 보니 등수만을 갖추기 위해 노력하는 내 모습만이 남아있었다. 그래서 공부도, 마음가짐도 처음부터 시작하기로 했다.

하지만 그렇다고 공부를 놓으면 안 된다. 나는 지금 잘하고 있다고 믿어야 한다. 그래야 공부를 할 수 있고, 좋은 대학에 갈 수 있다. 내가 지금 무슨 공부를 하든 무슨 성적을 받든, 어떤 말을 하고 어떤 생활을 하든, 내가 잘하고 있다고 생각하고 나아가야 한다. 나는 1등인 학생이니까, 나는 항상 맞는 학생이니까.

서울, 스카이, 유명 인강과 유명 공부법만이 옳은 것이다. 최대한 적중률이 높은 좋은 문제를 풀자, 수능을 위한 좋은 수업을 듣자. 그렇지 않은 자잘한 문제나 필요 없는 일상은 버리고 좋은 문제에 집중하자. 정말, 오로지 그것에만 내 신경을 집중해야 한다. 그런데, 왜 이렇게 점수가 안 나온 거지. 60점이라니, 말도 안 돼. 이건 입시학원 모의고사가 아니라 교육청에서 제작한 모의고사라 그래. 시험 문제가 이상한 거야.

준서야, 이 문제가 궁금하니? 이 문제는 삼인칭 어법을 썼기 때문에 이게 정답이야. 기출 문제에도 많이 나온 건데 이 부분을 몰랐나 보구나. 그렇구나, 내 생각이 짧았던 거구나. 이렇게 학교와 수업에서도 중요한 것

과 많은 것을 배울 수 있는데, 내가 내 학습의 초점을 한 곳에만 두고 있었
구나. 열심히 하되 매몰되지 말고 넓은 세상을 보자, 학교에 오는 오늘의
일상을 바라보자. 그런 일상에서 얻는 배움이 더 크다는 것을 그날 다시
금 알게 되었다.

#5

11월 16일, 찬 바람을 뚫고 학교에 도착해 시험을 준비했다. 기분이 좋았
다. 아는 친구도 만나고, 약간의 흔들림은 있었지만 순조롭게 문제를 풀
어나갔다. 긴장하다가 반가운 문제를 만났는데, 학교에서 배웠던 삼인칭
어법 문제였다. 마침 학교에서 배운 문제가 나와 쉽게 풀 수 있었는데, 그
문제를 맞춘 덕분에 목표 점수를 넘겨 성적 등급이 오를 수 있었으니 놀
라운 행운이었다.

나의 입시는 운 좋게 성공적으로 끝나 나는 목표하던 고려대학교 국어
교육과에 합격했다. 내가 고등학교에서 깨달은 것을 바탕으로 나는 국어
교사라는 꿈을 배우기 위해 전진할 것이다. 물론 학교에서 지식과 공부
에 대한 것도 많이 배웠지만, 내가 학교를 다니며 얻은 가장 소중한 것은
나의 원동력이 되어준 긍정적인 마음가짐이었다. 선생님과 친구들로부터
사랑을 분에 넘치게 받고, 무엇보다도 나에게 행복을 주는 일인 사랑을
나누는 일을 하며, 나는 사랑과 기쁨만 있으면 무엇이든 할 수 있다고 믿
게 되었다.

준서야, 졸업을 축하해. 3년간 누구보다 열심히 노력한 준서가 좋은 결
과와 함께 졸업을 하게 되어서 더없이 뿌듯하고 기쁜 날이 될 거라는 생
각이 든다. 우리 준서는 무얼 하든 잘 해낼 거니까 스스로에 대한 믿음을

잃지 말고 앞으로 잘 나아가자. 그래서 약속 하나 하려고요. 최대한 열심히 배워서 멋진 선생님이 되어서 돌아올게요. 당당하게 제 생각을 가지고 이 세상을 바꾸는 사람이 되어볼게요.

그런데, 한편으로는. 준서야, 서울 가서 적응 잘 할 수 있겠나. 당연하죠, 고등학교에서도 학교생활도 입시도 이렇게 잘 해낸 저인데. 저라면 정말 잘할 수 있고, 그 과정도 슬기롭고 멋지게 헤쳐 나갈 수 있어요. 저는 입학할 때와 다르게 이제 많은 것을 알고 많은 것을 할 줄 아는 어른이니까요.

그리고 몇 달이 지나 대학생이 되어 학교에 방문했다. "준서야, 정말 오랜만이다! 준서가 대학생이 됐다니. 준서 1학년 때 쓰러진 적도 있지 않았나? 아무튼, 여기까지 왔는데 이런 말들만 하는 것 같아서 좀 그렇지만, 준서야, 앞으로 살면서 많은 일을 겪게 될 거고. 그러면서."그리고 선생님이 뒤에 하신 그 말씀은 지금까지도, 아마 영원히 내 마음 한편에 남아 떠돌게 될 말이자, 앞으로의 20대 생활을 미리 보여 주는 말이기에 기억에 선명하게 남아있는데, 어떤 말이냐면, "넌 앞으로 네가 어떤 사람인지 고민하게 될 거야."라는 말이었다.

3.
청춘 이야기

#0
2022년 겨울, 경상남도의 어느 고등학교.

선생님의 걱정에 나는 괜한 투정을 부렸다. 선생님이 말했다.

"준서야, 서울 가서 적응 잘 할 수 있겠나."

내가 말했다.

"당연하죠! 서울에 가면 제 친척도 있고, 아무튼 저는 잘 할 수 있을 거예요."

고등학교에서의 생활과 입시를 성공적으로 마무리한 나는 내가 무엇이든지 해낼 수 있는 사람이라고 생각했다. 차근차근, 차곡차곡 쌓아 올린 내 3년의 결실 중 무엇보다 기뻤던 것은 우리 학교의 사랑받는 학생이 되었다는 것이었다. 갈 곳 잃고 떠돌던 나를 거두어주고 사랑해주고 다시 살아갈 계기가 되어준 나의 고등학교. 처음으로 나라는 사람을 만들고 내보였으며, 내 뜻을 펼치고 나를 새겼던 곳. 나도 얼른 임용고시에 합격을 하고 돌아와 이곳의 선생님이 되어 나와 같은 학생들을 만나는 것이 나의 꿈이었다.

그리고 나라면 정말 잘 할 수 있을 거라고, 그 과정도 슬기롭고 멋지게 헤쳐 나갈 수 있을 거라 자신했다. 난 이제 많은 것을 알고 많은 것을 할 줄 아는, 어른이니까.

"네. 선생님, 지금 교무실 앞에 애기 하나랑 같이 있어요."

"네?? 애기요!?"

물론 아무도 그렇게 생각하지 않았던 것 같지만.

이상하게도 다들 나를 걱정했다. 하지만 나는 하나도 걱정하지 않았다. 다들 괜스레 그런 말을 하는 것이라고 생각했다. 내가 누구인데, 내가 못하겠어? 이미 수없이 넘어졌지만 일어났고, 지금은 단단해져 이렇게 당

당하게 서 있는데. 이제 다시는 무너지지 않을 거고, 나는 내 앞으로의 인
생을 달려 나갈 거야.

#1
2023년 봄, 서울.
─그러니까, 모든 것이 처음이었고, 새로운 환경이 낯설기도 했어요. 자
리가 정해져 있던 고등학교와 고향을 떠나 어떤 길을 가야 할지, 제가 누
구인지 몰라 막막하기도 했어요.─

"우리가 해야 할 교육은 어떤 것일까요?"
교수님이 물었다.
나는 답할 수 없었다. 나는 입시 중심 교육을 싫어했기에 교육 체계가
학생의 체험을 중심으로 바뀌어야 한다고 생각했지만, 정확히 어떤 방안
을 제시해야 할지 몰랐다. 아직 아무 지식도 경험도 없이 어설픈 반항심
만 가지고 있던 나는, 그다음을 그리는 것에 대해 생각해 보지 못했다.
그때 나는 어색했던 나의 동료들을 굉장히 멋지다고 생각했다. 자신의
지식과 경험을 바탕으로 교육에 대한 철학과 주장을 말하는 그 모습들
이, 나에게는 높은 경지에 이른 사람처럼 보였기 때문이다. 나는 나도 얼
른 내 가치관을 확립하여 나의 주장을 단단하게 외칠 수 있는 사람이 되
기를 바랐다.
대학에서의 공부는 다행히 아주 마음에 들었다. 국어교육을 어떻게
해야 하는가에 대해 이야기를 나눌 때마다 꿈을 향해 한 발짝씩 내딛는
것 같아 기뻤다. 내 생각을 담은 리포트를 쓰고 다른 학생들과 토론하는

수업은 내 교육관의 이상이었다. 다음 수업이 기다려지고 무엇이든 배우고 싶은 욕구가 생겼다.

욕심이 났다. 힘든 여정을 거쳐 대학에 왔으니 대학에서 누릴 수 있는 모든 것을 경험해 보고 싶었다. 절실히 하루하루를 행복하고 의미 있게 살고 싶다는 욕심이 났다. 모든 시간을 즐기며 모든 지금을 갖고 싶었다.

대학에서 처음 사귄 친구와 담소를 나누다가, 생각지 못한 이야기를 들었다.

"여긴 다 고대생이니까, 나만의 무언가가 필요할 것 같아서."

듣고 보니 정말 그렇다는 생각이 들었다. 대학에 오기 전에는 모두가 날 좋은 대학에 왔다는 것으로 칭찬해 주고 그만으로 충분한 것 같았다. 그런데 대학에 와보니까 그렇지 않다는 것을 알았다. 각자 자신의 취미나 진로를 위해 노력하는 것 같았다. 각자 자신이 좋아하는 것이나 자신을 나타내는 것을 가지고 있는 것 같았다.

나는 모든 것에 포용적인 편이었다. 이 노래도 좋고 저 노래도 좋은가 하면, 이 사람도 좋고 저 사람도 좋고 다 똑같이 좋게 생각하려는 사람이었다. 그래서 내가 열렬히 좋아하는 무언가를 잘 찾지 못했다.

그래서 나는 할 수 있는 말이 많지 않았다. 나는 내가 좋아하는 노래나 영화에 대해 쉽게 대답하지 못했다. 내가 가지고 있는 문화에 대한 식견이 넓지 않았을 뿐 아니라, 내가 좋아하는 것에 대한 확신이 없었다. 그래서 서둘러 사람들이 좋아하는 프로그램의 이름을 대곤 하며 대답을 넘기곤 했다.

나는 나의 자아를 형성하는 것이 두려웠다. 내가 어떤 것을 좋아한다고 하면 그것을 못마땅하게 생각하는 어떤 사람의 기준에 내가 거슬릴까봐, 내 열망을 찾지 못하고 대중적인 열망을 찾으려 했다. 그 속에서 나는 내가 좋아하는 것, 내가 싫어하는 것, 내가 하고 싶은 것과 되고 싶은 것마저 흐려졌고, 명확하다고 생각했던 나의 꿈에 대한 열망도 점점 잊게 되었다.

나는 어떤 사람이었을까? 고등학생 때만 해도 나는 내가 사랑받는 사람이라고 생각했다. 그러나 학교를 떠난 이후 나는 내가 사랑받은 이유를 잊어버린 것 같았다. 나는 선한 사람이라고, 내가 성실하고 똑바른 학생이라고 칭찬받았던 것 같은데.

나는 곧 무서워졌다. 내가 사랑받을 수 있는 사람인지를 묻고 싶었으나 답이 나오지 않았다. 내가 사랑받을 수 있는 사람인지 자문하니 나를 좋게 소개할 수 없었다. 이곳에서 내가 어떻게 받아들여질지 몰라 나는 회피하고 싶어졌다.

나는 비로소 여기에 와서야 나의 애향심을 발견할 수 있었다. 고향을 떠나기 전까지만 해도 고향에, 과거에 대한 애착이 크지 않았다. 고향에 대해 딱히 자각도 소속감도 없었다. 그런데 떠나고 나서야 무서움을 느꼈다. 나를 사랑해 주었던 고등학교 그 시절로 돌아가 나의 존재를 다시 찾고 싶었다. 꼭 소속감이라는 것이 있어야 하냐는 생각에 도전하기에는 아직 세상이 무서웠기에, 나는 더 고향에 대한 소속감에 매달렸다.

그러나 나는 고향을 떠난 동시에 타지 생활을 하고 있었다. 그렇기에 고향과 서울, 두 공간에 있는 나 둘 중 어느 것도 다잡지 못하고, 내가 어떤 사람인지를 정하지 못하는 것 같았다. 그렇기에 나의 서울로의 타지

생활은 그리움과 발전 욕망의 줄다리기 싸움이었고, 그 과정이 위태로웠
으며 아팠다.

　나는 주변을 모방하면서 답을 찾으려 했다. 내가 동경하는, 주변에 인
정받는 다른 사람들을 닮는다면 나도 당당한 사회의 한 사람으로 인정
받을 수 있을 거라고, 혼자 생각하면서 말이다. 그래서 나는 불안해하면
서 매달렸다. 사람들과 같은 사람이 되기 위한 연결고리를 무작정 찾으면
서, 거기에 나를 맞추어 가면서 말이다.

　나는 내가 인정받을 수 있는 존재가 되고 싶었다. 취미라는 것이 자기
의 행복과 만족을 우선순위로 두어야 하는 것임에도 내 취미를 사람들
이 만족할 수 있을지를 신경 썼고, 이 사회의 평균과 다수에 해당하지 않
는다고 생각한 자신이 괜스레 죄지은 것처럼 느끼기도 했다. 내가 확실하
게 가지고 있다고 생각했던 나의 꿈조차도 '이 사회에서 교사가 선망받는
직업인가'라는 새로운 기준에 따라 회의하기 시작했다.

　나를 지탱해 주고 나를 사랑하며 내가 사랑하던 사람들과 도시와 떨
어져, 새로운 환경에 적응해가면서. 나를 이뤘던 관계들과 기억들이 제
기능을 하지 못하는 낯선 장소와 맞닥뜨리면서, 나는 내가 어떤 사람인
지뿐만 아니라 내가 그토록 소중하게 여겼던 내 꿈의 방향 또한 잃어버린
것 같다. '나도 선생님이 되어 나 같은 학생과 함께 해주고 싶다'라는 어릴
때의 나에게 가장 중요한 목표를, '이곳에서 처음 만난 어떤 사람이 내 직
업을 부러워하고 인정했으면 좋겠다'라는 듣도 보도 못한 새로운 욕망이
등장해 꺾어버리는 순간이었다.

　결국 나는 학생 때의 교사가 되고 싶어 하는 열정적인 어린아이와 넓

은 세상에서 길을 찾지 못해 갈등하는 갓 어른이 된 아이 사이에서 갈팡질팡한다. 고향을 떠나 세계 각지에 흩어져 살면서 이중 정체성을 고민하는 유대인들처럼, 나는 내 관심사와 생각과 꿈 모두 기억과 변화에 대한 욕망 속을 왔다갔다 하면서 시간을 보냈다.

#2

나는 어릴 적부터 이야기의 주인공들을 부러워했다. 고난과 역경을 딛고 왕이 된 용사는 오래오래 행복하게 살았습니다. 그렇게 어떤 이야기의 끝에 다다르면 행복하게 살 수 있는 방법을 알 수 있을 것이라고 생각했다. 그래서 나는 내가 얻은 자신감과 교사라는 나의 꿈만 있으면 나는 무슨 일이든 쉽게 이겨내고 행복할 수 있을 줄 알았다.

하지만 이야기의 끝이라는 것은 없다는 것을 이제는 인정해야 했다. 내가 얻었다고 믿었던 '행복하게 살 수 있는 하나의 진리' 같은 것은 생각보다 쓰기가 힘든 무기였다. 고등학교 시절 배운 지식과 열정만으로 대학에서의 과제를 수행하기에는 무리였다. 교사라는 꿈을 향해 달려가고, 교사가 되면 나는 행복할 수 있을 것이라는 단순한 믿음은 점점 의심스러워졌다.

나는 내가 배웠던 것을 가지고 살아가고 싶었다. 그러나 고등학교 때 배웠던 공식 같은 것들은 이제 중요하지 않다. 고등학교에서 내가 어떤 사람이었건 서울에서는 아무런 영향을 끼치지 않는다. 세상은 무엇을 이루어냈느냐가 아니라 무엇을 이루어낼 것인가라고 묻는다는 것을 몰랐다. 난 이 다음 이야기를 잘 살아갈 수 있을지를 확신하지 못했고 점점 움츠러들었다.

청춘은 자유로운 만큼 그 막막함, 그 지난함을 견딘다는 것이라는 것을 수업에서 배웠다. 멋모르고 젊음을 좋아했던 나는 이제 그 막막함을 가지고 가야 한다는 것을 알게 되었다.

몽골의 드넓은 초원 이야기를 들어 본 적이 있다. 별이 총총한 밤 초원에 혼자 누워있으면 온 세상이 내 집 같아서 가슴이 뻐렁치는 사람이 있는가 하면, 광활한 공허 속에 나 혼자뿐인 것 같아서 지독한 공포를 느끼는 사람이 있다는 이야기이다. 나는 넓은 초원에서 낭만을 즐기며 자유로움을 알 수 있는 사람일 것으로 생각했는데, 하지만 나는 그러기엔 아직 너무 어리고 후자에 가까운 사람인 것 같다는 것을 알았다.

분명 사람도 정신없을 정도로 이렇게 많은데, 넓은 공간에 혼자 남겨진 것 같은 기분이 들면서 무얼 해야 할지 모르겠는 거다. 다른 사람들은 알바도 하고 과외도 하고 대외 활동도 하고, 이것저것 대학생으로서 할 수 있는 활동을 하는 것 같은데 나는 어떤 걸 해야 할지도 모르겠고. 학교 수업은 또 무슨 말인지 모르겠고,

처음에는 대학교에서의 새로운 모습이 마냥 다 좋다고 생각했다. 대학에서 수업을 듣고 발표를 하는 것도, 글을 쓰고 나의 글을 평가받는 것도 다 잘할 수 있을 거라 생각했다. 그런데 처음은 생각보다 더 어려운 것이었다. 수업에서 영어로 말을 해야 할 때, 다들 자신 있게 하는 자기소개를 나만 우물쭈물하고 있었을 때, 나는 내가 외국인도 아니고 외계인이 된 것 같았다.

─그런데 기억나요? 아무 말도 못 한 채 의기소침해 있던 나를, 도망치려 했던 나를 '환대'로 붙잡아 준 것, '다정'이라는 쓰다듬으로 나를 말할 수

있게 격려해 주었던 것 말이에요. 그러니까 내가 그때 말하고 싶었던 것은 그것이었어요. 생각과 행복과 꿈의 흔들림을 막고 다시 일으켜 세워줄 수 있는 것은, 바로 사람이 주는 온기라는 것을요.-

나는 어떤 사람이 되어야 할까? 어릴 때의 나는 멋진 사람이 되고 싶어 했다. 이런 말을 들어 보았기 때문이다. 멋진 사람은 자신이 한 말을 지키는 사람이야. 그들은 자신이 표현한 것이 곧 자신이 되는 사람이라서, 세상을 바꾸는 힘이 있다고. 하지만, 그 책임이 무서워. 그러면, 할 수 있을 만큼의 말을 하고 지키면 된다고.

내가 표현하고자 하는 것이 곧 내가 될 수 있도록 내가 솔직해질 수 있다면, 나를 있는 그대로 표현해도 될 만큼 내가 멋진 사람이라면. 이 내가 화려한 기교는 없다고 한들 담담한 멋짐이 자리하고 있어 두고두고 찾을 만한 삶이라면. 멋진 사람을 보고 예술이라고들 한다. 삶을 보고 예술이라고 하고 삶이 예술이 된다. 예술의 먹은 어떻게든 아름답게, 자유로이 그려져 나간다. 내 꿈을 임용고시를 통과한 국어교사라는 직업으로 정의할 수 없다면, 당신의 말대로 그 이후와 그 내면을 고민해야 한다면, 내 꿈은 예술이 되는 거다. 시간이 지나도 공간이 달라져도 여전히 남아있을 꿈.

그래서 나는 당당하게 살아가기로 했다. 무얼 말하고 무얼 공부하던, 나는 하고 싶은 만큼만 하고 하고 싶은 것을 다 해도 멋질 사람이라고 믿고, 솔직하게 살아가기로 했다. 하고 싶은 꿈을 꾸고, 하루를 보내고, 진정으로 하고 싶은 말을 하기로 했다. 그러니까,

-찬 바람이 불던 도서관 앞, 건물로 들어가려던 당신을 불잡고 "그리고

존경해"라며 편지의 주인을 밝힌 날 기억하나요? 그 말을 하고 싶었어요. 당신의 그 행동은 나에게 특별한 무언가가 되어주었고 나는 그것을 통해 되고 싶은 무언가가 생겼다는 것을요.-

#3

나의 스무 살은 열정이 가득했다. 나의 사랑에 대한 의심도 많았지만 그만큼 사랑받는다는 것을 아주 많이 느끼고 알 수 있었다. 그래서 나의 행복에 대한 열정뿐만 아니라 다른 사람의 행복에 대한 열정도 같이 커졌다. 너무도 함께하고픈 사람이 많았고 같이 행복하기 위해 무엇이든 하고 싶었다. 아름다운 청춘의 한 페이지를 같이 써내려 가자는 노래가 미치도록 좋았으며, 이 청춘을 써내려 가는 어른이 좋았다.

한편으로는 어른이라는 것이 섬찟했다. 나이를 한 살씩 먹고 아는 것이 많아지면서 내 생각이 예전만큼 맑지 못하다는 느낌이 들었다. 무언가를 보았을 때 다른 잡생각 없이 순수했던 인상은 이제 느껴지지 않고 다른 세속적인 것들이 자꾸만 떠오르는 것이다.

직업과 돈과 집과 가족과 친구와 사람을 그 자체로 바라보려고 하지만 내 눈에 무언가 검은 것이 묻었다. 어른이 되고 지방과 서울의 생활, 대학이라는 사회생활을 겪고, 삶이 계속되며 생각해야 하는 자기본위가 강해지며 이건 젊음이 아니라 늙음이라는 생각이 들었다. 결국 어른이 되면 될수록 첫 어른이라는 스무 살이 느낄 수 있는 세상은 없어질 것이다. 처음에서 오는 이 열정은 오래가지 않을 것이었다. 그것이 슬펐다.

나는 앞으로의 내 생계에 대해 생각하지 않을 수 없었다. 나는 고향 마을로 돌아가 아이들을 가르치며 친하게 지내는 교사로 평생을 살고 싶었다. 그러나 돈이 아쉽고, 서울의 인프라가 아쉬웠다. 서울에서의 하루하루를 보낼수록 서울의 발전된 시설과 높은 빌딩들을 갈망할 수밖에 없었다.

그러나 교사의 월급으로 내가 서울에서 안정된 삶을 살아가기는 어려움이 있을 것 같았다. 학력을 제외하고는 서울에 연고가 없는 내가 교사의 월급으로 서울에 정착하기에는 힘들 것 같았다. 정확히는 서울에서 많은 부를 누리면서 살기 어려운 것이 오늘날의 현실이었다. 그제야 나는 돈을 많이 버는 직업을 사람들이 갈망하는 이유를 뼈저리게 느꼈던 것 같다.

나는 돈보다 만족을 추구하는 사람이라고 굳게 믿고 있었으나 돈이 만족의, 행복의 전제조건이라는 것을 외면할 수 없었다. 경제적인 이유로 꿈을 포기하는 사람이 되기는 싫었으나 그런 소망이 현실을 잘 모르는 철없는 아이의 어리광인 것 같기도 하여 교사라는 꿈이 부끄럽게 느껴지기도 했다.

나는 내가 교사가 되면 후회를 하게 될 것이라는 예감이 들었다. 교사가 된다면 나는 꼭 나의 결정에 대해 '교사가 되지 않았다면 어땠을까'를 고민하며 아쉬움을 가질 것이다. 돈을 잘 버는 대기업에 취직을 해 하고픈 것을 할 수 있는 돈과 여유를 가지게 된다면, 이 도시의 인프라를 누리며 자유롭게 생활할 수 있는 권력을 가지게 된다면. 그렇게 자유롭고 편안하게 생활할 수 있는 환경을 갖추게 된다면 나는 더 행복하지 않을까.

나의 생활을 제한하는 수능이 끝났을 때 나는 하고 픈 것을 할 수 있는 것이 자유로운 것인 줄 알았다. 하고 픈 것을 할 수 있도록 많은 것을 가지면 자유로워질 줄 알았다. 그러면 지금의 내가 가진 모든 것을 펼칠 수 있는 권력을 가진, 자유로운 사람이 되는 거라고, 그렇게 믿으며 내일의 나에게 주어질 자유를 기대했다.

하지만 자유롭다는 것은 그런 게 아니었다. 자유롭다는 것은 편안한 것이 아니라고. 내가 지방에 있든지 서울에 있든지 어디에 있든지, 누구와 있든지 어떤 말을 듣든지 나의 위치가 어떤지와 상관없이. 어떤 일을 하건, 통장 잔고에 얼마가 있건 상관없이.

그런 관념에 굴복하지 말고. 부러움이나 열등감이나 선민의식 같은 마음에 눈을 빼앗기지도 말고, 다른 사람의 눈이 무서워서 거짓말을 하지도 않고, 그걸 똑바로 직시하며 고통스러워하기도 하면서, 그럼에도 겨우겨우 이겨내는 것. 위태롭게 살아가면서도 내 눈을 잃지 않고 똑바로 쳐다보는 것. 그렇게 나를 버텨내며 나 스스로 진실로 떳떳한 사람이 되면, 그제야 나지막이 자유롭다고 속삭일 수 있다는 것을 알았다.

나는 돈을 잘 버는 흔히 선망받는 직업을 내가 가졌을 때 내가 나 스스로에게 떳떳할 수 있을 것이라는 생각이 들지 않는다. 나는 결국 교사가 되어 학생들을 만나는 것이 나를 행복에 이를 수 있게 하는 조그마한 길이라고 믿는다. 나는 교사가 되어 아이들을 안아주는 것이 나를 자유롭게 할 진실한 꿈이라고 믿는다. 그래서 나는 임용고시를 통과해 교사가 되기 위한 여정을 결정하였다.

#4
차가 부딪친다. 교통사고가 난 모양이다. 내가 하늘에서 떨어지기도 한다, 집이 무너지고 불이 나기도 한다. 언제나 그랬듯 모든 것이 부서진다. 빨리 이곳을 벗어나야 한다. 도로가 끝나고 앞에 바다가 보인다. 그런데 배가 없다. 건널 방법이 없다. 앞은 너무 멀고 한없이 푸르기만 한 바다만 있다. 포기해야 한다. 그렇게 모험은 끝이 난다.

또 기분 나쁜 꿈이다. 요새 유독 끝이 좋지 않은 꿈을 자주 꾼다. 이상한 감정이다. 이런 꿈을 꾸고 나면 어디로든 떠나야 할 것만 같은 기분이 든다. 사람이 아무도 없는 산이던 물소리만 가득한 바닷속이던, 빨리 나를 아는 사람들이 있는 곳에서 벗어나야 할 것만 같다.

꿈과 열정과 노력. 나의 꿈과 진로를 구성하는 많은 사소한 일과 사소하지 않은 일들. 대학에 가면 그 장대한 일을 위해 열심히 달릴 줄 알았는데, 생각보다 재미가 없다. 철없는 나이라 그런지 꿈을 위한 목표는 어디가고, 시험공부는 하기 싫고, 재미만이 내가 추구하는 장대한 목표가 되어버렸다.

나의 목표는 대학교에 다니는 동안 국어교사로서 유용하게 활용해 나갈 지식을 배우고 임용고시에 합격해 좋은 교사가 되는 것이다. 따라서 배운 내용을 열심히 공부하고, 기회가 된다면 학생들을 가르치는 경험도 하면서 실력을 쌓고 싶었다. 하지만 나는 공부를 너무나도 안 했다. 나는 임용고시에는 대학 학점이 크게 필요가 없기 때문에 시험에 대한 욕심이 크지 않은 것을 원인으로 뽑았지만, 근본적인 원인은 다른 데에 있는 듯했다.

–하루의 일상을 버티던 마음이 부서져 가요. 더 이상 버티지 못하겠어요. 그렇게 하고 싶었던 공부와 글쓰기인데, 왜 이렇게 글이 읽히지 않고

110 우리가 꿈을 쓰는 시간

쓰이지 않을까요. 아무것도 하기가 싫어요.-

아무것도 하지 못하겠다는 생각이 극렬하게 들 때, 나를 지탱하던 어떤 줄이 끊어진 것 같은 느낌이 들었다. 밥을 먹고 배가 불러서 졸리고 공부가 손에 잡히지 않았다. 배가 불러서 그래, 복에 겨워서 그래. 공부를 할 수 있는 환경인데도 하지 않는 건 기만이야. 어이없는 상황인 거라고.

수업을 가야 하는데 몸이 움직이지 않는다. 건강은 멀쩡한데, 강의실에 가서 수업을 열심히 들어야 하는데. 학교에 누워있다가 일어나 보니 어느새 시간이 수 시간이 더 흘러 있었다. 결국 강의 수강을 포기하고 나서야 정신을 차렸다. 정신을 차리고 보니 나는 강의에서 낙오한 사람이 되어 있었다. 내가 이렇게 나약한 사람이었나, 나는 아무것도 할 수 없는 사람인 걸까?

하루를 버티어야 한다는 압박. 하루를 버티지 못했다는 것에 대한 자책. 더 이상 버틸 수 없었다. 답답한 마음에 좁은 기숙사를 뛰쳐나와 미친 사람처럼 이곳저곳을 돌아다녔다. 학교의 산을 달려도 바다처럼 드넓은 강에서 달려도 갇혀 있다는 괴로움은 풀리지 않았다. 오히려 마음의 지침 속에서 더 무너져 갔다.

그렇게 마지막에 이르던 날, 아무것도 하지 못하는 사람이 되어 당황했을 때, 나에게 누군가 자신이 나를 위해 준비한 과제 내용을 적은 종이를 내밀어 주었다. 그것이 단순한 종이 이상의 도움이자 위로였다는 것을 알고 있을까. 정말 따뜻한 손길이었다고, 다음으로 나아갈 나의 기운이 되어주었다고 말하면 과연 믿을까.

준서가 피로사회의 성과주체였다니, 이럴 수가. 당시 우리는 수업에서 다루었던 한병철의 『피로사회』에 등장하는 '성과주체'라는 개념에 꽂혀 있었다. 성과를 내기 위한 자기 자신의 착취에 의해 구속되어 자기 파괴를 불러오는 '성과주체'라는 개념은 당시 공부와 글쓰기에 지쳐 있던 우리들의 공감을 불러일으키는 단어였다.

그날 목막힘 끝에 내뱉은 숨은 나를 어지럽게도 했지만 한결 나의 괴로움을 물러나게 했다. 당신이 괜찮다며 나의 착취를 잠시 걷어내 준 그 시간은 어디인지 모를 위태로운 공간에서 나를 원래 자리로 점차 다시 데려다주었다. 나는 다시 내가 당신과 마주하고 있는 이 자리에 있다는 것을 알게 되었고 길가를 거쳐 다시 교정을 보았을 때는 이곳에 돌아왔다는 느낌마저 들었다. 이 번아웃의 소용돌이에서 벗어나는 방법은 이렇게 잔잔하고 소박한 말과 시간일지도 모른다고, 그때 알게 된 것 같다.

－그대여 힘이 돼주오, 나에게 주어진 길 찾을 수 있도록, 그대여 길을 터주오⋯⋯－ 그렇게 우리는 우리도 모르게 우리의 길을 서로 터주며 각자의 꿈을 향해 나아간다.

#5
"교수님은, 시가 싫어진 적이 있나요?"
"아니, 시를 싫어한 적은 없지만 그건 시가 어렵기 때문일 거야."
"네?"
"어려운 시를 공부하다 보면 시의 재미를 발견하지 못해서 시를 싫어한다고 느끼게 되는 거지. 그 과정을 이겨내야 해."
1학년 시절 철없이 던진 질문에, 자세한 문장은 기억이 흐릿하지만, 이런 이야기를 들었던 것 같다. 내가 시에서 재미를 잃어버린 것은 그 때문일까? 시도, 소설도, 국어도, 내가 싫어진 이유는 무엇일까? 2학년이 되고 전공 수업이 부쩍 늘었다. 점점 커지는 과제와 공부의 압박 속에 나는 속도를 따라가지 못했다. 속도를 따라가지 못해 급하게 과제를 제출하다 보니 만족할 만한 결과가 나오지 않았다.

마음이 편하지 않았다. 멀어져가는 스물의 후원과 안심, 스러져가는 스물의 용기와 열정. 급하게 시 발표를 했다. 당연히 만족스럽지 않고 아쉬웠다. 하지만 내 발표의 이 결과가 내 실력의 한계라는 생각이 들었다. 나는 딱 이만큼까지인 것 같다는 생각이 들었다.

내가 좋은 교사가 되는 길을 걷고 있는 것인가? 내가 이렇게 학교에서 안일하게 지내도 교사가 될 수 있을까? 나는 성적이 높은 학생도 아니고, 성공적인 교육 경험이 있는 사람도 아니다. 내가 교과 내용을 잘 배우고 있냐 하면 열심히 배운다고 말할 수 없을 것 같다. 또 다른 도전은 무엇이 있을까, 사교육 아르바이트에 도전해 보았으나 미흡한 실력으로 인해 늘 골칫덩어리였다. 과외는 또 하기도 어렵고 막막했다. 국어학원에 다니거나 과외를 받아본 적이 없는 나는 사교육이라는 미지의 세계에 접근하지 못하는 사람이라는 생각이 들었다.

결국 나는 내가 좋은 국어 교사가 될 수 있을지에 대한 회의를 가졌고, 그 회의는 곧 내 생각을 몰아붙여 나의 책무에 대한 부담감을 느끼게 했다. 나는 또 지치는 건가.

온다, 거센 파도가 또 온다.

돌이켜 보면 나는 자주 쉽게 포기하는 경향이 있다. 일이 잘못되는 것을 굉장히 불안해한다. 고민이 많고 스트레스를 참기 힘들어한다. 생각의 무덤에 빠져 모든 것을 비관적으로 생각하게 되고 그러면 생각에 짓눌려 몸과 마음을 가누기 힘들게 된다. 그러면 내가 믿었던 꿈의 성이 흔들리고 누워있는 나만 남는다.

　언제나 그렇듯이 나에게 해야 할 일과 싫은 일은 닥친다. 내 마음속의 갈등과 과제가 내 고민의 뭉텅이를 만들어 내 머리 위로 던진다. 내 머릿속은 뒤덮인다. 공부를 하지 못할 것 같았다. 나는 할 수 없는 사람 같았다. 아무것도 할 수 없는 사람이니 나는 하면 안 되는 사람이라고 생각했다. 모두가 나의 부족을 깔볼 것만 같은 기분에 휩싸였고 움츠러드는 내가 미워졌다. 목소리도 떨었고 발표를 망쳐버린 것만 같았다. 어릴 적처럼 모든 것을 포기하고 도망가거나 어딘가에 어린아이처럼 어리광 부리며 기대고 싶었다.

　그러나 이제는 그럴 수 없다. 이번 학기도 포기하면 습관이 될 것이다. 언제까지고 이 뫼비우스의 띠에서 살 수는 없다. 나의 꿈을 이루고 행복하게 살아가기 위해서는 다른 방법이 필요하다. 나는 이번을 나의 성격과 역사를 극복할 기회로 만들기 위해, 이번 학기를 잘 마치고 대학에서의 교육 기회를 헛되이 보내지 않기 위해 할 수 있는 모든 방법을 다 쓰기로 했다.

　주변에 도움을 요청하고 전문적인 상담을 받았다. 나의 학업에 있는 문제점을 분석하고 고치는 코칭을 받기로 했다. 그리고 나는 실컷 나의 생각들을 쏟아냈다. 과거에 대한 괴로움과 현재에 대한 불안과 미래에 대한 막막함까지, 모든 것을 털어내고 앞으로 살아갈 방법을 찾고 싶었다. 목에 막힌 것, 쏟아내고 털어내야 다음 장으로 갈 수 있는 것. 사실 글을 쓰면서도 시원한 기분이 드는 것 같다. 실컷 혼란하고 실컷 괴로워해야 잔잔해지는 순간이 온다는 것을, 어느 정도 쓴 것을 삼키는 시간이 지나서야 느낄 수 있었다.

나는 여전히 삶을 살아간다. 하루하루를 살아가다 또 불안함에 휩싸여 위기를 겪곤 한다. 나이를 더 먹으면 덜 불안할 수 있을까, 안정되었다고 말할 수 있는 삶을 구축할 수 있을까. 여전히 나는 모르겠다. 계속해서 불안하고 막막함의 숲에서 수풀을 헤치며 나아가는 것이 우리네의 청춘인 것 같다.

나는 지금도 학교에 다니고 한편으론 불안해하면서 한편으론 또 행복을 느끼고 또 자신을 찾으려 하면서 무언가를 배우고 있다. 그렇게 나이를 먹으며 성숙해 간다고 생각하고 있다. 21살의 가을날을 살아가는 이 문단에서는 아직 불안한 나이지만, 겨울날이 되고 또 여름날이 되어 다음 문단에 다다라 있으면 그때는 지금의 혼란은 온데간데없고 다음 이야기의 혼란과 고민을 맞이하고 있을지도 모른다.

나는 앞으로 힘든 일 없이 꿈을 향한 순탄한 꽃길만을 걸을 것이라 생각하지 않는다. 나는 앞으로도 또 혼란에 빠지고 꿈을 손에서 놓치는 날이 올 것이다. 하지만 나에게는 앞으로의 기회와 시간이 남아있다. 수많은 좌절을 느끼고 마음이 다칠지 몰라도 어떻게든 앞으로 나아갈 것이다. 그리고 그런 경험들이 쌓여가며 학생들에게 어른스러운 경험과 조언을 들려줄 수 있는 진정한 선생(先生)님이 될 수 있을 것이다.

어린 날이 떠오른다. 어린 날의 나는 선생님을 무척이나 싫어하고 있다. 학교도, 친구들도 선생님도 모두 싫어 꼭꼭 숨는 아이가 있다. 어디를 가고 누구를 만날 수 있을지 몰라 슬퍼한다.

　젊은 날도 이곳으로 왔다. 젊은 날의 나는 학교도, 친구들도 선생님도 너무 좋아한다. 그런데 그래서 어디를 가야 할지 몰라 울고 있다. 어디를 가고 누구를 만날 수 있을지 몰라 슬퍼한다.

　그 아이들 앞에 나와 당신들이 간다. 나와 우리들은 다시 그 아이들을 만난다.

박가람

3남 1녀 중에 장녀로 태어나 소녀 같은 어머니와 아메리칸 스타일 아버지
아래, 알 수 없는 책임감으로 성실하게 살아온 박가람입니다.
하고 싶은 게 없어서 공부를 열심히 했고, 선생님 하라는 어른들의 목소리에
국어교육과를 진학했습니다. 착하게만 살다가 사춘기가 늦게 와,
이제야 조금씩 저에 대해 알아가는 시간을 갖고 있습니다.
남들은 책 읽기, 글 쓰기가 좋아서 국어교육과에 오는 것 같은데, 저는
국어교육과에서 공부한 지 2년째에 문학소녀로 거듭났습니다. 다양한
사람의 이야기를 읽는 걸 좋아합니다. 사실 글 쓰기보다는 남들에게
내 이야기 하는 걸 좋아합니다. 친구를 만날 때마다 같은 말을 여러 번
반복하기 싫어서… '복사 붙여넣기'가 가능한 글을 자주 씁니다.
이번 프로젝트는, 다른 친구들의 이야기를 듣고 싶어서, 저의 이야기를
여기저기 하고 싶어서 참여했습니다.

1.
어릴적 꿈을 꾸게 된 이야기

나는 꽤(?) 착하게 생겼다. 비록 눈썹은 갈매기 화난 눈썹이지만(덕분에 전체적인 균형이 잡힌다는 친구의 말이 있었다), 눈은 동글동글하고 눈꼬리는 처진, 순도 89.9% 정도 되는 강아지상이다. 처진 눈꼬리는 어릴 때부터 나의 트레이드 마크와 같았는데, 고모가 엄마에게 "애 눈꼬리가 너무 처졌으니, 머리를 위로 올려 묶어라."라고··· 말씀하실 정도였다. 나는 〈미래소년 코난〉 속 주인공 '라나'의 아래로 묶은 양 갈래 머리를 하고 싶었지만, 엄마는 언제나 위로 꽉 묶은 양갈래 머리를 해주셨다.

아무튼, 착한 얼굴에 낯가리는 성격 덕분인지, 어른들은 다들 내가 '착한 모범생'이라고 착각하셨다. 자아 형성이 아직 이뤄지지 않아서 엄마 말도 잘 듣던 조용조용한 나에게, 어른들은 "가람이는 선생님이 딱이다~ 선생님 하면 되겠다~"라고 말씀해 주셨다. 그 말을 10살 무렵부터 듣던 나는, 막연하게 '그래, 나는 선생님을 해야겠다.'라고 생각했다. 교사가 어떤 일을 하는 건지, 내가 정말 교사를 하고 싶은 건지, 내가 가르치는 일이 잘 맞는 건지 진지하게 고민할 틈도 없이, 내 꿈은 '선생님'이 되었다.

그렇다고 내가 한눈팔지 않고 어릴 때부터 지금까지 교사만을 꿈꾼 건 아니다. 아주 어릴 때는 그림 그리는 게 좋아 화가가 되고 싶었다. 그런데 내가 그린 그림은 내가 봐도 어딘가 어설펐고, 나는 '그림을 더 많이 그려서 어설픈 실력에서 탈출하기!'보다는 그냥 포기하기를 선택했다. 중학생 무렵에는, 드라마 〈괜찮아 사랑이야〉 속 멋있어 보이는 주인공에게 반해 나중에 정신과 의사가 되면 어떨지 상상해 봤다. 내가 정신과 의사가 되면, 남들도 나를 우러러볼 것이고, 돈도 많이 벌 것이며, 드라마 속 주인공처럼 멋진 옷도 입을 수 있을 것 같았다. 꽤 괜찮은 직업이었다. 이후 정신과 의사가 되려면 일단 의대에 들어가야 하고, 의대는 이과이고, 문과가 의대에 들어가려면 수능 문제에서 전체 1개 정도를 틀려야 한다는 글을 찾아 읽고는, '아, 이 길은 내 길이 아니었구나.' 생각했다.

이후 고등학생이 되어 진지한 고민 없이 자아만 비대해진 내 꿈은 실체는 없는 커리어 우먼이었는데, 그냥 잘 나가고, 남들이 보기에 멋지고, 뭔가 끊임없이 성장하는 그런 사람이 되고 싶었다. 내가 상상하는 커리어 우먼이 되는 방법은 경제학과나 경영학과에 들어가 대기업에 취업하는 길이었다. 경제 수학 앞에서 벽을 느끼고, 경영에는 흥미를 느끼지 못해 그 꿈도 아스라이 사라졌다. 명확히 뭘 하고 싶은지 모르겠는데 장래 희망 칸을 채워야 할 때마다, 내 꿈은 '교사'로 돌아왔다.

이런 내가 교사라는 직업의 매력을 처음으로 느낀 건 고등학교 2학년 영어 재능 기부 활동에 참여하면서였다. 7살 정도 되는 지역 어린이와 영어책을 읽고, 함께 영어를 공부하는 활동이었다. 매달 친구들과 영어책을 선정하고 수업을 구상한 뒤 수업 시연을 하고 있으면, 학교 선생님이 오셔

서 우리의 수업에 피드백을 주셨다. 이때 선생님이 남겨주신 피드백 중 정
말 사소했지만 나를 소름 돋게 한 것은 내가 사용하는 말투에 대한 것이
었다.

"이건 뭐인 것 같아요?" 내가 질문하자, 선생님은 날카롭게 말씀하셨
다.

"네가 "무엇인 것 같아요?"와 같이 지양해야 하는 표현을 사용하면, 학
생들도 자연스럽게 "이건 여우인 것 같아요."라고 답하게 되겠지? "무엇
인 것 같아요?"가 아니라 "이게 뭘까요?"라고 질문을 해야 학생들이 올
바른 언어 표현을 내면화할 수 있어. 네 말투까지 수업에 포함되는 거야."

말투와 같은 세세한 부분까지도 학생들에게 큰 영향을 줄 수 있다는
사실은 교사라는 직업이 가진 책임감을 실감하게 했다. 이런 책임감은 교
사라는 직업에 대한 약간의 두려움(?)을 심어주기도 했지만, 동시에 이 직
업이 가진 매력으로 나에게 다가왔다. "누군가에게 이렇게까지 큰 영향
을 줄 수 있는 직업이 또 있을까? 교사가 되기 위해서는 어떤 마음가짐을
가져야 할까? 학생들에게 긍정적인 영향을 주는 교사가 되고 싶다."라는
생각들로 머릿속을 채우면서, 처음으로 '교사'라는 직업에 대해 진지하게
고민해 보았다.

학생과 영어 공부를 하며 발견한 또 다른 한 가지는, 나의 처참한 표현
력이었다. "멋져요!" "대단해요!" "맞았어요!" 내가 할 줄 아는 칭찬은 오
직 이 세 가지였다. 다른 방법으로 칭찬하고 싶은데, 어떻게 말해야 할지
감이 오지 않았다. 이런 나에게 선생님은 구체적으로, 다양한 표현을 활

용해 칭찬을 하라고 말씀하셨다.

구체적으로 칭찬하기 위해서 필요한 건, 내 입이 아니라 사실 눈과 귀였다. 아이가 어떤 몸짓을 하고 있는지 눈으로 잘 보고, 아이가 어떤 말을 했는지 귀로 잘 들어야 그 아이에게 필요한 구체적인 칭찬을 할 수 있었다. "멋져요!"를 "근사해요!", "훌륭해요!", "좋아요!"라고 표현한다고 해결될 문제는 아니었다.

"우리 영어 이름표를 만들어 보자."

어디선가 찾아온 영어 이름으로 자신의 영어 이름표를 만든 학생에게, "잘했다."가 아니라, "글씨를 또박또박 예쁘게 잘 썼다!", "알록달록 여러 색을 사용해서 이름표를 꾸몄네, 고생했어."라고 말하기 위해서는, 학생이 그린 이름표를 성실하게 살펴봐야 했다.

"덤불 뒤에 무엇이 있을까?"

"용이요!"

"멋진 생각이다."가 아니라, "덤불 뒤에 용이 있다고 생각했다니, 창의력이 뛰어난걸?"이라고 말하기 위해서는, 학생이 말한 '용'을 귀담아들어야 했다.

평소 무뚝뚝하던 학생이 특별히 뭔가를 해서가 아니라, 나의 칭찬에 미소를 짓는 것만으로 감동과 보람이 밀려왔다. 이러한 경험을 통해 좋은 교사가 되기 위해서는 머리에 지식을 채우는 것만으로는 부족하다는 걸, 잘 보고 잘 듣는 눈과 귀를 가져야 한다는 것을 깨달았다. 학생을 관심과 애정으로 관찰하며 깊이 있게 이해하고자 하는 마음으로 학생들이 자신의 개성과 능력을 발휘할 수 있는 수업을 만들겠다는 나만의 꿈이 생긴 순간이었다.

그제야 나는 장래 희망 칸에 '교사' 두 글자를 자신 있게 써넣을 수 있었다.

2.
현재 대학에서 꿈꾸는 이야기

#1

고등학교를 졸업한 뒤, 친구들을 만날 때마다 나는 깜짝깜짝 놀란다. 고등학생 때는 나와 비슷해 보이던 친구들이, 각자의 관심사를 찾아 이제는 나와 아예 다른 방향으로 나아가고 있기 때문이다. 시간이 지날수록 그 차이도 커진다. 그러다 보니 친구들을 만나면 나누는 대화의 주제가 아주 다채롭다. 요즘 좋아하는 아이돌부터 응원하는 야구 구단까지, 각자의 진로에 대한 고민부터 사소해 보이지만 아주 큰 부분을 차지하는 연애 고민까지. 각자의 삶에서 중요한 부분을 차지하는 여러 이야기를 나누다 보면, 시간은 순식간에 지나간다.

지금 생각해 보면, 고등학생 때 친구들과 나누던 대화 주제는 '자고 싶다, 먹고 싶다' 등의 원초적 욕구에 대한 갈망이나, '모의고사 성적이 어쩌느니, 수행평가가 어렵다느니'같은 동일한 목표에 대한 걱정뿐이었다. 이걸 '대화'라고 부를 수 있을지도 의문이다. 마주 대하여 이야기를 주고받는 대화보다는 '집단적 푸념'에 가까울지도 모른다. 그러니까 나는, 고등학교를 졸업하고야 친구들과 제대로 된 대화를 나누게 되었다. 고등학교 안에서 똑같은 옷을 입고 같은 시간에 자고 같은 시간에 일어나 같은 것을 배우던 친구들이, 학교를 벗어나 어떻게 자신만의 색을 찾아나가는지 보는 것은 꽤 재미있는 일이다.

내 주변에는 대학에 진학한 친구가 많다. 대학 전공이 자신에게 찰떡으로 맞아서 "바로 이거야!"라고 외쳐서이든, 흥미 없는 전공 공부로 고통을 받다 "아, 이건 진짜 아니네."라고 한탄해서이든, 친구들은 각자 자신의 꿈, 혹은 꿈까지는 아니더라도 그 비슷한 흐릿한 자신의 관심사가 무엇인지 발견해 낸다.

경영학과에 간 친구 A는, 인스타부터 트위터, 틱톡까지 가뿐히 섭렵할 정도로 트렌드에 민감하다. 어릴 때 아이돌로 시작된 A의 덕질은, 외국 밴드, 뮤지컬 배우를 넘어 중국 웹소설 그리고 일본 애니메이션까지 이어지고 있다. 끝없이 이어지는 덕질의 비결을 물어보자, A는 '덕질에는 비결이 없다'며 '덕질이란 어느 순간 번개를 맞듯 점지받는 것'이라고 말했다.

A와 달리 나는 단 한 번도 누군가를 덕질해 본 적이 없는데, 그 이유는 덕질할 대상을 점지받지 못해서도 있겠지만, 덕질판의 어마어마한 양의 정보를 흡수할 수 있는 정보 수집 능력을 갖추지 못해서이다. 반면 A는 누구보다 빠르게 정보를 찾아가며, 트렌드를 민첩하게 따르는 걸 넘어 새로운 트렌드를 만드는 경지까지 이르렀다.

이런 A에게, 경영학의 마케팅은 그 무엇보다 잘 맞는 분야이다. A는 꽤 오랫동안 마케팅 학회에서 활동했는데, 한 번은 '창문 닦는 로봇청소기'를 홍보하는 과제가 주어졌다. 고층 빌딩 외벽 청소 도중 한 청소부가 목숨을 잃었다는 기사를 본 적이 있던 나는, 고층 빌딩에 사무실이 있는 대기업을 상대로 로봇청소기를 판매해 보면 어떻겠냐고 제안했다. 이런 나의 제안에 A는 … "이건 유선 청소기야."라고 답했다. "그럼 이걸 누가 사냐."라며 홍보를 포기한 나와 달리, A는 창문을 하나의 '오브제'로 인식하게 하여 사람들이 창문 청소의 필요성을 느끼도록 하겠다는 홍보 계획을 착착 세워 나갔다.

'유선-창문 닦는 로봇청소기' 홍보 전략을 들은 또 다른 친구 B는 나에게 이렇게 말했다. "나는 마케팅이 싫어. 과거에는 사람들이 필요한 물건을 필요한 만큼만 만들어서 판매했다면, 이제는 필요 없는 물건을 만들고, 사람들에게 '너는 이게 필요하다' 최면을 걸어서 물건을 판매해. 수요를 '창출'하는 거지."

재미있는 건, B도 경영학과라는 사실이다. 어릴 때부터 사회의 부정의를 밝혀내어 이 세상을 변화시키는 기자나 PD를 꿈꾸던 B는, 취업이 잘된다는 경영학과에 논술 전형으로 입학했다. "경영에서는 '계속기업의 가정'이 있어. 이 가정은 기업이 절대 죽지 않는다고 전제해. 창업자, 직원 다 죽어도 기업은 안 죽어. 만든 사람이 그만두고 싶어도 멈추면 안 돼. 근데 이거 너무 기괴하지 않니?"라고 외치는 B가 경영학과 수업에 흥미를 느끼지 못하는 건, 어쩌면 당연한 일이었다.

수강 신청 때마다 듣고 싶은 수업에 가슴이 설레기보다는, 어떻게 하면 시간표 모양을 효율적으로 만들 수 있을지 고민했던 B는 미디어학 수업을 들어 보더니, "이게 바로 내가 배우고 싶던 거였어!"라고 소리쳤다. 자신의 적성에 맞지 않는 공부에 진로를 걱정하던 B가 자신이 좋아하는 게 무엇인지 발견한 뒤 기뻐하는 모습을 지켜보는 건, 나까지 뿌듯하게 만들었다.

"국어국문학과는 취업도 안 된다는데, 가서 뭐 하게."라는 폭력적 언사에도 꿋꿋하게 국어국문학과에 진학해 자신의 목소리를 담은 소설을 쓰겠다는 친구, 언젠가 프랑스 파리에서 공부한 뒤 파티시에가 되겠다는 큰 그림을 갖고 불어불문학과에 진학한 친구(그리고 그녀는 졸업 후에 파리에서 파티세리 인턴 생활을 마쳤다.), '더 높은' 대학에 진학하라는 선생님의 말에도 자신이 공부하고 싶던 도시학과가 있는 대학에 가더니 이제는 건축학과를 이중 전공해 도시공학 분야에서 일하고 싶다는 친구까지.

내 주변의 친구들이 다채로운 관심사를 찾고 꿈을 키워가는 사이에서, 나도 나만의 색을 발견해 갔다.

결론부터 말하자면, 나는 운이 좋게도 '대학 전공이 자신에게 찰떡으로 맞아서 "바로 이거야!"라고 외친' 쪽이다. 그렇다고 국어교육과에 들어온 순간부터 국어를 좋아한 건 아니었다. 아니, 그 전부터 국어를 좋아하긴 했다. 시를 분석한 자료를 찾아서 외우고 문법 규칙을 파악해서 정답을 맞히는 걸 좋아했다. 일단 이런 활동은 국어교육과에서 배우는 '국어'와는 거리가 멀었고, 이런 걸 좋아한 이유도 '시가, 문법이 정말 재미있어서'라기보다는 그냥 국어 성적이 제일 잘 나와서였다. '국어교육과'라면 '문학소녀'일 것 같다는 고정관념이 있지만, 솔직하게 말하면 나는 소설을 싫어했다. 너무 길어서 분석하기 힘들었기 때문이었다. 소설은 시험을 보려면 외울 것도 많았고 읽는 데 시간이 오래 걸려서 짜증 났다.

　시키는 것만 잘하고, 주어진 걸 외우기만 좋아하던 내가, 처음으로 진지하게 '국어'에 대해 생각해 본 건, 한 전공 필수 과목을 수강하면서였다. 이 수업은 선배들에게서 들려오는 소문부터 매서웠다. 1학년 2학기는 이 수업 때문에 지옥이라는 선배들의 말에 나는 덜컥 겁부터 먹었다.
　수강생에겐 '팀플로 글쓰기'라는 엄청난 과제가 주어졌다. 매 수업 시간 우리는 좋은 글이라고 생각하는 글 한 편을 선정하고, 그 글이 좋은 이유를 설명하는 비평문을 작성해 발표했다. 선생님은 문단, 문장도 아닌 문장 부호부터 시작하는 나노 단위로 우리의 글을 '까셨다.' 선생님의 피드백에 우리는 할 말이 없었는데, 선생님의 말씀 중 부당하다고 느껴지는 건 하나도 없었기 때문이었다. 우리는 모두 '맞는 말'(중의적인 의미를 가진다) 앞에서 덜덜 떨었다.

　덜덜 떨면서도 나는 그 수업 시간을 가장 좋아했다. 선생님께 반해버렸기 때문이었다. 카리스마 있는 목소리로, 감정은 싣지 않으면서도 학생의 글에 꼼꼼한 피드백을 주시던 모습은 내가 꿈꾸던 선생님 그 자체였다. '교수님'이라는 호칭은 대학 근로자 안에서 위계를 만드는 표현이라며, 교수님 대신 선생님이라고 자신을 부르라던 말씀에 머리를 맞은 듯했다. '소수자'라는 단어는 인원을 말하는 게 아니라 권력을 나타나는 말이기 때문에 이 수업에서 소수자는 선생님이 아니라 학생인 우리라는 말씀을 듣고는 온몸에 소름이 돋았다. 선생님이 좋아서 수업을 열심히 들었고, 열심히 들은 수업은 글을 쓴다는 게 무엇인지, 어떤 태도로 글을 쓰고. 살아가야 하는지 친절하게 말해주고 있었다.

정말 기초 중의 기초인 문장을 쓰는 방법부터 문장 부호 사용법, 문단을 구성하고 하나의 글을 완성하는 방법까지 하나하나. 어린 아이가 걸음마를 배우듯 나는 글쓰기를 배웠다. 그전까지 내가 써 본 글이라곤 생활기록부 채우기용 독후감, 여기저기서 긁어 와서 내가 썼다고 포장한 보고서, 공부하기 싫을 때마다 욕을 한 바가지 써 놓았던 일기뿐이었다. 과제를 써 내려가며 말을 고르고 내가 쓴 글을 읽고 또 읽고 말을 가다듬는 사이, 글을 쓴다는 게 얼마나 고통스러운 일인지 알게 되었다.

선생님께서는 이렇게 고통스럽게 만들어진 글이 '글쓴이의 생각을 실어 나른다'라고 말씀하셨다. 누군가의 글이 분석의 대상이 아니라, 내가 공감할 수 있는 또 다른 주체가 된 순간이었다. 우리 사회가 사회적 약자에게 가하는 차별의 민낯을 드러내는 『그냥, 사람』[1]에는 우리 사회가 더 많은 이들과 공존하길 바라는 홍은전의 간절한 목소리가 담겨 있었다. 『어린이라는 세계』[2]의 저자 김소영은 독서 교실을 운영하며 만난 학생들과의 일화를 그렸다. 책 속 다양한 일화에는 독자가 어른의 세계에서 쉽게 소비되고 배제되는 어린이를 있는 그대로 바라보길 바라는 저자의 마음이 묻어 있었다.

글 쓰는 게 귀찮고 힘들고 짜증 나고 버겁고 어렵더라도, 내 생각을 명료하게 전달하는 글을 완성하고 나면, 정교하게 짜인 누군가의 글을 통해 그의 생각을 엿보고 나면, 기분은 말할 수 없이 짜릿하다. 이렇게 글쓰

1) 홍은전, 『그냥, 사람』, 봄날의책, 2020
2) 김소영, 『어린이라는 세계』, 사계절, 2020.

기의 고통과 쾌감을 조금이나마 깨닫고 나자 다른 사람들의 글을 읽는 게 재미있어졌다. 하고 싶은 말을 압축하고 압축해서, 말을 고르고 고르고 골라서 완성한 한 편의 시를 곱씹으며 한국어만이 가진 다채로운 표현, 미묘한 단어 간의 차이를 보는 게 즐거웠다.

가장 큰 변화는 내가 그렇게 싫어하던 소설을 스스로 찾아 읽는 사람이 되었다는 것이다. 나는 내 이야기를 글로 쓰는 것조차 너무 고통스러운데, 이 작가라는 사람들은 어떻게 허구의 세계를 만들어서 그 안에 인물을 배치하고 이야기를 풀어나가는 것인지 놀라워서 한숨이 나왔다. 허구의 세계가 비추는 우리 사회의 단면, 그 안에 간간이 녹아 있는 작가만의 개성과 메시지를 발견하는 게 즐거웠다. 넓고 푸른 들판에서 보물 찾기를 하는 기분이었다. 비로소 나는 '국어를 좋아하는 국어교육과 학생'이 되었다.

#2

국어교육과에는 큰 두 개의 관문이 있다(고 나는 생각한다). 하나는 '국어'요, 또 다른 하나는 '교육'이다. 소설에 눈을 뜬 뒤부터 '국어'를 사랑하게 된 내 앞에, '교육'이라는 두 번째 벽이 우뚝 서 있었다.

고등학교 때 만난 어린이들과의 기억으로 '국어'는 모르겠지만, '교육'만큼은 애정을 갖고 있던 나는, 졸업 후 과외 시장 공급자가 된 이후로 교육에 학을 떼게 되었다.

고등학교 1학년에서 시작해 고등학교 2학년, 고등학교 3학년, 중학교 1학년, 중학교 3학년, 다시 고등학교 1학년까지. 2년이라는 시간 동안 셀 수도 없이 많은 학생들을 만났다. 공부하고 싶은 생각도 의지도 마음도 없는 아이를 앉혀 놓고, 나에게 과외비를 주신 그 아이의 부모님 눈치를 보며, 나도 잘 모르겠는 내용을 억지로 억지로 설명하고 있으면 정말 토가 나올 것 같았다. 두 시간이 후딱 지나가길 바라고 또 바라는 날들이 쌓여, '아, 나는 교사는 못 하겠다!'라는 생각에 다다랐다.

2년 동안 꾸역꾸역 이어 나가던 과외를 좋지 않은 기억과 함께 졸업하고, 친구의 추천으로 '멘토링 활동'에 참여하게 되었다. 중학교, 고등학교 진로 시간에 대학생 멘토로 참여해, 학생들이 궁금해할 만한 대학 생활, 공부 방법 등을 알려주는 활동이었다.

멘토링 중에는, 학생들에게 '수시와 정시의 차이점'을 설명해 주고, 각 영역을 어떻게 준비하면 되는지 알려주는 시간이 있었다. 나는, '어떻게 하면 학생들에게 의미 있는 활동으로 한 시간을 채울 수 있을까?' 고민했다.

'미리 준비하는 생활기록부'라는 거창한 이름을 붙이고, 그 아래에 마인드맵을 그렸다. 가운데에 각자 좋아하는 것을 써넣고 가지치기를 해 국어, 수학, 영어, 사회, 과학 수업 시간이 어떻게 자신의 관심 분야와 연결될지 생각해 보자고 했다. 예를 들어 영화를 좋아하는 학생이라면, 국어 시간에는 '시나리오 감상하기', 영어 시간에는 '영화 자막 중 오류 찾아보기'를 적어 보길 바랐다. 수학 시간에는 우리나라 영화 시장 규모를 수학적으로 분석해 보고, 사회 시간에는 각 문화권 특징마다 대중 영화가 어떤 성격을 띠는지를 탐구해 볼 수 있다는 걸 알려주고 싶었다. 학생들이 학교 공부를, 학습 활동을 즐길 수 있길 바랐다.

다른 날과 마찬가지로 그날도 중학교 3학년 교실에 들어가 학생들과 인사를 하고, 준비해 온 내용을 설명해 주고 있었다.

첫째 줄에 앉은 한 친구가 눈에 띄었다. 그 학생은 "선생님 그런데요," 라며 내 말을 끊었다. 처음에는 '그래! 엎드려 자는 것보단 낫다. 내가 좋으니 저렇게 말도 거는 거겠지.' 생각했지만, 나중에는 그 친구 때문에 설명을 이어가기조차 힘들 지경이었다. 나는 생각했다.

'아, 오늘은 쟤가 빌런이구나.'

'빌런'은 수업 내내 자기가 도마뱀을 여섯 마리나 키우고 있으며, (사실 나는 그 말을 믿지 않았다) 공부하기는 싫어하고, 밥 먹고 잠자는 걸 좋아한다고 친절하게 자신을 소개했다. 처음에는 하나하나 답해주던 나도, 나중에는 "딴소리 그만해. 조용히 해."라고 짜증 섞인 말을 내뱉을 수밖에 없었다.

빌런 책상 위, 앞 교시에 나눠줬던 학습지는 온데간데없었다. 필통도 없었다. "자, 학습지에 적어볼까?" 하면, "쌤, 저 학습지 없는데요? 저 연필 없는데요?"가 들려왔다. "그럼, 여기 이면지에 써. 볼펜은 여기." 나는 이면지와 볼펜을 건넨 뒤 빌런을 지나 다른 친구들은 어떻게 하고 있나, 살펴보러 떠났다.

다른 날과 마찬가지로, 예쁜 글씨로 마인드맵을 성실히 채워나가는 학생도 있었고, 내가 옆을 지나가면 그제야 펜을 들고 뭔가 쓰는 시늉을 하는 학생도 있었다. 책상 위에 엎드려 잠을 자는 학생도, 활동은 5초 만에 끝내고 다른 친구들과 신나게 떠드는 무리도 있었다. 이곳저곳 학생의 질문에 답을 해 주기도 하고, 빼곡한 학생의 꿈에 감탄을 하기도 하고, 잠든 학생을 깨우기도 하고, 떠들지 말라는 잔소리를 한 뒤, 다시 빌런의 자리로 돌아왔다.

　빈 이면지를 마주할 것이라는 내 예상과 달리, 빌런은 이면지를 한가득 채워놓았다.

　자신이 가장 좋아하는 것을 써넣으라고 한 곳에 도마뱀을 크게 그려놓고, (알아보기 힘든 글씨도 있었지만) 각 과목에서 할 수 있는 활동을 빼곡하게 적었다.

　"수의사–각종 병명, 수학–예민한 도마뱀과 건강한 도마뱀, 인테리어·미술적 감각–모프의 정의(도마뱀이 가진 색상, 혹은 무늬별로 카테고리를 나누어 정리해 둔 것을 말한다.[3])"를 써 놓은 OO의 모습에, 나는 머리를 한 대 맞은 듯했다.

　OO의 꿈은 '도마뱀과 즐거운 시간을 보내는 것'이며, OO은 '건축학과나 인테리어과에 가서 미술적 감각을 키울 것'이라는 야무진 목표를 갖고 있었다. 나 혼자 '빌런'이라고 정해버리기엔 너무 다채로운 모습을 가진 학생이었다.

　어설픈 선생이었던 나에게, OO은 누군가의 다채로움을 엿볼 수 있다는 게 얼마나 큰 행복인지 알려주었다. 교육은 주체인 '교사'가 객체인 '학생을' 바꾸려고 드는 게 아니라는 걸 다시금 생각했다. 그동안 교육의 주체가 '나'라고만 생각했기에 과외가, 가르치는 게, 학생을 만나는 게 힘들었

3) "CREPAX," 변종식, 2024년 10월 19일 접속, https://crepax.kr/layout/basic/brand.html.

다는 걸 깨달았다. 교육에서 교사의 역할은, 특히 국어교육에서 교사의 역할은 학생이 지식을 암기하도록 하는 독재자가 아니라 학생이 스스로 생각해 볼 수 있게 돕는 조력자가 아닐까 생각했다.

교사에게는 학생의 생각을 엿볼 수 있는 특권이 있다. 누군가의 꿈을, 이렇게 다채로운 생각들을 들을 수 있는 직업이 얼마나 될까? 그제야 내가 교육을 통해 바라던 것이 무엇이었는지 기억났다.

3.
지금 꾸는 꿈

#1

22년 동안 나는 꾸준히 성실했다. 태어나기 전에는 성실하게 탯줄을 목에 세 번 감았다. 항상 다니던 병원이기에 출산 전에 따로 초음파 검사를 하지 않았던 엄마는, 탯줄을 목에 세 번 감아 얼굴이 보라색이 된 아기를 보고 깜짝 놀랐다. 아기일 때는 성실하게 먹어서 포동포동했다. 관절이 있는 부분이 터질 듯한 살로 접혀서 별명이 깡통 로봇이었다. 엄마는 그런 나를 보고 우량아 대회에 나갈까 살짝 고민했다.

어릴 때는 칭찬 받는 걸 너무 좋아했다. 어린이가 칭찬받는 방법은 밥 잘 먹고, 잘 자고, 잘 노는 것이다. 그래서 나는 밥을 먹을 때 쌀을 한 톨도 남기지 않았다. 내가 밥그릇을 싹싹 긁어 먹는 걸 보신 할머니는 항상 "아이구 예쁘다!" 하며 머리를 쓰다듬어 주셨다. 그 소리 한 번 더 듣겠다고 밥 먹을 때조차 성실했다.

초등학생이 되어서 학교에서 개근상을 받았고, 숙제는 벼락치기를 하는 일이 있더라도 꼭 해 갔다. 중학생 때는 시험 기간이면 알아서 도서관에 다니는 모범생이었다. 고등학생이 되자 남들에게 뒤지지 않기 위해서 자아 없이 공부만 했다. 12시에 잠들지 않으면 벌점을 주는 기숙사에 살 때 화장실 불을 켜놓고 변기에서 수행평가를 준비한 적도 있다. 성실함은 대학생이 되어서도 이어졌다. 수능이 끝나자마자 성실하게 과외를 시작했고, 방학이면 학원에서 아르바이트를 했다. 자체 휴강은 내게 있을 수 없는 일이었다. 출석도 성실히, 과제도 성실히, 발표도 성실히 했다. 성실 성실성실성실성실했다.

부모님은 내가 성실성실성실성실성실하다가 실성할 것 같았는지, 휴학을 하고 쉬어 보는 게 어떻겠냐고 물어보셨다. 성실로 실성하기 일보 직전에 스트레스로 살이 포동동 오르고 얼굴은 뒤집어진 나를 보고, 부모님은 일 년 동안 운동도 하고, 놀기만도 해 보고, 잠도 푹 자보라고 말씀해 주셨다. 그렇게 나는 인생 처음으로 모든 것에 성실하기만 했던 삶에 브레이크를 걸었다.

나는 언젠가 해외에서 살아보고 싶다는 막연한 꿈이 있었다. 뭘 하고 싶은 것도 아니고 그냥 한국이 아닌 다른 곳에서, 나를 둘러싼 모든 맥락을 벗어나 살아보고 싶었다. 그동안 차곡차곡 모은 돈에 부모님의 등골을 살짝 뽑아, 나는 두 달 반 동안 유럽 여행을 떠났다. 스페인에서 시작해서 핀란드까지, 마지막에 이스탄불을 경유한 길고 긴 여행 동안, 나는 다양한 인종의, 다양한 언어를 쓰는 사람들과 만나 이야기를 하며 무궁무진한 삶과 마주했다.

아침에 일어나자마자 6시, 저녁 먹고 6시, 하루 두 번 강아지 Uri 그리고 Reo와 산책하는 게 삶의 낙이라는, 바다와 숲 그림으로 벽을 한가득 채우고 쉬는 시간에는 글을 쓰던 화가 아저씨. 사범대 과 cc로 시작해 결혼까지 골인하고, 정년퇴직 후 함께 산티아고 순례길을 온, 호스텔에서 처음 만난 나에게 와인과 저녁밥을 선뜻 나눠주던 부부. 여름이면 긴 곱슬머리를 날리며 바다에서 스키밍을 하는, 강아지 호텔 사장이자 'Duna'라는 강아지가 가장 친한 친구인 소년.

결혼을 하지 않고도 아들을 낳아 남자 친구와 키우고, 지금은 맛있는 크로켓을 파는 술집을 운영하던, 남자 친구와 만난 지 30년이 되었지만 아직도 그를 정말 정말 사랑한다던 아주머니. 날씨가 더우면 집 앞에 있는 호수에서 수영을 하고, 여름이면 숲에 들어가 겨울에 먹을 딸기와 블루베리를 따는, 결혼은 하고 싶지 않지만 아이는 둘을 낳아 키우고 싶다는 소녀. 미국에서 태어나 역사 교육을 전공하고, 대만의 국제 학교에서 역사 교사를 하고 있다던, 미국인 남자 친구는 겁이 많아 비행기를 타지 못해 자기 혼자 파리로 여행을 왔다던 내 엄마뻘 선생님까지.

다양한 삶과 마주하며, 나는 세상에는 정답이 없다는 걸, 세상에는 정말 엄청나게 어마무시하게 다양한 삶의 모양이 있고, 그중에서 더 나은 삶이라는 건 없다는 걸 그제야 깨달았다. 세상에 놓인 수많은 삶 중에서 내가 바라는 삶을 선택하고 그 삶에 내가 만족한다면 그리고 내가 행복하다면 그걸로 된다고 생각하자 내 마음은 한결 가벼워졌다. 그동안 나를 실성하게 만들었던 무한 성실의 감옥에서 벗어난 기분이었다.

성실하게 공부해서 임용고시에 합격하고 교사가 되는 게 정답은 아니라는 생각에 다다른 나는, 그제야 처음으로 돌아가 내가 정말 좋아하는 것이 무엇인지, 어떤 일을 하면 행복할지, 나는 어떤 삶을 살고 싶은지를 생각했다. 길고 긴 여행은 방향 없이 사방팔방으로 뻗었던 성실을 멈추고, 어떤 방향으로 나아가야 할지 고민하는 계기가 되었다.

여행을 통해 깨달은 또 다른 것은, 내가 한글을 정말 정말 좋아한다는 사실이었다. 여행 중 호스텔에서 만난, 한글을 배우고 싶다는 한 친구에게, "너 [g] 이 소리를 내 봐. 혀 모양이 이런 모양(ㄱ 모양)으로 꺾이지? 그래서 이 글자 모양이 ㄱ인 거야. 모음은 하늘 땅 사람의 조합으로 만들어져. 땅 위에 하늘이 있으면 'ㅗ', 사람 옆에 하늘이 있으면 'ㅏ' 이렇게 모음을 만들 수 있어."라고 설명해 주는데, 갑자기 내 마음이 다 뿌듯했다. 지가 한글을 만든 것도 아니면서….

이런 엄청나게 과학적이고 철학적인 글자를 무려 조선의 왕이 백성을 위해서 만들었다는 얘기를 할 때 나는 거의 울었다. 지하철을 타도 영어, 미술관을 가도 영어, 마트를 가도 영어, 온 세상이 영어인 대륙에서, 나 혼자 한글의 아름다움을 느끼고 갑자기 감동받고 말았다. 스페인어, 프랑스어, 독일어, 라트비아어 그리고 핀란드어까지 만나는 사이에, 한글이라는 알파벳이 있다는 게 얼마나 기적 같은 일인지를 생각했다. 많은 언어가 로마자를 쓸 때, 한국어는 한국어만을 위한 한글을 쓴다는 게 내 눈에는 너무 멋져 보였다.

어떤 언어든 제1 언어 화자만이 알아차릴 수 있는 미묘한 아름다움이 있다. 아이유의 〈푸르던〉 속 사전에 없는 단어인 '연구름'을 한 번에 이해할 수 있는 이유는, 수십 년 동안 살아오며 내가 나도 모르는 사이에 접두사 '연–'의 뜻을 내면화했기 때문일 것이다. '햇살'의 '따스함'과 '햇볕'의 '뜨거움'을 구별할 수 있는 것, 때에 따라 '부드럽다' 대신 '보드랍다'를 사용할 수 있는 것은 모두 내가 한국어를 제1 언어로 사용하는 화자인 덕이다.

내가 아는 한국어가 가진 아름다움을 사유하고, 그 아름다움을 누군가와 나누는 일을 하고 싶어졌다. 그리고 그런 일을 하는 상상 속의 나는, 참 행복해 보였다. 그렇게 내 머리에 막연하게 떠오른 생각은, '한국어 강사'가 되고 싶다는 거였다.

#2

10월의 어느 날, 출판사로부터 다음 주 월요일에 있는 한 북토크에 무료로 참여할 수 있다는 메시지를 받았다. 마침 다음 주 월요일에 딱히 할 일이 없던 나는, 어떤 책을 다루는지 찾아보지도 않고 무작정 북토크를 신청했다.

북토크의 책은 조형근의 『콰이강의 다리 위에 조선인이 있었네』[4]였다. 북토크까지 남은 일주일 동안 책을 읽어나갔다. 책은 근현대사를 무대로, 피해와 가해의 이분법 속에 묻힌 역사를 조명하고 있었다. 나름 흥미롭게 책을 읽은 나는, 다가오는 북토크를 한껏 기대하며 일주일을 보냈다.

북토크는 저자의 강연 1시간, 질의응답 1시간으로 진행되었다. 책 속에서 글로만 읽었던 음악, 영화, 사진을 함께 살펴보며 강연을 듣는데, 재미

---

4) 조형근, 『콰이강의 다리 위에 조선인이 있었네』, 한겨레출판, 2024.

있는 국문 수업을 듣는 기분이 들었다. 질의응답 시간, 역사와 윤리에 대한 다양한 질문이 나왔고 '역사는 청산될 수 있는 게 아니'라는 이야기, '무단횡단을 하면서도 휴지를 줍'는 복잡함을 가진 인간에 대한 이야기를 들었다. 가끔 세상이 너무 복잡해 버겁게 느껴진 적이 있던 나에게, '인간은 원래 복잡하다.'라는 말이 알 수 없는 위로가 되었다.

내가 재미있어하는 국문 수업이 그러하듯, 논의는 점차 '윤리', 그중에서도 '연대'로 나아갔는데, '나눔과 연대의 기준은, 현존의 원리를 따라야 한다.'라는 말씀이 참 좋았다. 연대의 기준이 '우리 편'이 되면, 거기서 벗어난 적군을 죽일 수 있는 이유가 생기기 때문이라고, 저자는 설명했다.

원래 책을 좋아하고 이러한 주제에 관심이 있어 북토크를 신청한 사람들이 모인 자리였기 때문인지, 모두가 비슷한 생각을 공유하고 있었다. 이 안에서 공유된 이야기대로만 살아간다면 세상이 너무나 아름다울 것 같았다.

자리가 마무리되는 분위기 속에서, 진행자는 '이 질문을 안 하면 오늘 밤 잠들지 못할 것 같다, 나는 이 질문을 꼭 해야겠다 하시는 분 마지막으로 계신가요?'라고 질문했다. 원래 어디서 손 들고 질문하는 사람은 아닌데, 그날은 무슨 용기였는지, 아님 복잡한 마음 때문이었는지, 나는 손을 번쩍 들었다.

"저는 국어교육을 공부하고 있는 대학생입니다. 이분법으로 인간을 나눌 수 없다는 이야기, 연대는 현존의 원리를 따라야 한다는 이야기가 참 좋았습니다. 비슷한 생각을 가진 분들을 만나 다양한 견해를 들어볼 수 있어서 기뻤습니다.

그런데 20대로서 한국 사회의 무한 경쟁, 타자에 대한 혐오의 모습을 보면서 가끔 이렇게 연대에 대해, 이분법적 사고가 가진 폭력에 대해 이야기 하는 게 무슨 소용인가 싶은 생각이 듭니다. 지금 여기에 모인 사람들은 원래 이런 문제의식을 가지고 있었기 때문에 이런 이야기를 들을 수 있는 게 아닌가요? 정말 이런 이야기를 들어야 할 사람들은 애초에 관심도 없다는 생각이 들고, 이런 제 생각이 엘리트주의적이라는 마음도 듭니다.

이렇게 북토크에 와서 이야기를 듣다 보면, '그래 우리 사회도 바뀔 수 있을 거야!'라는 생각에 희망을 느끼기도 해요. 교사를 꿈꾸는 사람으로서 변화의 가능성을 믿고 싶으면서도, '딥페이크 디지털 성범죄에 가담한 이 중 70%가 넘는 수가 10대'[5]라는 이야기를 들으면 다시 우리 사회가 더 나아질 수 있을지에 대한 회의가 들어요.

선생님께서는 이런 세상이 변할 수 있다고 생각하시는지, 그렇다면 변화에서 교육의 역할은 무엇이라고 생각하시는지가 궁금합니다."

나의 장황한 질문에, 저자는 잠시 고민하더니 이렇게 말했다.

"역사에도 후퇴는 있습니다. 앞으로만 나아가지 않고, 지그재그로 움직여요. '혁명은 50년 뒤에 일어난다'라는 말이 있습니다. 지금 우리가 가는 길이 맞는 길인지는 모르지만, 그래도 같이 가는 것에 의의가 있다고 생각해요. 역사는 근본적으로 이야기입니다. 그래서 문학과 비슷하지요. 문학이 개연성 있는 허구인 반면, 역사는 사실이었다는 점에서 더 큰 무

---

5) 이선욱, "'놀이문화처럼 번져'…딥페이크 성범죄 왜 유독 청소년들 많았나?", BBC NEWS 코리아, 2024.08.29., 2024년 10월 20일 접속, https://www.bbc.com/korean/articles/c4gl8zpd7e0o.

게를 갖고 있다고 생각해요. 물론 현재 입시 위주의 한국 교육에서 어렵긴 하지만, 저는 교육은, 특히 역사 교육은 학생이 상황 속에서 참여하며 이루어져야 한다고 생각합니다. 역사를 단순히 암기하는 게 아니라, 학생 스스로 자기 자신을 역사의 무대 위에 올려놓고 추체험을 해 보는 것이죠. '내가 일제강점기의 면서기라면, 나는 어떻게 행동할까?'와 같은 도덕적 딜레마 속에서 자신의 윤리를 세워갈 수 있도록 도와주어야 합니다."

여행을 다녀와서 '한국어 강사'가 되고 싶다는 생각은, 솔직하게 말하면 한국 사회를 떠나고 싶다는 마음에서 비롯됐다. 서울에서 버스를 탈 때 유아차와 휠체어를 한 번도 보지 못했던 것과 달리, 마드리드의 곳곳에서 매일 같이 어린 아이와 휠체어 이용자를 만날 수 있었다. 여행 중 우연히 일정이 겹쳐 참여하게 된 '산 이시드로' 축제의 마지막 날, 시민을 위한 콘서트 무대 위에서 나는 열정적인 수화로 음악을 전달하는 통역사를 보았다.

파리의 횡단보도에 익숙해지는 데 시간이 꽤 걸렸다. 언제나 보행자 우선이라서, 횡단보도 앞에서 '차가 먼저 갈까, 내가 지금 지나가도 되나?' 고민하지 않아도 되기 때문이었다. 헬싱키의 국립미술관에서 '성 중립 화장실'을 보고는, 많은 생각에 빠질 수밖에 없었다.

어디에나 사회 문제가 전혀 없는, 갈등과 배척이 없는 유토피아는 없다는 걸[6] 알면서도, 한국 사회의 양극화와 그 양극화 속에서 살아남기 위한 무한 경쟁을 떠올리면, 한국에서 내가 교사로, 시민으로 살아남을 수

---

[6] 유럽 여행 중, 유럽 마트 물가가 저렴한 이유가 지독한 노동력 착취에서 비롯되었다는 내용을 담은 한 다큐멘터리를 보고 정말 식겁했다.

있을지 걱정되었다.

    나는 한국어와 한글이 좋다. 그런데 사실 내가 더 좋아하는 건, 신령을 어린 신애기에게 빼앗긴 기성세대 박수무당의 내적 갈등을 다룬 책[7]을 읽고, 우리 사회의 세대 갈등을 어떻게 해결해 나갈 수 있을지 학생들과 함께 고민하는 것이다. "중도 좌파에 남성 호모섹슈얼"[8] 화자가 들려주는 사랑, 우정, 가족 이야기를 읽고, 사회의 폭력성을, 개인의 폭력성을 발견하며 서로를 존중하고 존중받는 세상을 위해 나아가는 것이다. 발달장애를 가진 '동수'의 어머니와 동수의 목소리가 등장하는 웹툰[9]과 우리 사회의 단면을 보여주는 기사[10]를 엮어 읽으며 연대와 공존, 차별과 편견에 대해 토론하는 것이다.

    학생들과 나눠 읽고 싶은 텍스트를 선정하고, 토론의 방향을 이끌어 줄 학습지를 만들고, 새로운 세대의 이야기를 들으며 더 나은 세상을 위해 함께 고민하기. 정말 이상적인 국어(특히 문학) 수업의 모습이다. 나는 이런 걸 하고 싶다.

    북토크 저자의 답변은, 원래 모두가 정답을 모르면서도 더 나은 세상을 위해 노력해 나가는 거라는 깨달음을 주었다. '인간은 원래 복잡하다'

---

7) 성해나, 〈혼모노〉, 『소설 보다 : 겨울 2023』, 문학과지성사, 2023.

8) 박상영, 『대도시의 사랑법』, 창비, 2019, 전자책.

9) "네이버 웹툰," 주드 프라이데이, 2021 수정, 2024년 10월 20일 접속, https://m.comic.naver.com/webtoon/list?titleId=771933.

10) 황희규, "지원 끊겨도 몰랐다⋯ 이모 시신 옆 방치된 장애 조카의 비극", 중앙일보, https://www.joongang.co.kr/article/25213378.

라는 말이 위로를 주었듯이, '원래 모두가 정답을 모른다'라는 말도 비슷한 위로가 되었다. 그리고 저자가 생각하는 역사 교육의 역할을 들으며, 훗날 내가 국어 교사가 된다면 어떤 수업을 꾸려 나가고 싶은지 그려볼 수 있었다. 함께 소설을 읽으며 고민하기, 서로의 이야기를 들으며 생각의 지경을 넓혀가기.

저자의 답변도 좋았지만, 나는 질문을 하며 내가 애써 외면해 왔던 내 모습을 발견했다. 말로는 '한국 교육에는 미래가 없다!'라고 외쳐 대면서도, 사실 내가 한국 교육에 큰 애정을 품고 있었다는 걸, 미래에 어떤 일을 하게 될지는 모르겠지만, 그게 한국어와 한글, 한국 문학계, 한국 교육 그리고 한국 사회와 연관되어 있을 거라는 걸 불현듯 알아버린 기분이었다.

북토크를 마치고 집에 가는 길에, 인스타그램 릴스를 넘기다가 한 가수가 '비비의 〈밤양갱〉의 가사 중 [ㄴ, ㄹ]만 남겨서 물결처럼 지나가는 벌스가 정말 잘 만들어졌다.'[11]라고 이야기하는 영상을 보았다.
'와! 〈밤양갱〉 가사로 울림소리 학습지 만들면 재밌겠다!'
이런 생각을 하는 내 모습에, 문득 내가 10년 뒤에 뭘 하고 있을지가 그려지는 밤이었다.

---

11) "밤양갱 듣고 장기하에게 연락한 이적," 유튜브 쇼츠, 0:05, 게시자 "@johnorpark," 2024.10.01.,
https://youtube.com/shorts/PXmsg5zHdFE?si=xPXjWIrYXmyDvtYI

서현우

대구에서 나고 자라 스무 살부터 서울에 삽니다.

스물한 살부터는 고려대학교 국어교육과에 다니고 있습니다.

좋은 선생이 되고 싶다는 바람과 그러긴 어렵겠다는 좌절 사이를 자주

널뜁니다. 스스로를 자주 의심하면서도 고집은 잘 꺾지 않습니다.

이상한 것들을 좋아합니다. 모순된 것들은 더 좋아합니다.

설명할 수 없는 것들을 설명하고 싶어 합니다. 제 글을 보여주는 걸

부끄러워하면서도 늘 독자를 기다립니다. 그래서 이 글을 썼습니다.

1.
이유 없는 사랑을 바라면서부터 시작된 꿈

기억이 시작하는 가장 오래된 순간부터 선생님이 되고 싶었습니다. 돌이켜 보면, 교사가 하는 일에 흥미를 느꼈다기보다 주변에서 만날 수 있는 어른이 부모님을 제외하고는 선생님뿐이었기 때문이었던 것 같습니다. 선생님은 그때 제가 본 가장 똑똑한 어른이자, 감사하게도 믿을 수 있는 어른이었습니다. 처음으로 가져 본 동경하는 마음이 즐거워서 만나게 되는 선생님들을 따라 초등학생 시절에는 초등 교사가, 중학생 시절부터는 중등 교사가 되려고 했습니다.

중학생이 되면서 더 다양한 선생님들을 만나게 되었습니다. 같은 학교에서 같은 과목을 가르치는데도 저마다 분위기가 다르고 수업이 달랐습니다. 저는 종종 수업을 들으면서 이 선생님은 어떤 생각을 하고 계실까, 어떤 삶을 살고 계실까 짐작하곤 했습니다. 좋아하는 선생님을 쫓아다니며 귀찮게 굴기도 했습니다. 그러면서 무의식적으로 교사는 사랑받는 직업이라고 생각했습니다. 나도 누군가가 나를 이유 없이 궁금해하고 관심을 가져 주었으면 좋겠다는 마음에 선생님이 되면 좋겠다고 생각했습니다. 교사가 학생이라는 집단으로부터 사랑을 얻는 것이 참으로 어려운 일임을, 사랑받기 위해서는 그만큼 줄 줄 알아야 하는 것임을 그때는 몰랐습니다.

교사가 되고 싶은데 아는 게 없음을 느끼던 차에, 교육청의 지원 아래 일반고등학교에서는 잘 들을 수 없는 과목을 소수 인원으로 열어 주는 공동교육과정의 존재를 알게 되었습니다. 그때 다른 학교에서 파견 오신 선생님들로부터 교육학, 심리학 같은 과목을 겉핥기로나마 배웠습니다. 교육학 수업에서 공부한 내용은 듀이, 피아제 같은 몇몇 학자들의 이름을 제외하고는 솔직히 잘 기억에 남아 있지 않습니다. 그렇지만 자기가 어떤 교사가 되고 싶은지 꼭 생각해 보아야 한다는 선생님의 말씀은 생생히 기억납니다. 선생님께서는 당신이 대단히 존경스럽고 멋진 교사가 되지는 못하더라도 이런 삶도 있다는 것을 학생들에게 보여주는 교사가 되려고 한다고 말씀하셨습니다. 그 말씀처럼, 제가 만난 선생님들은 저마다 다른 관심사를 갖고 다양한 삶을 살고 계셨습니다. 수업 안팎에서 그 삶을 언뜻언뜻 엿보면서, 막연하게 내 삶의 모습을 다른 사람에게 보여줄 수 있다면 좋겠다고 바라왔습니다. 그래서 제게 교사라는 직업의 가장 매력적인 지점은 자기 세계를 계속해서 새로운 학생들에게 보여줄 수 있다는 점입니다. 그런 생각을 하면 학생들에게 보여줄 세계를 잘 가꾸어 두어야지 다짐하게 됩니다.

2.
활자로 지은 작은 방

저는 이야기를 좋아하는 어린이였습니다. 학기가 시작할 때면 교과서를 받아 오자마자 주저앉아서 국어 교과서와 도덕 교과서에 실린 이야기를 읽어내리곤 했습니다. 그렇지만, 특별히 국어 시간을 재미있어하는 초등학생은 아니었습니다. 국어 시간에 배우는 동시가 늘 지루하고 유치했기 때문이었습니다.

그러다 중학교에 들어가 시의 재미를 깨닫고부터 쭉 국어를 가장 좋아하는 과목으로 꼽게 되었습니다. 중학교에서 윤동주의 「쉽게 씌어진 시」, 이육사의 「광야」 같은 시를 배우며 처음으로 시가 아름답다고 느꼈습니다. 나라를 빼앗긴 절절한 아픔이 "시대처럼 올 아침", "강철로 된 무지개" 같은 언어로 벼려져 있었습니다. 어떻게 이런 울림을 자아낼 수 있었을까요. 시를 둘러싼 다양한 맥락을 배우면 짧은 시 속에 들어 있는 시인의 이야기가 먼 세대를 지나 제게 건너오는 것 같았습니다. 그제야 시를 왜 배우는지 이해했습니다. 배움은 시를 더 재미있게 읽기 위함이었습니다. 시를 배우면 시를 읽는 하나의 창이 열린다는 것을 깨닫자 금세 배우는 일도 읽는 일도 즐거워졌습니다. 당시 들었던 국어 방과후 수업에서 수업 바깥의 시를 더 읽을 수 있었습니다. 그때의 공부는 으레 그랬듯 시험을 잘 보기 위한 일이 아니었습니다. 더 많은 시를 읽고 앎을 채우는 일 자체가 즐거웠습니다. 서정주의 「추천사」를 처음 배우게 되었을 때, "채색한 구름같이 나를 밀어 올려 다오./이 울렁이는 가슴을 밀어 올려 다오!"에서 춘향의 가슴만이 아니라 제 가슴도 함께 울렁였습니다. 이 시의 절정이 이부분이라는 것은 배우지 않아도 알 수 있었습니다. 자습서에 건조하게 쓰여 있던 것과 다르게, '시의 절정'이란 읽는 이를 이토록 흠뻑 젖는 기분, 머리끝부터 끌어올려지는 듯한 기분으로 올려놓는 것이었습니다.

시를 읽고 나면 입안에서 가만히 그 말들을 굴려보았습니다. 소리 내 읽고, 생각하고, 때로 따라 써 보기도 한 시들은 마음으로 들어와서 문득문득 꺼내 볼 수 있는 보물이 되었습니다. 좋아하는 시를 되새길 때마다 찾아오는 설명할 수 없었던 두근거림이 좋았습니다. 교과서에 실리지 않는 시인이 궁금해 학교 밖에서도 시집을 찾았습니다. 이제니 시인의 시집을 읽으며, 낯설고 새로운 기분에 활자를 가만히 쓸어보았던 기억이 납니다. "청춘은 다 고아지."(이제니, 『발 없는 새』) 같은 문장을 지금 읽는대도 그때만큼 벅차오를 수는 없을 겁니다. 그때 알았던 즐거움이, 좋아하지 않는 과목을 공부하며 스트레스를 받을 때마다 시를 돌아보며 정신을 환기할 수 있도록 도와주었습니다. 시를 사랑하는 것은 이렇게 언제든 찾아가 쉴 수 있는 마음속의 작은 방을 만드는 일이겠지요.

고등학교에 올라가 문법을 배우면서 국어 과목 아래 묶인 여러 분야를 속속들이 사랑할 수 있게 되었습니다. 저는 특히 음운을 좋아했습니다. 음운은 발음에 대한 공동체의 추상적인 약속입니다. 문법을 가르쳐 주신 선생님께서는 중세 국어에서 유래를 들어 음운의 불규칙한 변동을 설명해 주셨습니다. 어떤 형태소 사이에서는 사잇소리가 나고 어떤 경우에는 그렇지 않은 현상이 중세 국어의 관형격 조사 'ㅅ'과 관련이 있다는 사실, 'ㅂ' 불규칙 활용은 순경음 비읍에서 왔다는 사실을 그때 처음 배웠습니다.

우리가 알지 못하는 사이 우리가 발음하는 음운은 서로 영향을 주고받으며 변하고 있습니다. 그리고 그 변화는 우리가 태어나기도 전부터 우리 언어 공동체의 역사를 따라 전해 내려온 유산입니다. 우리 언어 공동체를 둘러싼 이 경이로운 체계의 존재를 깨닫고 저는 곧 이 체계를 사랑하게 되었습니다. 모국어 화자인 우리가 유창하게 발음하지만, 이 공동체

안에 속해 있기 때문에 미처 깨닫지 못하는 우리 언어의 모습을 알고 싶었습니다.

　학생은 좋아하는 과목을 자연스럽게 잘하고 싶어 하고, 곧 그렇게 됩니다. 잘하는 과목을 좋아하게 되기도 쉽습니다. 국어 과목을 사랑하면서 저도 금방 국어를 잘하는, 국어 시험에서 좋은 성적을 받는 학생이 되었습니다. 그러나 국어를 진심으로 좋아한다고 말하면 이해하지 못하는 친구들이 많았습니다. 제가 시가 아름답지 않냐고, 음운 변동이 재미있지 않냐고 물으면 친구들은 왜 재미있는지 잘 모르겠다고 하거나, 재미는 있는데 왜 배워야 하는지 모르겠다고 대답했습니다. 아마 수학을 좋아하는 친구가 문제를 놓고 몇 시간을 고민하는 일이나 결국 그 문제를 풀어내는 일에 느낀다는 즐거움을 저는 모르는 것과 비슷하게 이해할 수 있을 것입니다. 조금은 잘하지 못하기 때문에 즐겁지 않은 것도 있을 겁니다. 그런 친구들에게 이 과목이 이렇게 재미있다고, 이렇게 아름답다고 이야기하고 싶었던 마음이 꿈으로 자연스럽게 이어졌습니다.

3.
짜릿한 도약!

　중학교 3학년, 지망했던 고등학교에서 열리는 모의 유엔 대회에 참가했었습니다. 모의 유엔 대회는 의제에 관한 해결책을 제안하고 결의안을 도출하는 대회입니다. 그 고등학교에 가 보고 싶다는 마음에 냅다 신청했는데, 막상 가니 영어로 진행되는 대회에서 한마디도 하지 못하는 스스로가 너무 한심하게 느껴졌습니다. 자괴감을 잔뜩 느끼고 돌아와서 다시는 하지 않겠다고 마음먹었습니다. 입시에도 실패하면서 그 학교 쪽으로는 그야말로 고개도 돌리기 싫어졌습니다. 그런데 이상하게도, 고등학교 1학년 여름이 되자 한 번 더 도전해 보고 싶다는 생각이 들었습니다. 미련 없이 하고 싶은 말을 다 하자는 다짐을 하고, 대회에 두 번째로 참가했습니다. 한 살 더 먹어서였는지, 대회의 룰이 몸에 익어서였는지는 잘 모르겠습니다. 제 역할을 작년보다 수월하게 해낼 수 있었습니다. 쭈뼛거리고 말도 잘 못 했던 지난해와 다르게 제 의견이 받아들여지고 저도 한몫을 하게 되니, 스스로 성장하고 발전할 수 있는 존재라는 걸 깨달았습니다. 도약은 짜릿했습니다.

모의 유엔 대회 경험은 제 삶에 큰 영향을 주었습니다. 대회에서는 제 의견을 주장해야 하는 상황에 노출되어 단상 위에서 주목받아야 할 때가 많았습니다. 저는 숫기가 없어서 말하기 전에 긴장을 많이 하는 편입니다. 수많은 눈이 저를 바라보고 있을 때, 가끔 손이 떨릴 정도로 긴장했다가 단상에서 내려오고 나면 느껴지는 해방감, 동시에 '해냈다!'하는 뿌듯한 기분이 좋았습니다. 특히, 교육과 언어에 관해 이야기하는 것이 즐거웠습니다. 그때는 그 발표 하나하나가 큰 도전처럼 느껴졌습니다. 이 도전과 '해냈다!'를 반복하는 과정에서 자연스럽게 자기 인식이 이루어졌습니다. 사실 난 시선을 받는 걸 꽤 좋아하는지도 몰라. 나는 좋아하는 것에 대해 말하는 것을 좋아하는 사람이구나.

그다음 해에는 모의 유엔 대회의 운영진을 맡아 소수민족의 문화 보존 문제에 관해 회의를 총괄하였습니다. 위원회 하나를 스스로 통제하는 일은 어려웠지만 그만큼 큰 성취감을 주었습니다. 고등학교 시절 저는 공부를 열심히 하는 아이는 아니었지만, 당시 제겐 큰일로 여겨졌던 일들을 해내면서 제가 무엇에 몰입할 수 있는지 아는 아이가 되었습니다. 어렴풋이나마 장래 희망을 그려 볼 때면, 지금껏 기쁘게 해왔던 일들을 계속하고 싶었습니다. 내가 바라는 대로 상황을 설계할 수 있으면서 좋아하는 것에 대해 마음껏 이야기할 수 있는 직업을 꿈꿨습니다.

4.
흔들리며 피어나는 꿈

아주 어렸을 때부터 교사를 꿈꿔 왔지만, 그 길이 항상 또렷했던 것은 아닙니다. 솔직하게 말하자면, 저는 아직도 전공 능력이나 학생을 대하는 태도에 자신이 없을 때마다 제 꿈을 자주 의심합니다.

특히, 지망하는 대학을 정해야 하는 고등학교 3학년 때가 가장 고민이 컸던 시기였습니다. 고등학교 3학년 때 교실에는 학업보다 뷰티, 조리 등 다른 길을 선택한 학생이 많았습니다. 그러다 보니 학기가 진행될수록 수능 위주 수업에 참여하지 않는 학생이 늘어났습니다. 반장으로서 교실의 친구들과 수업 밖에서 이야기하면서 이제까지의 생각과 다르게 교실 내에서 교사의 역할이 크지 않음을 여실히 느꼈습니다. 담임 선생님은 모르는 우리 반 친구들의 모습이 너무 많았습니다. 내가 학생을 알아 주면 학생도 나를 알아 주고, 그렇게 우리는 교실에서 소통할 줄 알았었는데, 교사로서의 삶이 제가 꿈꾸던 것과는 다를 수도 있겠다는 생각에 문득 두려워졌습니다.

주변 선생님들의 만류도 저를 혼란스럽게 했습니다. 다른 사람도 아니라 제가 꿈꾸던 교육 현장에 계시는 분들이 교사로서의 매너리즘이나 너무 적은 임용 티오를 이유로 제게 다시 생각해 보라고 할 때마다 눈앞이 깜깜했습니다. 고등학교 3학년 때 영어 선생님께서는 제게 당신도 한 번도 선생님이 아닌 직업을 생각해 본 적이 없었는데, 좋은 대학을 나와서 왜 학교 선생님을 하고 있냐는 얘기를 듣는다는 말씀을 해 주셨습니다. 아버지 역시 학령인구가 줄어드는 시대에 교사라는 직업은 전망이 불투명하다고 하시며 반대하셨습니다.

이런 이야기를 들어 가면서까지 꿋꿋이 계속 꿈을 꿀 것이냐는 질문에 스스로 확답할 수 없었습니다. 지금 어른들의 말을 듣지 않았다가 나중에 후회하면 어떡하지 하는 생각도 들었습니다. 무엇보다 교사 일에 질리지 않을 자신, 지금의 꿈꾸는 마음을 잃지 않을 자신이 없어서 불안했습니다. 그저 어릴 때부터 꿈이었다는 이유로 관성적으로 꿈꾸고 있는 것은 아닌지 고민이 되었습니다.

그렇지만 여전히, 선생님들이 자기 일을 즐거워하시는 모습을 볼 때마다, 선생님이 '선생님'이라는 직업에 관해 이야기할 때마다 가슴이 벅차오릅니다. 존경하는 은사님께서 같은 학교에서 만나게 된다면 재미있겠다고 말씀하셨을 때 밀어닥쳤던 무어라 대답할 수 없을 정도의 감동을 기억합니다. 고등학교 2학년 때 수학 선생님께서 당신은 선생님이 정말 되고 싶어서 공부를 열심히 했다고 웃으며 말씀하셨을 때는, 어쩐지 눈물이 날 것 같아서 고개를 급히 숙여야 했습니다. 왜인지는 아직도 설명할 수 없지만, 저는 선생님이라는 직업을 생각하면 알싸하고 애틋한 마음이 됩니다. 학습자의 변화를 전제하는 희망적인 일, 학생이 살아갈 앞으로

의 삶에 어떤 영향을 미칠지 모르는 무거운 일…. 막중하고 아름다운 책
임에서 오는 이 이상한 경이감 때문에 미래에 대한 어떤 확신도 없는데도
꿈이 뭐냐고 물으면 '선생님'을 가장 먼저 떠올리게 됩니다.

5.
언어의 장막을 넘겨다보는 일

    고등학교 3학년 때 언어와 매체 과목을 가르치시던 선생님께서는 우
리 문법을 가르치시면서 "영어를 모어로 쓰는 사람들은 주로 된소리와
예사소리 발음을 잘 구별하지 못한다. 반면 한국어를 모어로 쓰는 사람
들은 r과 l의 발음을 잘 구별하지 못한다. 서로의 언어에 해당 음운이 없
기 때문이다."라고 가르쳐 주셨습니다. 언어는 언어 공동체 안에서 소통
의 도구인 동시에 서로 다른 공동체 간 소통을 불가능하게 하는 걸림돌
이 됩니다. 그때 처음으로 이 아이러니는 어디서 오는 것일지 궁금해지기
시작했습니다.

    한강의 소설 『희랍어 시간』에서는 '숲'이라는 우리말 단어의 음운에 대
한 단상이 등장합니다.

**   그중 그녀가 가장 아꼈던 것은 '숲'이었다. 옛날의 탑을 닮은 조형적인
글자였다. ㅍ은 기단, ㅜ는 탑신, ㅅ은 탑의 상단, ㅅ-ㅜ-ㅍ이라고 발음할
때 먼저 입술이 오므라들고, 그 다음으로 바람이 천천히, 조심스럽게 새
어나오는 느낌을 그녀는 좋아했다.**

    저 역시 단어에 대한 인상을 가지고 있습니다. '기쁨'이라는 단어를 생

각하면, '기-'에서 입술이 웃듯이 길게 벌어지고 '쁨'에서 입술을 닫았다가 소리가 강하게 터집니다. 저는 그게 꼭 기쁨이라는 감정을 느낄 때 환희와 행복이 터지는 것 같다고 생각하곤 했습니다. '기쁘다'라는 단어의 모양도, '쁘'라는 음절이 꼭 웃고 있는 얼굴처럼 보이기도 합니다. 제가 이렇게 생각하는 것은 '기쁘다'라는 단어의 뜻이 '기분이 매우 좋고 즐겁다'임을 아주 오래전부터 내면화하고 있었기 때문일 겁니다. 『희랍어 시간』의 이 대목에서 단어가 주는 인상이 비단 저만의 것이 아님을 실감했습니다. 왜 음운이 이런 식으로 결합하는지, 왜 우리가 아직도 사이시옷을 무의식적으로 소유격을 뜻하는 기호로 사용하는지. 그렇다면 다른 언어의 화자가 내면화하고 있는 정서는 무엇인지. 언어가 담고 있는 공동체의 정체성을 더 탐구하고 싶었습니다. 센입천장과 여린입천장을 처음 구분했을 때, '성씨가 '박'인가요, '곽'인가요?'와 같이 우리가 종종 잘못 알아듣는 발음들이 유사한 조음 방법에서 오는 혼동이었음을 깨달았을 때. 일상 속 언어를 설명하는 원리를 터득하면서 일일이 느꼈던 감동을 타인에게도 전하고 싶었습니다.

대학에 입학해서 우연히 우리 학교에 희랍어 강의가 열리는 것을 보았습니다. 홀린 듯 신청해서 한 학기 동안 희랍어를 배웠습니다. 희랍어는 고대 그리스 사람들의 언어입니다. 이제는 아무도 말하지 않는 언어, 문자로만 남아 있는 언어이기 때문에 희랍어 교실에서는 말하기를 연습하지 않습니다. 대신 우리말에는 없는 격 변화를, 명사의 성별을, 꼬불거리는 낯선 문자를, 디카이오폴리스가 소를 끌고 밭을 간다는 예문을 배웁니다. 이렇듯 희랍어는 분명 저와는 거리가 아주 먼 언어이지요. 이 언어도 그 언어를 사용하던 사람들의 시간과 공간이 깃든 맥락을 갖고 있을 겁니다. 『희랍어 시간』이 없었더라면 알지도 못했을 언어의 세계가 이 소설을 사이에 두고 저의 세계와 섞입니다. 희랍어를 배우면, 소설을 통해서만 만났던 허구의 세계가 실제의 언어로 변합니다. 이 낯선 언어는 한국어 모어 화자인 저에게 완전히 새로운 의미로 다가옵니다. 참 신기하지 않나요? 우리를 둘러싼 언어의 벽은 마치 반투명한 장막 같습니다. 손을 대 보면 알 듯하면서도 잘 모르겠고, 장막을 걷어 넘어갈 수 있을 것 같으면서도 어렵습니다. 저는 이 장막을 영원히 궁금해하고 또 사랑할 것 같다는 생각이 듭니다.

6.
종종 넘어지고 깨어지더라도, 다시 단단한 마음으로

국어교육과에 처음 입학하면 먼저 개론 수업에서 국어교육 영역의 전반을 돌아보게 됩니다. 그리고 나서는, '말잘글잘'(말 잘하고 글 잘 쓰는) 학생을 기릅니다. 시도 소설도 비소설도 잘 읽고 문법도 문학사도 잘 알게 되면 이제 내가 아는 것을 어떻게 잘 가르칠지 고민합니다. 저는 아직 이 과정을 밟는 중입니다. 전공을 배우면서 기억에 남는 몇 개의 장면들을 소개하고자 합니다.

좋아하는 것들을 설렁설렁 공부하며 동아리 사람들과 술도 많이 마셨던 1학년 1학기가 끝나고, 1학년 2학기에는 전공 필수 과목이 두 개가 되면서 부쩍 학업의 무게가 늘었습니다. 하나는 문법 개론 수업, 하나는 읽고 쓰기에 관한 기초를 다루는 수업이었습니다.

대학에서 문법을 공부하면 고등학생 때 배웠던 것의 반복이라 쉬울 줄 알았는데, 뜻밖에 학교에서 가르치는 문법은 수많은 이론 중 학생들이 배울 만한 것을 취사선택한 결과물이란 걸 알게 되었습니다. 산더미같이 외울 것이 많아서 한 번 놀라고 같이 공부하는 동기들이 그걸 다 외울 수 있다는 것에 한 번 더 놀랐습니다. 같은 시간을 공부했는데도 저에겐 잘 외워지지 않는 불규칙 활용 규칙을 물으면 주변에서 기계처럼 출력되는 대답에 자괴감이 들기도 했습니다.

하지만 진정한 좌절은 글쓰기 수업에서 왔습니다. 이 수업에서 저희는 '좋은 글'을 고르고 비평문을 썼습니다. 과제를 잘하기 위해서는 좋은 눈이 필요합니다. 함께 읽을 가치가 있는 글을 고르고 이 글의 가치를 설득하려면 글 속에 있는 것보다 글 밖에 있는 것들을 더 넓게, 더 깊이 읽을 수 있는 시야가 더 중요합니다. 제가 갖고 있는 턱없이 모자란 사고의 폭이 아프게 다가왔습니다. 분명히 더 좋은 글이 있을 텐데, 더 잘 쓸 수 있을 텐데 손을 뻗어도 닿지 않는 것 같아 막막했습니다.

스스로 전공 능력이 부족한 것 같아 느끼는 회의감은 2학년이 되어도 그다지 해소되지 않았습니다. 읽고 쓰는 수업에서는 늘 뛰어나지 않은 과제를 내는 것 같았습니다. 소설과 시를 읽는 법을 배워도 제가 적절하게 해석하고 있는지, 적절한 해석의 범위는 어디까지인지 잘 알 수 없어서 어려웠습니다. 학년이 올라가 '가르치는 방법'을 고민하고 수업을 직접 해 보는 과목을 들어도 저는 별로 대단한 성과를 내지는 못했습니다. 창의적인 수업을 설계하는 일, 매끄럽게 말을 잘하는 일. 교과서와 수업에서 허점을 찾는 일을 잘 해내는 동기들과 그렇지 못한 스스로를 자주 비교하곤 했습니다.

학생 때는 늘 국어를 좋아하는 만큼 잘할 수 있었습니다. 그래서 선생님이 되어야겠다고 마음먹었었는데, 이제는 나같이 결점이 많은 선생님이 있어도 되는지 의심이 들었습니다. 사랑하기 때문에 더 스스로가 성에 차지 않았습니다. 성적은 늘 그럭저럭 나와주었지만, 과제에 들였던 노력으로 보나 그 결과물로 보나 어느 모로 만족스럽지 않아서 늘 골머리를 앓았습니다. 제가 좋아서 선택한 전공은 저에게 고민과 갈등을 안겨주었습니다.

그러나 국어교육과에 오길 잘했다 싶었던 순간들도 있었습니다. 은퇴를 앞두신 교수님의 시교육론 수업에서 시를 시 안에서 주어지는 열쇠를 이용해 읽는 법을 배웠습니다. 시교육론 기말과제는 '좋아하는 단어 10개 쓰고 좋아하는 이유 쓰기, 그리고 그 단어에서 연상되는 단어 각각 5개씩 쓰기'였습니다. 처음 과제를 받을 때만 해도 왜 이렇게 쉬운 과제를 내시지, 매기기가 귀찮으신가 하는 생각을 했습니다. 그런데 막상 과제를 하면서 생각보다 쉽지 않다는 것을 깨달았습니다. 좋아하는 단어를 고르는 것 자체는 어렵지 않았지만, 왜 이 단어를 좋아하는지 말로 풀어 설명하기 위해서는 더 많이 생각해야 했습니다. 곰곰이 생각해 보니 이렇게 단어 하나를 가지고 깊이 생각하는 과정이 시를 잘 읽기 위한 훈련의 일종이라는 것을 깨달았습니다. 제가 좋아하는 '우주, 여름, 앎' 같은 단어들이 어디서 왔는지, 저에게 어떻게 와닿는지 생각하는 것이 즐거웠습니다. 그리고 놀라운 건, 과제를 제출하고 나서도 힘에 부칠 때마다 보석함을 꺼내 보듯 이 좋아하는 단어 10개를 다시 열어 보게 되었다는 겁니다. 좋아하는 단어를 되새기는 일이 하나의 시적인 행위라는 것을 어렴풋이 느꼈습니다. 저는 그런 순간이 좋았습니다. 마음속에 낭만적으로 반짝이는 단어가 우뚝 서는 순간이. 제 삶에 앞으로도 그런 든든한 순간이 자주 있었으면 하고 바랐습니다.

몇 번의 수업 시연을 지켜보고 직접 해보기도 하면서 교사가 제 길이 아닌 것 같다는 생각을 많이 했습니다. 특히 학생과의 관계 형성에 능숙하고 살갑게 선생님 역할을 잘 해내는 동기들을 보면서 그랬습니다. 그렇지만 수업 지도안을 짜면서 흥미로운 모형을 도입하고 어떤 변수가 있을지 고민하는 일이, 적어도 제게 재미있다는 것을 알았습니다. 그때 그래, 내가 우리 과에서 최고로 잘하는 학생은 아닐지도 몰라. 그렇더라도 이 일을 재미있어할 수 있어서 참 다행이다. 하고 스스로 되뇌었습니다.

앞으로도 저는 수많은 글을 읽고 쓸 것이고 수많은 모의 수업을 계획할 겁니다. 그 과정에서 저는 또 제 능력의 한계를 느끼겠지요. 가끔 속이 상하는 날도 있습니다. 그렇지만 아직도 제 삶에서 가장 재미있는 일을 꼽으라면 텍스트를 읽고 생각하고 말하고 쓰는 일입니다. 국어를 좋아해서 잘했고 잘하니까 계속 좋아할 수 있었다고 생각했는데, 잘하지 못해도 이렇게 좋은 것은 처음입니다. 이상한 일입니다. 이제 막 가상의 학생을 상정하고 수업을 설계하는 일이 재미있다는 사실을 알게 되었습니다. 살아가면서 재미있는 일은 더해지기도 덜해지기도 할 겁니다. 더 재밌으려고든, 재미없는 일을 이겨내려고든 간에 저는 공부를 그만두지 않을 것 같습니다. 이 공부가 저에게 더 멀리, 더 깊이 볼 수 있는 눈을 가져다준다면 더할 나위 없이 좋겠습니다.

7.
세계가 온다는 것은

꿈이란 항상 삶과 함께 가는 것이라서, '어떤 교사가 될까' 하는 질문은 늘 '어떻게 살 것인가'와 떼려야 떼기 어려운 것 같습니다. 살아오면서 제가 닮고 싶었던 사람들은 모두 저마다의 뚜렷한 세계를 갖고 있었습니다. 그런 세계가 부러워 저도 저만의 무언가를 가지려 부단히 애써왔습니다. 선생이라는 직업이 사라지지 않는 이유도 여기에 있겠지요. "사람이 온다는 건/실은 어마어마한 일이다/그는/그의 과거와 현재와/그의 미래와 함께 오기 때문이다/한 사람의 일생이 오기 때문이다"(정현종, 「방문객」)라는 구절에서처럼, 사람을 만나는 일은 곧 하나의 거대한 세계를 만나는 일이기도 할 겁니다. 한 명의 인간이 살아오며 구축한 세계는 인공지능이 학습하여 요약해 준 세계와는 분명 다를 것입니다. 교사와 학생 사이 관계 맺음은 교사가 자기 세계를 보여주는 데 그치지 않고 학생이 새로운 세계를 형성하는 데 영향을 미칩니다. 그래서 저는 뚜렷한 세계를 가진 교사가 되고 싶습니다.

사람마다 각자의 세계, 삶을 이끄는 동력이 있습니다. 제 세계를 구성하는 큰 부분은 취미입니다. 저는 영화, 시, 소설, 음악 같은 예술을 즐기고 감상을 이야기하기를 좋아합니다. 예술 작품을 만나면 만날수록 취향이 두려워지는 것이 즐겁습니다. 공부하고 배울수록, 더 많은 것을 보고 듣고 읽을수록 작품을 더 잘 즐길 수 있게 됩니다. 그래서 저의 학교 밖 생활은 취향을 쌓아가는 일로 이루어져 있습니다.

영화든 음악이든, 감상이라는 행위는 필연적으로 작품 안팎의 맥락을 자기 나름대로 해석하는 일이 뒤따릅니다. 그저 수용하기만 할 수는 없습니다. 반드시 입력된 것을 소화하고 생각하는 과정이 있지요. 그렇기 때문에 매체를 막론하고 이를 '읽기'라는 큰 범주로 묶을 수 있다고 생각합니다. 이 읽는 행위를 계속하는 데에는 해석의 공동체가 중요한 역할을 합니다. 해석의 공동체라는 말은 소설교육론 수업에서 교수님이 하신 말씀에서 따온 것입니다. 한 편의 소설을 읽더라도 열 명이 읽으면 열 사람분의 해석이 생기는 것이고 우리는 해석의 공동체로서 가장 좋은 해석을 찾아가는 과정에 있다고요. 부러 만들려고 하지 않아도, 읽은 것에 관해 함께 이야기하고 싶은 본능에 따라 제 주변에 여러 해석의 공동체가 생겼습니다. 덕분에 저의 해석이 설득력을 가질 때의 짜릿함도 맛볼 수 있었고 제게 없는 배경지식을 가진 분들과 이야기를 나누며 배울 수도 있었습니다. 여기 제가 사랑하는 해석의 공동체를 소개하고 싶습니다.

우리 국어교육과 현대문학반에서는 매주 돌아가며 세미나를 엽니다. 그 주의 간사가 현대문학 작품을 소개하고 몇 개의 질문을 던지면, 함께 이야기를 나누는 식입니다. 저는 학술제에서 다른 학회에 우리 학회의 세미나 과정을 소개하는 간사를 맡았습니다. 간사의 특권을 활용하고 싶어 작품을 고민하다가, 한강의 소설집에서 처음 발견했던 단편 「파란 돌」을 선정했습니다. 유명하지 않은 작품이라는 점도 좋았고 소설에서 느껴지는 생명과 사랑, 그리고 삶에 대한 의식도 마음을 끌었습니다. 제가 정한 질문은 각자 삶의 이유가 되는 '파란 돌'이 무엇이냐는 것이었습니다. 다른 이들의 삶에서 소중한 것을 들으니 저마다 소설을 읽으면서 소중한 것들을 떠올렸겠구나, 소설을 읽는 일은 이렇게 삶과 맞닿아 있구나 생각했습니다. 소설을 읽고 이야기하면서 우리는 자연히 서로의 세계를 엿보게 되었습니다.

 그 밖에도 국어교육과 영화 소모임에서, 예술비평 중앙동아리에서 함께 영화를 보고 이야기 나눌 해석의 공동체가 생겼습니다. 다른 텍스트와 마찬가지로, 영화 텍스트도 숱하게 많은 다른 텍스트로 이루어진 조각보입니다. 다른 이들의 해석을 들으며, 누군가의 해석 세계는 지금껏 보았던 작품으로 이루어지는 것 같다고 생각했습니다. 해석이 저마다 다를 수 있는 것은 그래서일 것입니다. 같은 영화를 보고도 서로 다른 영화를 떠올릴 수 있고 대화를 통해서 또 다른 영화를 알아갈 수 있다는 것이 이 해석의 공동체를 더 즐겁게 합니다.

 우리는 영화를 보면서 타인의 삶을 간접적으로 경험합니다. 그러고 나서 다양한 사람들의 감상을 들으면, 영화에 발을 딛고 또 한 번 말하는 이의 삶을 넘겨다볼 수 있게 됩니다. 영화를 보는 일이 곧 한 명의 사람을 알게 되는 일 같고, 한 명의 사람을 알게 되는 일이 곧 영화 한 편을 보는 일 같다는 것이 참 신기합니다. 제가 이토록 이야기를 좋아하는 것도 결국 사람을 계속해서 궁금해하기 때문일지도 모릅니다. 사람에게 관심이 많아서 사람이 쓰는 말도, 짓는 이야기도 흥미롭게 다가오는 것이었습니다.

 선생이라는 직업은 매년 다양한 아이들을 만나고 또 떠나보내는 직업입니다. 해마다 그만큼 많은 세계가 밀려왔다가 다시 멀어지겠지요. 모험을 좋아하는 저는 그런 미래를 생각하면 또 두근거립니다. 어쩌면 교사는 만들어진 자기 세계를 아이들에게 보여주는 것이 아니라, 선생으로 일하는 도중에도 계속해서 새롭게 구축해 나가는 것 같습니다. 많이 읽는 사람은 결국 쓰게 된다는 말은, 읽기 과정의 끝은 또 다른 사람의 읽기 재료를 생산하는 일로 이어진다는 의미입니다. 다른 사람의 세계가 나의 세계로, 나의 세계는 또 다른 사람의 세계로 연쇄적으로 영향을 미칩니다. 우리는 세상에서 영향을 주고받는 존재들입니다. 꼭 자란다거나 더 나아진다고는 못 하겠지만, 우리가 나면서 갖고 태어난 우리를 구성하는 요소들은 서로의 세계가 만날 때 변화합니다. 학교에서 숱한 세계가 서로 만날 때, 우리는 분명 태초의 모습과는 달라집니다. 저에게는 가끔 그 사실이 아찔하게 다가옵니다.

8.
더 크고 다채로운 세계를 향해서

요즈음은 외국어로서의 한국어 교육에 관심을 두고 있습니다. 그간 공부해 왔던 국어교육 지식과 언어학 분야의 제2언어 습득 과정을 잘 버무려 적용해 볼 수 있는 분야라고 생각합니다. 특히, 한류로 인해 한국어 회화와 한글을 배우려는 외국인 학습자는 늘어났지만 한국 문학작품의 번역은 아직 드물다는 점을 고려하여 우리 문학의 번역에 관해 더 공부하고 싶습니다.

고등학교에서 언어와 매체 수업을 듣고 '외국인이 어려워하는 한국어'를 주제로 서툴게 연구했던 것에 이어서, 작년에 우리 학교로 와서 한국어를 공부하는 어학당 학생들을 대상으로 한국어 도우미 활동을 했습니다. 일본인 친구인 H와 대만인 친구인 Y가 한국에서 댄스 교실을 찾아가 춤을 배울 정도로 케이팝을 좋아한다는 사실은 케이팝의 인기를 실

감하게 했습니다. 같은 한자 문화권인 만큼 공유하는 정서와 표현을 중
심으로 의사소통할 수 있다는 것이 흥미로웠습니다.

　2학년이 되어서는 '우리말 가꿈이' 활동에 참여할 기회가 있었습니다.
이 활동은 한글문화연대에서 대학생을 대상으로 지원하는 프로그램으
로, 우리말 가꿈이로서 우리말을 순화하고 한글을 더 널리 알리기 위한
캠페인을 기획하고 실천해 볼 수 있습니다. 우리말과 우리글을 홍보하면
서 우리는 한국어와 한글을 '우리 것', '지켜야 할 것'으로 확고하게 인식하
는 언어 공동체라는 생각이 들었습니다. 우리 글자를 만드신 세종 대왕
을 모르는 이가 없고 우리말 순화 운동의 취지에 쉽게 고개 끄덕이는 것
처럼요. 이러한 인식은 언어가 역사의 뒤안길로 사라지지 않도록 보존하
여 전승할 의무를 지녀온 국어 교육의 자취일 겁니다. 학창 시절 모의 유
엔을 함께했던 친구가 우리말 가꿈이 활동을 하는 저를 보고 던졌던 "오
랜만에 옛날 그때의 너를 보는 것 같구나."라는 말에 고등학생 때 관심을
가졌던 언어 소멸과 언어 공동체의 문제를 다시 떠올렸습니다. 대학생이
되어 새롭게 벌인 일들은 결국 고등학생 시절에 뿌리를 두고 뻗어 나가는
한 발짝이었던 것 같습니다.

　앞으로는 언어학 이중 전공에 진입하여 본 전공인 국어교육과 병행할
계획입니다. 이중 전공을 결정하면서, 교사가 되지 못했을 때를 생각하면
이렇게 매사에 재미있기만 하고 취업에 전혀 도움이 되지 않는 공부를 해
서 될 일인가, 하는 고민이 있었습니다. 지나온 길을 돌아보면 저의 선택
은 늘 더 재미있는 것, 흥미를 끄는 것 위주였습니다. 그러나, 그런 흥미가
이제껏 저를 지탱해 왔다는 것을 떠올립니다. 저는 여전히 무언가에 흥미
를 가질 수 있음에 감사하며 좀 더 제 선택을 믿어보려고 합니다.

내년에는 한국학 전공이 있는 영국의 대학교에 교환 학생으로 파견을 갈 예정입니다. 어학당에서 한국어 도우미를 했던 경험도 살리고 외국인 대상의 한국어 교과서가 어떻게 구성되어 있는지 볼 수 있을 것 같아 기대가 됩니다. 교환 학생 기간 동안 외국인 대상 한국어 교육에서 서로 쓰는 음운이 달라서 생기는 문제를 보완할 방법을 고안해 보고 싶습니다.

이제까지의 대학 생활 동안, 저는 임용고시만을 보고 달려가는 사범대 학생은 아니었습니다. 앞으로 졸업까지도 그럴 겁니다. 미래가 불안해 이것저것 다른 활동을 했던 건 어찌 보면 다른 길을 알아보려는 방황이기도 했습니다. 그렇지만 제가 꿈꾸는 교사가 되려면 다양한 사람을 만나고 다양한 경험을 해 보며 얻은 더 크고 다채로운 세계가 필요했습니다. 그래서 지금 생각해 보면 무용한 경험은 없었다는 생각이 듭니다. 앞으로도 계속해서 꿈을 꾸고 세계를 가꾸어 나가고 싶습니다.

9.
이 글을 읽어주시는 분들께

저는 이름 붙이기를 참 좋아합니다. '기쁨'이 왜 기쁘게 느껴지는지 글로 쓰고 다시 바라보면 잊지 않는 것처럼, 스쳐 지나갔던 순간도 이름을 붙여 주면 오래 남을 것 같습니다. 이 글은 제 마음속에 있던 꿈에 대한 생각에 이름을 붙여 늘어놓은 것입니다. 제가 시를 좋아하는 이유도 그래서인 것 같습니다. 시는 지나쳤던 마음에 이름을 붙여 주는 글이니까요. 시를 읽다 보면 아, 이런 마음 알 것 같아, 내가 그때 느꼈던 기분이 실은 이런 마음이었구나, 하게 되는 순간이 있습니다. 지나쳤던 마음을 돌아보며 기쁘기도 하고 아프기도 합니다. 남의 마음에서 나온 글이 다시 제 마음에 흔적을 남긴다니 신기하죠. 이 글을 읽을 후배님들, 국어교육이나 교육에 뜻이 있는 학생들, 선배님들, 선생님들…, 그 누구든 독자의 마음에 흔적을 남길 수 있는 글이었으면 좋겠다고 감히 바라 봅니다.

　하지만, 이 글을 가장 재미있게 읽을 사람은 아마 저일 것 같습니다. 제가 이 글의 첫 번째 독자이자 가장 열렬한 독자가 될 겁니다. 이 글에는 지금의 제 마음이 참 많이 담겨 있어서 시간이 지나서도 두고두고 읽을 것 같다는 생각이 듭니다. 이 글을 쓰는 과정은 제 안의 꿈, 위로, 사랑 같은 반질반질한 것들을 캐내는 일이었습니다. 꿈꾸는 과정에서의 고민과 기쁨을 담은 글이었는데, 쓰는 과정에서도 고민과 기쁨이 많았습니다. 이 글의 고민과 기쁨들은 단지 저만 갖고 있는 것은 아니겠지요. 이것들은 딱 달라붙어 있어서, 무 자르듯 잘라 한쪽만 취할 수 없는 것이더군요. 사랑하기 때문에 더욱 두려워지는 때가 있고, 순간이기 때문에 더 아름다운 것들이 있는 것처럼요. 곽재구의 "자정 넘으면/낯설음도 뼈아픔도 다 설원인데"(곽재구, 「사평역에서」)처럼, 이 고민도 기쁨도 머잖아 흐려질 순간에 불과할 겁니다. 그리고 글쓰기는 그 순간을 잡아두는 일입니다. 이 글이 여러분의 순간을 떠올리게 할 수 있었으면 좋겠다는 마음을 담아 씁니다. 이 글을 읽는 여러분도 가지 않은 길을 바라보고 있거나 길 위에 서서 뒤를 돌아보고 계신가요. 먼저 가본 이, 혹은 함께 걸어가는 이의 존재를 미처 모를 때 두려움이 더 커진다는 것을 압니다. 그 막막한 두려움을 지나 비로소 즐거움에 발을 담그는 일에 이 글이 도움을 줄 수 있기를 소망합니다.

이동건

중학교 3학년 친구의 한마디에 수학교사가 되고 싶었던
이 사람은 고등학교때는 comi라는 활동명을 만들어서 수학 블로그를
운영해 이달의 블로그로 선정되었다. 대학교에서는 같은 활동명으로
유튜브 채널을 운영하게 되는데, 생각보다 조회수가 잘 나와서 그걸로
광고협찬까지 받은 경험이 있다. 그리고 갑자기 대기업 인사팀에 취업했는데
1년 다니고 퇴사를 했다. 다시 한번 말하지만 그는 10년이 지난 지금도
수학교사를 꿈꾸고 있다. 주변에서 가장 많이 듣는 말은 "뭐가 될지
모르겠지만 뭐가 될 것 같은 사람"인 이 사람의 이름은 이동건입니다.

0.
시작하면서

"나도 수학 선생님 될래!"
이 한마디가 지금의 나를 만들었다.

교사가 하고 싶어 교육과 관련된 다양한 대외 활동을 했다. 실제로 중학교, 고등학교에 찾아가서 학생들을 만나는 대외 활동뿐만 아니라 교육 사업이나 프로그램을 기획하는 활동도 참여했다. 그리고 지금 유튜브에서도 이와 관련되어 학과를 소개해 주는 영상을 만들고 있다.

이런 활동을 하다 보니 내 주변에는 자연스럽게 교사를 생각하고 사범대나 교직 이수 또는 교육대학원에 진학한 사람들이 많아졌다. 이 사람들과 함께 이야기하다 보면 가장 많이 나오는 질문이 있다.

"너는 왜 교사가 하고 싶어?"

대부분 중학교 또는 고등학교에서 만났던 학교 선생님의 영향을 받았다고 한다.

긍정적인 영향만 있었다면 좋겠지만, 사실 그렇지는 않다. 교사에 부정적인 이미지가 있었다고 해서 '저런 선생님은 되지 말아야지'라는 생각으로 교사의 길을 걸어가는 사람도 있었다.

그 외에도 웹툰을 보고 교사가 되고 싶다는 사람도 있었지만, 이 역시 교사 출신의 웹툰 작가가 그린 웹툰이었다. 즉, 같은 답변이라고 생각한다.

이런 이야기를 하는 이유는 나는 그렇지 않기 때문이다.

1.
중고등학교 ('12-'15)

이 질문에 답을 찾아보기 위해 중학교 생활기록부를 다시 보았다. 학년별로 장래 희망을 적는 칸이 있는데, 중학교 1, 2학년은 프로그래머라고 작성되어 있었다. 그때의 꿈을 좇았다면 코딩도 하고 있고, 교사보다는 돈을 더 많이 벌지 않았을까 싶다. 다만, 사람들과 소통하지 않고, 주석으로만 이야기하거나 사이드 프로젝트를 하는 모습을 생각하니 지금의 나랑 어울리지 않았을 것 같다.

그런데 중학교 3학년이 되면서 장래희망이 변했다. 나는 왜 수학 선생님이 되고 싶었을까? 지금 생각해 보면 부끄러운데, 지금은 연락이 잘 안 되는 중학교 절친의 말 한마디 때문이었다.

"나는 수학 좋아하니까 수학 선생님 될래!"

이 이야기를 듣고 '나도 수학을 좋아하니까, 수학 선생님이 되어야 할까?'라는 생각이 들었고 그렇게 중학교 3학년 생활기록부의 장래 희망 칸에 '수학 선생님'이라 기록되었다.

여기까지만 읽어보면 큰 고민 없이 친구 따라서 수학 교사가 되고 싶다고 이야기했기 때문에 금방 바뀔 것이라는 사람들이 많을 것이다. 하지만, 고등학교에 올라와서 수학 교사가 되겠다는 내 생각은 변하지 않았고 오히려 더 깊어졌다.

중학교 때까지 공부 하나는 자신 있었다. 하지만 고등학교에 와서 우물 안 개구리였다는 사실을 알게 되었고, 고등학교 이후 수학을 제외한 다양한 과목에서 성적이 나오지 않게 되자 내신이 아닌 다른 활동에 더 관심을 가지게 되었다. 봉사활동, 블로그 관리와 같은 활동을 통해 이를 통해 대학에 가야겠다는 생각을 가졌다.

그렇게 성남시청소년재단에서 초등학생, 중학생을 대상으로 주최하는 여러 교육봉사활동에 참여했다. 그리고 수학 블로그를 운영하며, 학교에서 배운 내용뿐만 아니라 다양한 수학 이야기를 다뤘다. 또한, 봉사활동을 포함해서 고등학교 때 참여했던 활동을 기록하면서 당시의 상황과 느낀 점을 적는 블로그를 운영했다.

특히 봉사활동을 통해 교사에 대해 다시 한번 생각하게 되었다. 사실 그전까지는 내가 수학을 잘하기 때문에 수학 교사가 되고 싶었다는 생각이 컸다. 여기에 더 나아가 내가 수학을 못 한 적이 없어서 수학을 못 하는 학생들을 이해할 수 없었다. 하지만, 봉사활동을 하면서 수학을 어려워하는 학생들을 만나고, 이 학생들을 이해하기 위해 수학을 가르치는 방법을 고민하면서 수학 교육에 대해 더 관심을 가졌다. 그렇게 예상하지 못한 상황에서 가르치는 것에 재미를 느꼈다.

다만, 수학 교사가 되기 위해 수학교육과를 가야 했고, 수학교육과를 가기 위해서는 대학에 가야 했다. 하지만, 이미 좋지 못한 내신 성적 때문에 단순하게 중간고사와 기말고사를 공부하기보다는 블로그를 포함한 외부 활동을 더 열심히 했고, 예상하지 못한 결과로 이어졌다. 바로 EBS 다큐프라임 '나는 대한민국 고3이다'에 출연하게 된 것이다.

2015년 당시 고등학교 3학년이었던 나는 고3의 1년 모습을 담는다는 이야기를 듣고 촬영에 응했다. 물론, 당시에는 어떤 이미지로 출연했는지도 몰랐고, 카메라 앞에 출연하는 내 모습도 신경 쓰지 않았던 시기라 지금 영상을 다시 보니 10초도 제대로 못 볼 만큼 흑역사로 남아있다.

다만, 해당 다큐멘터리를 촬영하는 과정에서 스스로 성장하는 부분도 있었다. PD나 작가님들이 인터뷰를 위해 다양한 질문을 했다. 예를 들어, 어떤 교사가 되고 싶은지에 대한 질문이나 진짜 교사가 되고 싶은지에 대한 질문이었다. 그 외에도 왜 대학에 가고 싶은지에 대한 질문도 있었으며, 고등학교 3학년 학생이라면 누구나 한 번쯤은 고민했을 만한 내용으로 질문이 구성되었다.

이런 질문에 답변하기 위해 스스로 생각을 많이 했다. 그간의 고등학교 생활을 되돌아보는 시간을 가지기도 했으며, 왜 지금과 같은 여러 활동을 하고 있는지도 생각했다. 그중에서 가장 생각을 많이 했던 질문은 특히 어떤 교사가 되고 싶은지에 대한 질문이었다. 이 질문을 통해 나를 다시 한번 되돌아보는 기회가 되었다. 특히 고등학교 시절을 많이 되돌아보았다. 고등학교 시절 스스로를 많이 얽매이던 시기가 있었는데, 나뿐만 아니라 주변 사람들도 매우 힘들게 했던 시절이었다. 그때가 가장 많이 생각났다. 그리고 교육봉사를 준비하는 과정 역시 가장 기억이 났었다.

제3자의 입장에서 받았던 질문은 내가 앞으로 어떤 교사가 되고 싶은지 고민하게 해 주었고 결과적으로 어떤 교사가 되고 싶은지 2가지 문장으로 정리할 수 있었다. '과거의 나 같은 학생이 나오지 않도록 옆에서 도와주는 교사' 그리고 '수학 포기자가 없는 교실을 만드는 교사.'

2.
대학 시절 ('16-'22)
....

'저것도 못 푸는 거야?'

성인이 되고 얼마 되지 않았을 가장 철이 없던 시기, 나를 이끌었던 원동력은 질투심이었다. 그리고 그 질투심과 어린 시절 꿈이 합쳐서 교사의 길로 이끌었다.

놀랍게도 나는 바로 수학교육과에 진학하지 않았다.

졸업 첫 해 입시에 실패했고, 전혀 예상하지 못한 청소년 관련 학과에 진학했다. 청소년 관련 학과에서 수업을 듣고 여러 청소년 프로그램을 기획하고 진행하는 대외 활동을 하면서, 청소년지도사의 길을 걷는 것도 재미있을 것으로 생각했다. 그래서 꼭 교사가 아니더라도 청소년지도사의 길을 가는 것도 고민했었다.

하지만, 사건은 예상하지 못한 곳에서 터졌다.

분당은 서울 어디를 가나 지하철로 한 시간은 가야 한다. 학교 역시 마찬가지로 한 시간이 조금 넘게 걸린 지역에 있었다.

그날도 평범하게 노래 들으면서 지하철을 타고 가고 있는데 옆에 수학 (또는 수학교육)과 과잠을 입고 선형대수 문제를 어려워하는 대학생을 보았다. 근데 옆에서 눈으로 봐도 쉽게 해결할 수 있는 문제였다. 이 문제를 가볍게 풀던 나는 옆에서 어렵게 고민하는 모습을 보면서

'내가 하고 싶은 게 진짜 이거였던가?'

라는 생각이 들었다. 그날은 팀원들끼리 개발한 청소년 프로그램을 발표하는 날이었고, 해당 프로그램 관련해 시나리오를 생각하고 있었다. 그러다가 이 생각이 들면서 다시 한번 진로를 고민하게 되었다.

이 고민은 생각보다 오래 걸리지 않았다. 이미 수학 교사가 하고 싶었고 수학을 공부해야지만 수학 교사가 될 수 있었기 때문에 반수를 했다. 수학과와 수학교육과 모두 합격했지만, 결국 수학과를 선택했다.

이 선택에 가장 영향을 줬던 것은 임용 정원과 관련된 시위였다. 정원을 갑자기 줄인다고 하여 예비 교사들이 현장에서 목소리를 냈던 시위가 있었다. 이와 관련된 뉴스 기사를 본 나는 과연 수학교육과를 입학하고 6~7년이 지난 뒤 임용을 볼 시기가 되었을 때 '내가 교단에 설 자리가 있을까?'라는 고민을 했다. 그 당시에는 수학교육이 아닌 수학을 조금 더 깊이 있게 배워보고 싶다는 생각으로 수학과를 선택했다. (물론 지금 생각하면 약간 잘못된 선택인 것 같지만)

또한, 꾸준하게 했던 멘토링 역시 나에게 교사라는 꿈을 계속 꾸게 해준 활동이었다.

처음에는 대외 활동의 하나로 중·고등학교에 직접 방문해서 수학과 심리학과(심리학과를 이중 전공했다.)를 소개하는 활동을 했다.

성남시에 있는 지역 청소년수련관 내 대학생 자치 조직에 들어가서 활동하기도 했고, 이런 활동이 좀 더 커져서 전국 단위의 대학생 자체동아리에 들어가서 활동했다. 전역 후에는 교내 입학처에서 진행하는 멘토링에도 참여했다. 또한, 이런 활동을 블로그에 올리면서 개인적으로 연락이 온 학교에서도 초청받아서 멘토링을 진행했다.

이런 활동을 시작한 이유는 내가 이런 이야기를 들어 본 경험이 없기 때문이다. 학교 선생님들이 이야기하는 학과나 영상으로만 보는 전공이 아닌 실제 대학교에 재학 중인 학생들이 전공을 소개해 주었다면, 많은 학생에게 진로 선택에 도움이 되지 않을까 싶어 전공을 소개하는 멘토링을 진행했다.

멘토링을 100번 넘게 했다. 사실 어떤 행동이라도 100번이나 반복해서 한다는 것이 쉬운 일은 아니라는 것을 알고 있다.

내가 좋아서, 그리고 나와 같은 경험을 하지 않았으면 좋겠기에 시작했던 학과소개 멘토링 시작한 지 8년이 지났다. 주로 서울과 경기도를 찾아갔지만, 강원도와 충청도, 인천 등 최대한 갈 수 있는 지역은 전부 갔었다. 그렇게 총 103번의 멘토링을 진행했다. 매번 학교에 가서 다양한 학생들을 만나서 이야기하는 것이 즐거웠다. 이런 활동을 반복하면서 학교 현장이 좀 더 친근하게 느껴졌고, 나중에 교사가 된다면 이런 학생들과 함께 지낼 수 있다고 생각했고 학교에서 교사가 되고 싶다는 생각을 꾸준히 했다.

물론 이렇게 오프라인으로만 활동한 것은 아니었다. 코로나 이후 직접 학교를 찾아가는 것이 어려워졌고, 방역과 보안으로 외부인의 출입이 강화되기 때문에 이런 활동이 많이 줄어들었다. 그래서 지금은 개인 유튜브 채널에서 내가 전공했던 수학과나 심리학과뿐만 아니라 다양한 학과를 소개해 주는 영상을 제작하고 있다.

이렇게 시간이 지난 28개 학과, 30개 영상이 올라갔다. 학교도 고려대학교에 한정된 것이 아니라 아주대, 성신여대 등 다양한 학교를 촬영했다. 이 영상을 통해 '학과를 고민하는 학생들에게 도움이 되었으면 좋겠다'라는 생각을 하고 있으며, 실제로 댓글을 통해 학생들이 질문을 주고 답해주는 하나의 커뮤니티로 성장했다. 이런 과정을 통해 학생들의 고민을 알고 학교 현장에서 이런 이야기를 들어주는 교사가 되어야겠다고 생각했다.

사실 위의 이야기를 보면 교사에 관한 이야기는 있지만, 수학 교사라는 꿈을 꾸게 된 이야기는 존재하지 않는다. 앞에서 친구 따라 수학 교사가 되고 싶다고 이야기했고, 수학을 가장 좋아했기 때문에 뭔가 당연하다고 생각할 수 있지만, 다양한 교과 중 수학을 최종 선택하게 된 계기도 따로 있다.

"전 항상 어디 학원을 다니든 수학 시간은 정말 싫어했거든요. 근데 선생님과의 수학 시간은 걱정되긴커녕 편하고 재밌었어요!"

"수학에 관한 추억은 안 좋은 추억밖에 없었는데 이렇게 재밌고 좋은 추억 만들어주셔서 정말 감사합니다!"

마지막으로 일했던 학원에서 마지막 수업 때 받았던 학생의 편지 내용 중 일부이다.

1년 정도 수학학원에서 파트타임으로 강사를 했던 경험이 있다. 사실 수학 전공을 했다면 과외나 학원에서 수업을 진행하는 경험이 다들 있을 것이다. 나 역시 군대 가기 전에도 전역 이후에도 과외랑 학원에서 학생들에게 수학을 가르치는 경험을 했다.

마지막으로 일했던 학원의 경험이 수학을 가르치는 사람이 되고 싶다는 생각을 하게 했다.

그 학원은 내가 사는 곳에서 버스로 한 번에 갈 수 있지만 시를 넘어가야 했기에 피로감이 누적되었고 결국 퇴사를 결심했다. 학생들도 학년이 바뀌면서 새로운 선생님과 함께 적응하는 시간이 필요했으니 12월 중반에 떠나게 되었다는 이야기를 했다.

해당 학원에서 담당했던 학생들은 학원에서 상대적으로 수학 성적이 낮은 학생들이었다. 초반에는 이런 학생들을 경험하면서 교사에 대한 진로를 고민하기도 했다. 학교에 가면 다양한 학생들이 있을 텐데 학생들을 이해시키기 위해 어떤 방식으로 설명을 해야 하는지 고민이 많았다. 교수법도 많이 찾아보고 학생들에게 적용해 보았다.

그러다가 어느 날 학생과 대화하면서 알게 된 사실이 있다. 해당 학급에 있는 학생들은 대부분 '수학이 재미가 없고 흥미롭지 않은데 왜 공부해야 하는지 모르겠다.'고 생각한다는 이야기였다.

이 이야기를 듣고 기존까지 하던 수업방식이 아니라 흥미 위주의 수업 방식을 선택했다. 단순하게 암기를 하거나 이해를 시키려고 노력하기보다 재미있고 이걸 어떻게 실생활에 활용할 수 있는지 예시를 들어 설명해 주었다. 또한, 프로그램을 통해 3D로 보여주면서 직접 눈으로 보여주기도 했다. 숙제를 다 안 해와도 혼내는 것보다 왜 안 했는지 이야기를 들어주고 학생의 시선에서 모든 상황을 이해하려고 했다.

물론 학원에서는 그렇게 좋아하는 방식은 아니었다. 진도의 차이도 발생하고 당장 눈에 보이는 성적의 상승 역시 존재하지 않았기 때문이다. 하지만, 학생들의 수업을 듣는 태도와 반 분위기는 긍정적으로 달라지는 것을 볼 수 있었다.

이 수업방식으로 진행한 지 벌써 반년이 지났다. 2학기 중간고사 이후에도 성적이 크게 상승하지는 않았다. 다만, 수학 시험지를 받자마자 한 번호로 찍고 자는 학생들이 단 한 명도 나오지 않았고 시험 끝나고 와서 자기 수학 시험 풀었다고 이야기하는 학생들이 생겼다.

학생들이 수학에 조금씩 관심을 가지게 되면서 공부를 해야 하는 이유도 알게 되었다는 사실이다. 이걸 시작으로 2학기 기말고사에는 성적의 상승도 많이 나왔다. 수업 태도도 많이 달라지고 수업 시간에도 포기하는 학생들보다 그래도 조금이라도 도전하려고 하는 학생들이 많아졌다.

학생들이 이렇게 변하는 모습을 보면서 기분이 좋았지만, 퇴근 시간은 더 늦어지고 심지어 집과 학원을 연결하는 버스의 배차간격도 2배 이상으로 늘었다. 어느 날은 막차를 놓쳐서 1시간 넘게 다른 버스를 타기 위해 걸어갔던 일도 있다. 처음 가본 도시라 길을 잃어버릴 수도 있었기에 지도에 의존하면서 걷다가 길을 찾기 위해 하늘에 있는 별을 보았다. 어두운 하늘에 유일하게 빛나고 있던 별. 막막한 내 상황에 유일하게 위로가 되는 별이었다.

이때 갑자기 학생들 입장에서는 어두운 밤하늘이 수학이고 저 빛나는 별이 어쩌면 내가 아닐까 생각했다. 그러면서
'아 나는 밤하늘의 별과 같은 수학 교사가 되어야겠구나'라고 생각했다.

3.
대학원-회사-교생('22-'24)

"아니 도대체 왜 너는 대기업을 퇴사하고 교생을 가려고 하는 거야?"
어쩌면 퇴사하고 몇 달이 지난 지금까지도 가장 많이 들었던 이야기이다. 어느 정도냐면, 내가 없는 자리에서도 '이동건은 왜 대기업을 퇴사한 것인가?'라는 주제로 토론을 했다고 들었다. 1년 조금 넘는 시간 동안 4대 대기업 중 하나에서 근무했던 나는 주변 친구들보다 먼저 퇴사했다.

시간은 다시 2년 전으로 돌려 교사가 되기로 했지만, 상황으로는 교사

가 될 수 없었다. 교직과정을 이수 하지 않았기 때문이다. 교사가 되기 위해서는 수학교육과 또는 수학과에 가서 교직 이수를 해야 가능했다. 하지만, 앞에서 이야기한 것처럼 수학교육과가 아닌 수학과를 선택했으며, 수학과에서도 교직 이수를 선택하지 않았다. 그래서 조금 더 공부하기로 결심했다. 그렇게 2022년 3월 교육대학원에 진학했다.

다행스럽게도 학부 때 교직 과목을 일부 듣고 왔기 때문에 대학원에서의 삶은 여유로웠다. 낮에는 학교에서 근로하거나 이전부터 해왔던 멘토링을 계속했다. 유튜브 채널 역시 이전보다 활성화해서 다양한 학과를 소개하는 영상을 계속 올렸다. 내가 꿈꾸는 밤하늘의 교사가 되기 위해서 단순하게 수학을 잘하는 것보다 수학을 어떻게 알려줄지 고민해야 했다. 또한, 단순하게 수학에 대해서만 고민하기보다는 나부터 다양한 경험을 통해 학생들을 바라보는 눈을 키우는 것이 중요하다고 생각했다.

하지만 매 학기 석사 학비와 생활비를 교내 근로만으로 채우기에는 현실적으로 어려웠다. 또한, 주변에서는 한 명씩 취업하고 돈을 버는 모습을 보니 고민도 많아졌다. (앞에서 철없던 시절 내 원동력은 질투심이라고 했었는데, 생각해 보니 지금도 크게 다르지 않은 것 같다.)

그래서 교사가 될 수 있는 환경이 된 이 상황에서 역설적으로 회사에 취업해서 돈을 벌고 싶다는 생각이 들었다. 이미 학사를 졸업했기 때문에 대부분 신입으로 회사에 지원할 수 있다. 다만, 나는 대학 입학 이후 교사가 되고 싶다는 생각 하나로 달려왔기 때문에 회사와 관련하여 쌓아놓은 스펙이 크게 없었다. 그 흔한 어학성적도 졸업 조건을 위해 겨우 맞춰 놓은 영어점수뿐이었다.

2022년 하반기에 처음으로 회사에 제출하기 위한 자기소개서와 이력서라는 것을 작성해 보았다. 고려대에서 진행하는 채용박람회도 찾아가고 여러 직무 상담도 받아보았다. 하지만, 인턴 경험도 없고 회사 내 어떤 직무가 있는지도 전혀 몰랐던 나는 지원하는 회사 대부분 서류에서 탈락했다. 오기가 생긴 뒤로 글을 정리하고 계속 지원했었던 나는 이력서를 적기 시작하고 3개월 뒤인 2022년 12월 현대자동차에 최종 합격을 했다.

2023년 첫 시작을 현대자동차에서 시작했다. 사실 원래 있던 계획은 아니었다. 원래 계획대로라면 2023년 4월 교생을 나갈 계획이었고 모든 서류 준비를 완료한 상황이었다. 심지어 교육 분야도 아니었다. 과거 회사를 간다고 하면 '교육이나 마케팅 분야로 갈 거야!'라고 이야기했었지만, 교육도 마케팅도 아닌 HR 분야였다. 그러나 회사 경험이 없던 나에게 새로운 자극이 될 수 있으리라 생각했기 때문에 합격한 회사에 다니기로 결심했다.

 1년 동안 많은 변화가 있었다. 가장 큰 변화는 돈이었다. 교내 근로를 하거나 대외 활동을 하면서 불규칙한 수입에 의존했던 나였지만, 회사에 다니면서 매달 들어오는 월급을 받게 되었다. 그것도 생각보다 많이 받게 되었다. '통장에 돈이 쌓여가는 재미로 살아간다.'라는 뜻이 이해될 정도로 많이 받았다. 그 외에도 많은 복지도 있었다. 헬스장을 저렴한 가격에 조용히 이용할 수도 있었고, 집에서 회사까지 출퇴근을 도와주는 버스도 존재했다. 다만, 새벽 5시에 일어나서 준비해야 했지만, 그렇게 큰 문제가 되지 않았다. 사람은 적응하는 동물이니까!

 회사에 다니면서 꼭 교사가 되어야 하는지에 대한 의문이 처음으로 들었다. 10년 넘게 교사를 생각해 온 나에게 드디어 교사가 될 수 있는 기회가 얼마 남지 않은 상황에서 처음으로 찾아온 고민. 남들은 20대 초반에 한다는 진로 고민을 20대 중반이 넘어가는 시점에 한 것이었다. 거기다가 이전부터 언급되었던 교권 추락이 제대로 사회에 알려지게 된 사건까지 터지면서 고민은 더 깊어졌다. 특히 내가 교사가 되고 싶어 하는 것을 아는 주변 사람들은 이 사건을 이야기하면서 진지하게 교사가 되는 것을 고민하라는 조언까지 해 주었다. '내가 진짜 학생들만 바라보면서, 원하는 수업만 하면서, 밤하늘의 별과 같은 교사가 될 수 있을까?'라는 생각이 머릿속에서 떠나지 않았다.

 이런 고민을 하던 중 2023년이 지나고, 2024년이 되었다. 다니고 있는 대학원을 졸업하기 위해서는 교생을 가야 했다. 다만 교생을 가려면 회사를 퇴사해야 했다. 교생이 진행되는 4월은 채용 시즌에서도 매우 중요한 시기이기 때문이다. 1년 미뤘던 그 선택의 길에서 다시 서 있게 되었다. 이전과 달라진 게 있다면, 리스크가 더 커졌다는 사실이다. 과거에는 입사만 포기하면 되었지만, 지금은 HR과 관련된 경력도 쌓여있고 돈과 복지라는 경험까지 있기 때문이다. 지난 1년 동안의 경험을 뒤로 하고 예전부터 가고자 했던 교사의 길을 갈 것인지 아니면 새로운 HR의 세계로 갈 것인지 진지하게 고민을 해야 하는 시기가 되었다.

고민이 깊어지던 시기, 우연히 10년 전 출연했던 다큐멘터리를 보았다. 가끔 내 친구도 그렇고 나도 그렇고, 알 수 없는 알고리즘에 뜬다고 하는데, 그 알고리즘이 갑자기 나한테 다시 뜬 것이다. 이렇게 글로 적긴 했지만, 사실 그 영상을 처음부터 제대로 본 기억이 없다. 많이 부끄럽기 때문이다. 하지만, 그 영상에 있는 댓글들은 종종 본다. 시험공부를 하다가 힘들 때 그 댓글을 보면서 '내가 누군가한테는 이런 영향을 주는구나'라는 생각이 들기 때문이다. 이번에도 그 영상보다는 영상에 있는 2,000여 개의 댓글을 봤다. 그 댓글 중에서 "여기 나온 사람들 SNS로 뒷조사를 해봤는데, 각자 갈 길 잘 가고 있더라." 하면서 누군가가 나를 포함해서 같이 출연했던 출연진의 소식을 업데이트한 글을 보았다. 같이 출연했던 친구들의 소식을 들을 수 있었고, 내 소식도 정확하게 작성되어 있었다. 거기에 댓글뿐만 아니라 여러 답글이 있었다. 개인적으로 댓글과 답글을 계속 반복해서 읽어보았다. 제3자가 이야기하는 과거 영상에 표현된 나와 지금의 나. 사실 SNS를 비공개로 운영하지도 않고, 유튜브나 블로그

인스타 모두 열심히 하고 있기 때문에 정보를 찾는 것은 어렵지 않았겠지만, 내 행적을 다른 사람이 이야기하는 것이 신기하기도 했다. 이 글들을 보면서 많은 생각을 했다.

그리고 나는, 퇴사를 결심했다. 내가 하고 싶었던 "밤하늘의 별과 같은 교사"에 조금 더 가까워지기 위해서 교생을 먼저 경험해 보고 최종 결정을 내리기로 했다. 리스크가 너무나 크지만, 결국 퇴사하고 2024년 4월 교생을 갔다.

교생 하는 과정은 모두 좋았다. 우선 조금 늦게 일어나도 된다는 사실이 좋았다. 퇴사하기 전에는 5시에 일어났지만, 교생은 7시에 일어나도 충분했기 때문이다. 그리고 학생들을 처음 만날 때의 그 설렘도 좋았다. 맨날 학생으로만 보았던 선생님의 수업을 교생으로 참관했던 그 기억도 좋았다. 처음 수업을 들어가기 위해 준비하는 과정도 좋았다. 물론 실수도 있고, 당황하기도 했지만, 그 과정도 좋았다. 피드백을 받으면서 내 수업의 장단점을 아는 과정도 좋았다. 대표 수업을 준비하기 위해 방과후에 남아서 수업을 준비했던 과정, 새로운 시도를 하기 위해 양방향 소통 프로그램을 연구하고 시연하는 과정도 좋았다. 그리고 담당 학급의 학생들과 상담을 하면서 그들의 고민을 들어주고 학생들이 어떤 고민과 관심사를 가졌는지 아는 것도 좋았다.

뭔가 좋았다는 이야기만 반복하는 것 같은데, 교생 하는 모든 과정이 행복했기 때문이다. 체력적으로는 회사 다닐 때보다 더 힘들어서 집에 오

자마자 바로 자기도 하고, 중간고사 기간과 겹치다 보니 결국 중간고사를
1점 받는 최악의 상황까지 나오긴 했지만, 진짜 좋았다!

　　그렇게 교생이 끝났다. 1학년 3반 학생들이 마지막 날 롤링 페이퍼로 편
지를 준비해 준 것도 감동이었다. 특히 편지 내용 중
　　"제 주변에선 특정 과목에 대한 저의 태도를 잘 이해해 주지 못했어요.
처음으로 제 의견을 존중해주셔서 대단히 감사할 따름입니다 :) 마음의
위로가 되었어요."
　　와 같이 내가 되고 싶었던 밤하늘의 별과 같은 교사와 같은 생활을 한
달 동안 했다. 그리고 교생이 끝난 뒤에 있던 체육대회도 놀러 갔다! 나한
테 즐거움을 준 학생들에게 어떻게 하면 재미있게 해줄까 고민하다가 그
때 큰 신드롬을 불러온 민희진 복장을 하고 찾아갔다.

　　그래서 내린 결론은⋯ 사실 아직은 모르겠다. 학생들을 만나고 난 뒤

교사가 더 되고 싶다고 생각했지만, 아직은 여러 길을 고민 중이다. 그게
더 성장하는 과정일 테니까!

이연우

저는 대한민국 서울에서 태어나 서울에 살고 있습니다. 24년 현재 스물한 살,
고려대 국어교육과 학생입니다. 초등학교 1학년 사랑하는 은사님을 만났을
때부터 변함없이 선생님을 꿈꿔왔습니다. 가끔 열정이 흐려지기도 하지만
언제나 다시 기대감 가득한 처음으로 돌아옵니다.
하고 싶은 것도 많고, 가고 싶은 곳도 많습니다. 지금은 처음으로 한국을
떠나 다른 나라로 긴 여행을 떠나길 기다리고 있습니다.

이 마음을 버리지도 고치지도 않고

1.
국어 교사의 꿈을 '꾸기'까지

'선생님'은 아이들이 가정을 벗어나 처음으로 만나는 어른이라는 말이 있다. 이 어른은 단지 칠판 앞에 섰을 뿐인데 순식간에 아이들의 세계로 들어가 그들의 삶과 성장에 관여한다. 교사 개인의 성격과 취향, 가치관도 아이들에게 영향을 끼친다. 그래서 교사라는 직업이 가진 영향력을 무시할 수 없다. 한 인생의 방향을 결정할 수도 있기 때문이다.

한 해 동안 잠깐 보고 바뀌는 교사가 학생의 삶을 결정한다니, 너무 큰 비약처럼 들릴 수 있을 것 같다. 그렇지만 나의 경우에는 그렇지 않다. 교사의 영향력이 막대하다는 이 말이 나에게는 거짓처럼 들리지 않는다. 왜냐하면 내가 바로 그런 영향을 받은 아이들 중 한 명이기 때문이다. 교사가 삶의 전부를 결정한다고 하면 그것은 틀린 말이겠지만 삶의 일부, 그것도 청소년기와 20대에 설정하는 진로의 방향은 좌우할 수 있다고 생각한다. 나는 초등학교 담임선생님의 영향으로 교사를 꿈꿨고, 10년 동안 그 꿈을 품고 공부해 고려대학교 사범대학에 진학했다. '선생님'이란 직업은 내게 있어 학창 시절과 현재의 20대를 같이하고 있는 소중하고 오래된 꿈이다.

❋ 꿈의 발견, 서툰 동경과 사랑

초등학교 1학년 때 처음 만난 담임선생님은 무척 친절했다. 젊고 아름다우신 데다 항상 따뜻하게 말을 걸어 주셔서 우리 반 아이들 모두가 그분을 좋아했다. 나도 그중 하나여서 선생님이 웃을 때는 나도 기쁘고, 화를 내실 때는 내가 전부 잘못한 것처럼 땀이 뻘뻘 났었다. 지금 와서 생각해 보면 낯선 학교에 들어와 처음 본 어른이 너무 좋아서 그 사람의 눈에 들고 싶어 했던 것 같다. 그래서 항상 선생님 말씀에 잘 따랐고, 좋은 학생으로 보이려고 노력했다.

우리 가족은 내가 어릴 때 여행을 자주 갔는데, 나는 그때마다 그 선생님에게 드릴 기념품을 사서 편지와 함께 선물로 드렸다. 선생님이 기뻐하시는 모습이 좋아서 나중에는 거의 매일 빼곡하게 편지를 써 선물했다. 책을 읽으면 그게 어떤 내용이었고 왜 재미있었는지를, 아니면 오늘 하루 있었던 일 등등을 시시콜콜하게 적었다. 내용은 하나도 기억나지 않고 그냥 그렇게 하는 게 좋아서 2학년이 되고 나서까지 편지를 많이 보냈던 것만 기억난다.

그러던 중에 선생님께서 답장과 함께 책 한 권을 선물로 주셨다. 편지에는 늘 받기만 하고 답장을 못 하셨던 것에 대한 미안함과 고마움이 담겨 있었다. 그리고『소공녀』의 주인공이 나와 많이 닮았으니 이 책을 꼭 읽어보았으면 한다고도 적혀 있었다.

문득 연우와 닮은 소녀 한 명이 생각나서 책 한권을 주문했단다.
선생님이 초등학생때 참 좋아했던 책이지.
이 책의 주인공 사라('세라' 라고도 부르지)는
생각이 깊고 상상력이 아주 풍부하며
나보다 약한 친구를 따뜻하게 배려하고,
무엇보다 어떠한 시련 속에서도 웃음과 희망을 잃지 않는 강인한 성품을 지니고 있단다.
연우를 보면 '소공녀'의 주인공 사라가 떠오른단다.
그리고 선생님은, 연우가 사라처럼 고귀한 성품을 지닌 따뜻한 사람으로
훌륭히 성장할 것이라 믿고 있단다.

주문한 책을 받아서 펼쳐보니,
생각했던 것보다 글자 수가 너무 많고, 그림은 적고
초등학교 2학년 학생이 당장 읽기엔 많이 어려울 것 같아 걱정이 되는구나.
하지만 한편으론, 작년에 '샬롯의 거미줄'과 같은 글자 많은 책도
몰입해서 읽던 연우의 모습을 떠올렸단다.
연우가 4학년쯤 되면 이 책을 재미있게 읽을 수 있지 않을까 기대해본다.
지금 당장 너무 무리해서 읽으려 하진 말고,
연우의 독서수준이 조금 더 높아졌을 때 이 책을 꼭 한번 읽어보렴.
이 책의 주인공 사라가 연우의 인생에 소중한 나침반이 되어줄 거야.

나는 조용한 아이여서 친구들과 어울리기보단 학교 도서관에서 책을 읽는 걸 더 좋아했는데, 선생님께서는 그런 내 모습을 알아채시고 책을 선물해 주셨다. 내가 좋아하는 선물에, 편지에, 나를 칭찬하는 말들이라니, 기쁨을 감출 수 없었다. 선생님께서는 앞으로 내가 '사라'처럼 멋지게 크길 바라셨던 것 같다. 편지 마지막에 "이 책의 주인공 사라가 연우의 인생에 소중한 나침반이 되어 줄 거야."라고 적혀 있었으니 말이다.

정말 그랬다. 말 한마디는 삶을 바꾸기에 충분했다. 그날 순식간에 다 읽어버린 책은 이후로 몇 번을 더 펼쳤는지 모를 정도로 다시 봤고, '사라'

는 힘들 때마다 찾는 친구가 되었다. 사라처럼 생각하고, 상상하고, 행동하면 내가 어디에 있든 눈앞에 보이는 모든 게 한 편의 이야기처럼 살아나고 풍성해졌다. 초등학교 1학년밖에 되지 않았지만 편지 하나로 인해서 선생님과 책이 좋아졌다. 그 뒤로 만나는 모든 선생님은 이유 없이 멋져 보였고, 방의 책장은 점점 채워졌다. '진로'라는 어려운 말은 몰랐지만 선생님이라는 직업은 나에게 좋은 것, 멋진 것, 되고 싶은 것이었다. 떠올리기만 해도 세상의 채도가 올라가고 주위가 선명해지는 동경과 사랑의 대상이었다. 초등학생의 나는 막연하게나마 선생님이라는 꿈을 생각하고 있었다.

❁ 꿈의 결정

이후 중학교 3학년이 되면서 고등학교 진학에 앞서 진로를 정해야 할 시기가 왔다. 고등학교에 가서 수시를 챙기려면 진로를 미리 정하는 것이 좋다길래, 그때부터 꿈에 대해 본격적으로 알아보기 시작했다. 교사는 생각보다 많은 일을 하는 사람이었고, 담당하는 과목도 많았다. 부모님 중 한 분이 교사여서 이 직업의 장점을 말해주시기도 했다. 학교 교사는 방학이 있다는 점, 일찍 퇴근하고 공무원이라 복지가 좋다는 점 등이 눈에 들어왔다.

그러나 내게는 이런 직업적인 장점도 좋지만 무엇보다 선생님과 학생이 쌓는 유대감이 매력적으로 다가왔다. 초등학교 담임 선생님의 영향으로 교사와 학생의 관계가 학생에게 얼마나 큰 영향을 미치는지 직접 경험했기 때문이다. 중학생이 된 나는 선생님께서 바랐던 것처럼 성실하고 착한 아이가 되어 있었다. 틈틈이 편지를 들춰보며 자신감을 채우고,『해리

포터』나 『반지의 제왕』 같은 책을 읽으며 이야기에 푹 빠졌다. 그렇게 하나둘씩 좋아하는 게 생겨났고, 그렇게 생겨난 취향과 가치관은 명확해졌다. 어느새 나는 문학과 교사를 사랑하고 있었다.

그 당시 한 유튜브 영상에서 '어린 시절 선생님이 거짓말을 무척 싫어하시는 분이라, 자신도 정직함이 제일의 가치관이 되었다'라는 댓글을 본 적이 있다. 자연스럽게 초등학교 시절이 떠올랐고, 만약 선생님이 된다면 초등학교 때의 그 담임선생님처럼 학생들을 대하고 싶었다. 선생님이 되어 학생들에게 내가 좋아하는 문학을 가르치는 모습을 상상했다. 동경했던 선생님처럼 되는 건 신나는 일이었다. 누군가가 나를 보고 '저 사람처럼 되고 싶다'라고 생각한다면 더할 나위 없이 좋을 것 같았다. 선생님은 더 이상 막연한 흥미를 느끼는 직업이 아니었고, 그때부터 꿈은 교사로 결정되었다.

'결정'이라고는 했지만, 지금 와서 생각해 보면 무턱대고 정한 감이 없잖아 있었다. 솔직하게 말하자면 그저 초등학교 때 만난 선생님이 좋아서 꿈을 교사로 결정한 것과 다름없었기 때문이다. 나는 교사가 되고 싶다고 결론짓기만 했지 막상 교사의 핵심 업무인 '교육'에 대해서는 제대로 알지 못했다. 교육이 무엇이고, 거기서 무슨 보람을 얻는지는 생각해 보지 않았다. 내게는 바로 그런 부분이 부족했다. 생각만 해도 가슴이 뛰고 꿈에 부풀게 되는 교사의 어떤 지점. 그것은 고등학생이 되어서 가르친다는 게 무엇인지 느낀 다음에야 알 수 있었다.

❀ 비로소 꿈을 꾸다

고등학생 때 나는 생활기록부를 채우기 위해 많은 학교 활동을 했는데, 그중에서 가장 열심히 했던 것은 3년간의 자율 동아리 활동이었다. 교사와 책이 좋아서 일 년마다 교육을 주제로 한 꿈 동아리를 만들어 친구들과 함께 토론하고 공부했다. 고등학교 1학년 때 만든 진로 책 동아리에서는 서로의 꿈에 관한 책을 돌려 읽고 이야기를 나눴다. 그때는 정확히 어떤 교사가 될지 몰라서 진로를 '독서 교육'으로 잡고 사서 교사와 사서에 관한 책을 많이 읽었다. 나는 훗날 조용한 도서관에서 일하면서 책을 읽으러 온 아이들에게 좋아하는 작품을 추천하고 책에 대한 사랑을 나누고 싶었다.

그러나 동아리 친구들과 함께 서로의 진로를 알아보고 이야기해 보니 사서 교사는 내가 원하는 활동을 하기에는 너무 바쁜 직업이었다. 책에 파묻혀 조용히 느긋하게 일하기보다는 사무적인 일과 행정 작업을 주로 해야 했고, 정작 책을 가까이할 수 없는 딜레마가 있었다. 그렇게 도서관과 사서 교사는 꿈에서 점점 멀어졌고 내가 정말로 하고 싶은 일이 무엇일지, 그걸 위해서는 어떤 직업이 가장 적합할지 고민하는 시기가 찾아왔다.

그러던 중 만든 동아리가 고등학교 2학년의 모의 수업 동아리다. 교사의 꿈은 여전했기 때문에 교사의 핵심 업무인 '교육'을 시늉만이라도 직접 하고 싶어 비슷한 꿈을 가진 친구들과 함께 만든 동아리였다. 우리는 돌아가면서 선생님이 되어 수업을 준비하고 각자가 좋아하는 과목을 가르쳤다. 모의 수업을 할 때 나는 국어 교사가 되어 김수영의 「사랑」을 친구들 앞에서 강의했다. 밤새 만든 PPT를 한 장 한 장 넘기며 수업 시간 내내 학생이 된 친구들과 웃고 떠들었다. 그때의 화기애애한 분위기와 동그랗게 모여 앉은 책상, 웃는 얼굴로 우리들의 사진을 찍어 주시던 담임 선생님의 몸짓이 아직도 기억난다.

수업은 성공적이지는 않았다. 긴장해서 빼먹은 설명도 있었고, 화자가 말하는 사랑이 어떤 사랑일지에 대한 내 생각을 말하는 데 너무 많은 시간을 허비했다. 그렇지만 기분은 좋았다. 우리밖에 없는 교실 속에서 내 말이 울려 퍼지고, 그걸 열심히 듣는 학생들. 선생님이 되어 나의 말에 집중하는 학생들을 보는 감각은 새로웠고, 모두가 이 짧은 사랑시에 집중하며 의미를 탐구하고 있다는 게 놀라웠다. 그 순간만큼은 우리가 수업이라는 시간 속에 하나로 묶인 것 같았다. 그리고 그 속에서 도출되는 생각이 하나둘씩 늘어가며 의미를 형성하고 공동의 앎 비스무리한 것을 만들어 가는 감각이 말할 수 없을 만큼 좋았다. 교육은 아마도 이런 것일 거라 생각했다.

지금도 그때를 떠올리면 심장이 쿵쿵 뛴다. 내가 좋아하는 게 무엇인지 알게 되었을 때의 희열과 기쁨, 말을 하고 서로의 눈을 쳐다보고 생각을 나눌 때의 살아있는 것 같은 감각. 타인의 생각을 들으며 말 속의 본의를 알고 그도 내 말을 듣고 있다는, 우리가 공통의 주제를 토대로 서로를 이해하고 있다는 느낌이 들 때 마음속 깊은 곳에서 자부심 비슷한 게 올라왔다. 수업이 끝난 뒤 이 순간을 오래오래 기억하려고 혼자 열심히 복기하며 내 심장 소리를 귀에 새겼다. 머리 한구석에 그 이상하고 분명한 감각을 집어넣었다. 수업하며 빨개진 얼굴은 집에 돌아오는 길 내내 식지 않았다.

3학년 때 참여한 독서 토론 동아리와 멘토멘티 활동은 이 감각이 단순한 변덕이 아님을 확실히 했다. 내 설명으로 모르는 것을 이해했을 때 반짝거리던 멘티 친구의 눈과 "이제 알겠어!"라는 탄성은 내가 가르치는 게 잘 맞음을 확인해 주는 증거 같았다. 독서 토론을 하며 사람들이 책으로 하나 되는 느낌은 모의 수업 때처럼 나를 채워 줬다. 이것들은 모두 내가 교사로서 교육이 하고 싶은 이유로 변해갔다.

난 정말로 이 일을 해 보고 싶었다.

그렇게 꿈도 점점 윤곽을 잡아갔다. 중학생 때 없었던 무언가가 채워진 느낌이었다. 문학을 가르치는 국어 교사가 되어 재미있는 문학 수업을 하고 싶다고 생각했다. 이런저런 형태의 수업을 하면서 모의 수업 때의 그 감각을 계속 느끼고 싶었다. 나는 이제 꿈의 결정을 넘어서 정말로 꿈을 '꾸고' 있었다. 교사의 입장이 되어 책상에 앉아 반짝이는 눈으로 수업을 듣는 학생들을 상상하면 즐거워진다. 내 가르침이 사람의 깊고 내밀한 면을 건드리는 순간을 보고 싶고, 초등학생 때의 담임선생님처럼 어떤 사람에게는 꿈이 될 수도 있는 교사가 되고 싶다. 그러기 위해서 비슷한 꿈을 지닌 사람들과 공부하고 할 수 있는 모든 경험을 하면서 목표를 향해 달려가 보자고 다짐했다.

2.
흔들림과 바로잡기

학창 시절의 꿈은 대학교 전공 선택에 영향을 끼치기 마련이다. 국어 교사가 꿈인 나는 당연하게도 국어교육과를 지망했고 힘든 입시 끝에 고려대학교 국어교육과에 합격했다. 이 학교에 들어와 수업을 들은 지 2년도 채 되지 않았지만, 나는 그동안 정말 많은 경험을 할 수 있었다. 전공과목들부터 학회, 동아리, 기타 교육 프로젝트까지…… 전부 이곳이 아니었다면 할 수 없었을 도전과 경험이었다. 그러나 모든 것이 상상처럼 장밋빛은 아니었다. 어떤 것들은 꿈을 더욱 선명하게 만들었지만, 또 어떤 것들은 바래게 했다. 즐거움과 희망이 커진 만큼 불확실함과 불안도 커졌다. 꿈에 한 발짝 다가서자 나타난 이 모든 것들은 그 형태가 어떻든 내 세상을 한층 더 넓어지게 했다.

🌸 대학교 1학년, 새로움의 연속

국어교육과에 들어와서 놀랐던 점은 나와 비슷한 친구들이 꽤 많다는 것이었다. 학창 시절 은사님 덕에 선생님을 꿈꾸게 되었거나 부모님께서 교육에 종사하고 계시는 동기들이 많았다. 어쩌면 내 꿈이 그렇게 특별한 계기로 생겨난 게 아닐 수 있다고 생각하니 좀 멋쩍어지기도 했다. 그렇지만 같은 꿈을 가지고 살아온 사람들을 만나는 것은 새로운 경험이었다. 국어교육과라는 바운더리 안에서 내가 어떤 사람인지, 저 사람은 어떤 사람인지를 피부로 느낄 수 있었으니 말이다.

대학교에 들어와 적응하는 데는 별로 오래 걸리지 않았다. 내가 직접 밥을 사 먹어야 한다는 것만 고등학교와 달랐을 뿐 수업을 듣고 시험을 보고 과제를 내는 생활 자체는 이전과 비슷했다. 다른 게 하나 더 있다면 대학 수업이었다. 나는 더 이상 국영수를 배우지 않고 '국어교육'에 관한 전공과목을 듣기 시작했다. 국어 교과 교육법, 국어학 등 전공 필수 과목은 내가 정말로 국어 교사가 되기 위한 준비 단계에 올랐다는 사실을 실감하게 했다.

국어교육과에서 국어 교사가 되고 싶은 동기들과 국어교육에 대한 수업을 듣는다. 듣기, 말하기, 읽기, 쓰기 교육과정에 대한 논문을 찾아 읽고, 현직 국어 교사 초청 특강을 듣고, 전공책을 사서 달달 암기하고… 당시에는 1학년인 만큼 이 학문의 티끌도 배우지 않은 것이겠지만 왠지 전문적인 지식을 배우고 있다는 느낌이 들어 뿌듯했다. 끊임없이 새로운 정보가 들어왔고, 나도 대학생이 되어 꿈을 이루기 위해 노력하고 있다는 자신감이 생겼다.

새롭게 사귀게 된 친구들과의 대화도 즐거웠다. 어떻게 교사의 꿈을 꾸게 되었는지나 어떤 교사가 되고 싶은지는 대화의 단골 소재로 매번 등장했다. 문법이 좋아서 국어 교사를 하고 싶은 사람도 있었고, 학생들을 가르치는 게 재미있어서 꿈을 결정한 사람도 있었다. 모두가 다 그렇다고 할 수는 없지만 대부분은 교사를 희망했고, 넓게는 교육 자체에 흥미가 있었다. 모두의 눈 속에 꿈에 대한 고민이 가득했고 그 사이에서 나도 이들과 동화되어 갔다. 어떤 교사가 될지, 어떤 교육을 할지에 대한 생각은 내 머릿속에서 시간이 지날수록 몸집을 불려 가는 중이었다.

✸ '나'에게서 '세상'으로

1학년 때 문학 교양 강의를 들은 적이 있다. 『60년대식』, 『지하생활자의 수기』, 『채털리 부인의 사랑』, 『82년생 김지영』 같은 소설을 읽고 감상문을 쓰는 수업이었다. 오리엔테이션 수업 때 "문학은 거짓말이다, 그런데 그 거짓말 안에는 삶과 진실과 사랑이 담겨 있다."는 교수님의 말에 푹 빠졌다. 허구의 문학이 실재하는 사람을 건드리고 그들의 마음속에 눌러앉게 되는 과정이 궁금했다. 수업을 들으면서 지식을 쌓아 교수님처럼 자신이 문학을 사랑하는 이유를 멋지게 말할 수 있는 사람이 되고 싶었다.

그런데 문학을 읽고 감상문을 쓰는 것은 오히려 문학보다 '나'를 더 잘 알게 해주었다. 작품을 읽고 의미를 생각해 정리된 한 편의 글로 짜내는 것은 나를 내보이는 것 같았다. 글을 읽으면 읽을수록 작품에 관한 내용이 아니라 그 작품을 보는 내가 어떤 가치관을 가지고 있고, 무엇을 믿는 사람인지가 보였다. "이 작품은 사람을 이해하고 다가가는 행위의 의미를 담고 있다."라고 쓰는 나는 그렇게 살고 싶고 세상이 그렇게 되어야 한다고 여기는 사람이었다. 분명히 중고등학생 때 수천 번 썼던 독서감상문일 텐데 이제 와서 글 속의 자신이 보이는 게 신기했다.

글의 형식이 감상문이 됐든 보고서가 됐든 나는 점점 '나'를 꺼내 보이는 것에 익숙해졌다. 생각을 글로 표현하려 애쓰는 시간은 힘들지만 그때마다 새로운 '나'를 발견하고 문장으로 규정하는 게 재미있었다. 그러던 와중, 자아에 집중하던 시선은 새로운 글쓰기 과목을 들으면서 '세상'으로 옮겨졌다. 수강생은 문장 하나하나를 세심하게 다듬으며 글을 써야 했고, 무엇보다 팀을 결성해 '좋은 글'을 찾아야 했다. 동기들과 열심히 고민하고 닥치는 대로 글을 찾으면서 내 독서 경험은 자연스럽게 소설에서 신문의 사회면, 칼럼, 에세이까지 넓어졌다. 여러 팀의 발표를 들으며 나는 성차별과 피로 사회, 아동학대, 동물권 같은 어려운 개념과 그걸 둘러싼 사회 문제를 알게 됐다. 자아와 그를 둘러싼 세상을 알고, 생각하고, 의견을 피력 하는 글은 정말 '좋은 글'이라고 할 수 있었다.

그렇지만 글과는 별개로 내가 수업을 들으며 느낀 점은 한국 사회가 그렇게 평등하지 않으며 세상에는 불평등과 차별, 그리고 그 밖의 끔찍한 문제들이 넘쳐난다는 것이었다. 우리 조가 선정한 글만 봐도 그랬다.『장애학의 도전』2장, 「손상은 어떻게 장애가 되는가」는 장애라는 말이 담고 있는 차별과 폭력을 논리적으로 드러내는 글이었다. 발표문을 쓰기 위해 이 책을 끝까지 읽고, 장애를 다룬 다른 책들을 손에 잡히는 대로 찾아 읽었다. 기사와 논문도 참고했다. 과방에서 12시간 넘게 조원들과 논쟁하고 나서 첫차를 타고 집에 돌아가는 새벽 지하철에서 생각했다. 세상이 원래 이런가?

내가 몰랐거나 무시했을 뿐이지 세상은 원래 이렇게 불평등하고 쉽게 바뀌지 않는 것인지 궁금했다. 발표를 들으며 새로운 문제를 알게 될수록 이런 생각은 강해졌고, 점점 모든 문제에 불편한 사람이 되는 것 같았다. 불평등과 차별은 옳지 못했고 게다가 그건 사회의 모든 분야뿐만 아니라 내가 교사가 되려고 하는 교육 현장에도 존재했다. 당시 이슈였던 교권 추락 문제에 관한 칼럼을 선정한 조의 발표를 들으면서 생각보다 심각한 우리나라의 교육 문제에 놀랐다. 비슷한 꿈을 안고 있던 예비 교사들이 학교를 포기하고 있었다. 내가 모르고 있었던 교육 불평등과 교실 안팎의 권력 구조는 점점 회의에 빠지게 했다. 개인의 힘으로 해결할 수 없는 사회구조적인 문제는 막막했고, 그 속에서 교사로 살아야 할 나와 세상, 교육에 대한 의문이 섞이면서 머릿속은 이전에 가졌던 '어떤 교사가 될지'에 대한 질문과 함께 점점 복잡해졌다.

※ 대학교 2학년, 불안과 확신

대학에서 1년을 보내고 난 후 나는 조금 지쳐 있었던 것 같다. 꿈을 안고 도착한 대학교에서 배운 모든 것들은 새롭고 즐거웠지만 동시에 힘들고 막연했다. 막 대학에 입학해 기대감으로 가득 찬 1학기를 보내고, 왜인지 바쁘고 힘든 2학기를 겪어서 그런 것일지도 몰랐다. 시간이 지나고 대학 생활에 적응할수록 현재에 대한 회의감과 미래에 대한 고민이 무럭무럭 자라기 시작했다. 나는 분명히 국어 교사라는 꿈을 사랑하고 있었지만, 현실적인 조건과 사회 문제를 더 이상 무시할 수 없었다.

　서이초 교사 자살 사건이 터졌고, 교육 현장에서 교사들이 앓고 있던 문제가 언론과 SNS를 통해 가시화됐다. 교권 추락과 학생 인권 문제에 대한 기사들도 잇따랐다. 친구들과의 대화 소재도 교사의 힘듦과 교육 문제에 대한 걱정으로 변해갔다. 어떤 친구는 꼭 선생님을 하고 싶지만, 지금과 같이 교사를 보호하지 못하는 학교와 학부모의 민원, 학생의 지도 불이행을 모두 견디면서까지 선생님을 할 수는 없을 것 같다며 다른 직업을 가져야 하지 않을까 푸념했다. 사범대 학생이라면 이런 일련의 사건과 부정적인 여론을 모를 수 없었기에 나도 동의했다. '과연 내가 이런 사회에서 교사가 될 수 있을까?'라는 생각이 들었고, 아무리 열심히 가르치고 학생들에게 다가가려 해봐도 그들이 거부한다면 아무런 소용이 없을 것만 같은 걱정이 자꾸만 불어났다.

　지금 와서 생각해 보면 체력적으로 지친 상태였기 때문에 입시 때 느꼈던 심리적 불안이 다시 도졌던 것 같다. 밤을 새우면서 발표 준비를 하고 그때그때 밀려드는 과제를 시간을 쪼개 해치우다 보니 동아리 같은 취미 활동도, 좋아하는 현대문학회 세미나도 쳐 내야 하는 일처럼 느껴졌다. 모든 게 한순간 목적을 잃은 것처럼 손에 잡히지 않았고, 즐겨 하던 그림 동아리는 적지 않은 회비를 내고도 몇 번 가지 못했다. 힘든 만큼 자연스럽게 미래에 대한 걱정과 불안도 커져 마음이 복잡했다. 그러다 보니 어느새 '사실 난 국어 교육보다 문학을 더 좋아하는 게 아닌가'라는 회의를 느끼게 되었다.

현실에 치여 살다 보니 꿈도 이상도 잃어버리는 느낌이 들어 2학년이 되었을 때는 내가 좋아하는 과목만 듣고 싶었다. 수업 난이도나 과제는 고려하지 않고 시와 소설에 대한 문학 수업을 우수수 신청했다. 내가 그렇게 좋아하고 사랑하는 문학에 빠져서 다시 한번 내가 국어 교사가 되어야 하는 이유를 찾으려고 했다. 무엇을 위해 살고 있는지, 어떤 사람이 되고 싶은지에 대한 확신이 필요했다. 그렇게 다시 문학을 읽고 글쓰기를 하는 생활이 시작됐다.

이렇게 문학에 둘러싸인 삶을 살았는데도 이전과 같은 회의감이 든다면 국어 교사는 길이 아닐 것이다. 그러니 이번 기회에 내 마음을 확인해 보자고 생각했다. 다시 소설과 시를 읽고 비평문을 쓰기를 반복했다. 문학 수업을 줄줄이 신청해서 읽고 쓸 작품들은 차고 넘쳤다. 어떤 때는 너무 많아서 했던 말을 또 반복하고 시간에 쫓겨 가며 복제품 같은 글을 쓸 때도 있었다. 그런데 이상하게 이전처럼 힘들지는 않았다.

현대시 수업을 들을 때 막힘없이 이어지는 시 해설을 들으며 교수님의 눈을 바라보던 기억이 난다. 시를 배우고 있어서 그랬는지 반짝반짝 빛나는 눈, 뚝뚝 떨어지는 사랑 같은 표현이 생각났다. 따로 자신을 소개하지 않아도 시를 정말 사랑하는 사람임이 눈에 보였다. 고양된 목소리, 열정적으로 쏟아지는 말 같은 것들이 아니었다. 그걸 전부 부차적인 것으로 만드는, 좋아하는 것에 대해 말하는 사람만이 보일 수 있는 반짝이는 무언가가 느껴졌다. '얼마나 시를 사랑하면 저렇게 푹 빠진 채로 행복하게 강의할 수 있지?'라는 생각으로 예스24 서점에 가서 난생처음 시집을 찾아 읽었다.

나는 지금까지 소설에만 흥미를 느끼고 시는 굳이 찾아 읽지 않는 사람이었다. 그런데 교수님의 눈을 보고 시집을 사서 한 행 한 행 천천히 읽다 보니 점점 시가 좋아졌다. 의미 없는 예쁜 표현의 나열이라고 생각했던 시가 시상을 머릿속으로 떠올리면서 읽자 살아있는 것처럼 보였고, 소설과는 다른 감각을 가져다줬다. 톡톡 튀는 시의 발음이 재미있어서 "나의 욕망은 구체적이고 사사롭지/너와 시시각각 포르르 날아가고 싶지"[1]처럼 무의식적으로 외는 구절도 생겼다. 수업 때 교수님의 눈이 왜 그렇게 빛났는지 이해할 것 같았다. 나중에 안 사실이지만 내가 고른 시집에 정말 우연히도 교수님이 비평가로서 쓴 평이 적혀 있어서 어딘가 통한 느낌을 받기도 했다.

2학년이 돼서 처음 배운 소설 교육 수업도 즐거웠다. 국어 교육이라는 분야 안에서 문학을 바라보는 건 새로운 경험이었다. 좋아하는 작가의 장편소설을 읽고 조별로 교과서를 만들어 수업 시연을 했다. 한 번도 해보지 못했던 활동이라 어렵긴 했지만 그렇다고 하기 싫지는 않았고, 오히려 정말 재미있었다. 감상의 대상이었던 문학이 교육의 대상이 될 때 학생들에게 어떻게 드러나야 할지를 상상하는 게 즐거웠다.

교육과정 성취기준에 따라 교과서 학습활동을 구상해야 해서, '문학의 생활화'라는 우리 조 성취기준에 맞게 즐거운 문학 수업을 해보자며 밤늦게 회의할 때가 기억난다. 누군가가 등장인물의 성격과 선택을 반영

---

[1] 주민현, 「우연한 열매」, 『멀리가는 느낌이 좋아』, 창비, 2023, 64쪽.

한 심리 테스트를 만들어 보자고 했을 때 모두가 재밌겠다며 한마디씩 말을 얹었다. 그때 나의 모습은 1학년 때와 많이 달랐다. 과제에 허덕이면서 힘들어하는 내가 아니라, 조원들과 함께 웃고 떠들며 테스트 발문을 만들고 수업을 디자인하는 내가 있었다. '적성에 맞는다'라는 말을 이해할 것 같았고, 수업을 들을수록 내가 문학만 좋아하는 게 아니라 문학 교육과 수업도 정말 좋아하고 있다는 게 느껴졌다.

이런 경험을 미루어 봤을 때, 나는 어쨌거나 '문학'을 사랑할 수밖에 없는 사람이었다. 그리고 나는 역시 '문학 교육'도 좋았다. 즐겨 읽기만 하는 게 아니라 다른 사람들에게 내가 좋아하는 부분과 그 의미를 말하고 싶었고, 그것에 대한 다른 이의 생각을 듣고 싶었다. 이야기를 나누면서 작품의 의미를 찾고 함께 배우는 감각이 여전히 사랑스러웠다. 나도 교단에서서 빛나는 눈으로 사랑이 가득 담긴 문학 수업을 할 수만 있다면 다른 문제는 중요하지 않을 것 같았다. 여기까지 생각이 닿자 회의감과 불안은 약해졌다. 그렇게 다시 국어 교사라는 꿈을 안고 갈 수 있는 원동력이 생겼다.

3.
이 순간, 꿈을 따라 산다는 것

꿈을 꾸는 지금, 항상 앞으로를 생각한다. 지금까지 내가 교사가 되고 싶은 이유와 그 과정 속 문제의 극복 등을 길게 이야기했지만 그렇다고 불안하지 않은 것은 아니다. 꿈은 사랑하는 만큼 높고 멀게 느껴지는 것 같다. 다가가면 갈수록 예상치 못한 순간이 생기고, 그때마다 막연한 걱정과 불안이 생긴다. 요새 나를 고민하게 하는 문제도 그렇다. 선생님이 되고 싶은 건 맞지만 내가 좋은 선생님이 될 수 있을지는 의문이다. 좋은 선생님이 대체 어떤 사람인지 명확하게 말할 수 없다는 사실도 생각을 거듭하게 한다.

❁ 내가 부족하고 욕심 많은 사람이라면

특히 과외를 하면서 학생들의 고민 상담을 해줄 때가 그렇다. 나는 이상하게 과외 수업 때 갑작스러운 고민 상담을 많이 하는데, 학생이 자신의 불안을 털어놓으면 성격상 그걸 지나치지 못하고 계속 듣게 된다. 나가야 하는 진도가 있는데도 학생의 고민을 들어주느라 수업 시간을 많이 잡아먹은 적도 있다. 그렇지만 "공부를 못하면 내가 못난 사람처럼 느껴진다.", "문제를 조금만 틀려도 아직 부족한 것 같고 원하는 목표에 도달하지 못하는 내가 한심하다."와 같은 말을 들으면 왠지 지금이 수업하고 있을 때가 아닌 것 같다.

그런데 그럴 때마다 땀을 뻘뻘 흘리면서 조언해 주고 있는 나 자신이 이상하게 느껴진다. "나도 학창 시절에 그렇게 생각했어."라면서 공감하는 말로 운을 떼고, 내가 어떻게 그런 강박에서 벗어났는지 이야기하는 동시에 과연 이 학생을 완전히 이해하고 있는 건지 의구심이 든다. 잘 알지도 못하면서 다른 사람의 힘듦에 말을 얹는 것 같고 과외 선생님이지만 어쨌든 '선생님'이라는 위치에서 조언해야 한다고 생각하니 부담스럽다. 선생님과 학생이라는 관계 속에서 몇 마디 말이 얼마나 큰 파장을 일으킬 수 있는지 알고 있으니까. 과외를 마치고 집으로 돌아올 때 내가 한 말을 곱씹으면서 후회하기도 한다. 선생님으로서 학생을 대하는 건 일반적인 사람 대 사람의 관계 맺기보다 훨씬 어렵고 노력이 필요한 일 같다. 그럴 때면 교사가 되는 게 좋은 만큼 두려워진다.

이런 두려움에 더해 가끔씩 꿈에 대한 근본적인 고민을 하기도 한다. 내가 타인의 말에 영향을 잘 받는 물렁한 성격인 데다, 주변이 부모님처럼 교사가 많은 환경이라 꿈이 자연스럽게 정해진 게 아닐까 하는 생각이 종종 들기 때문이다. 다른 것도 아니고 그저 교사를 희망하기에 좋았던 환경이 진로에 영향을 미쳤을 걸 떠올리면 고민이 많아진다. 나의 영역이 더 넓었다면, 다른 직업이 내 삶에 끼어들 틈이 있었다면 꿈이 바뀌지 않았을까? 이따금 새로운 환경과 경험에 노출되었을 때 더 많은 것을 좋아하는 나와 어쩌면 다른 꿈을 꿀 수도 있을 나의 모습을 떠올려 본다.

그래서 솔직하게 말하면 다른 꿈을 생각해 보지 않은 것도 아니다. '평생 직업'이 없는 시대인데, 정말로 교사를 죽을 때까지 하지는 않을 테니까. 언젠가 다른 직업을 가지게 된다면 그때도 하고 싶은 걸 하면 좋겠다는 마음가짐으로 무턱대고 비행기 조종사를 생각한 적도 있다. 〈붉은 돼지〉, 〈탑건〉 같은 영화를 보고 꼭 한번 하늘을 날아 보고 싶었기 때문이다. 이 생각은 지금도 유효하다. 영화와 책을 좋아하니까 영화 제작사나 출판사 관계자가 되고 싶기도 하다. 많은 경험을 하고 좋아하는 분야가 많아질수록 그 분야에 점점 눈길이 가고, 그 일을 하면서 사는 나의 모습을 그리게 된다. 오랫동안 품어 온 선생님의 꿈도 언젠가 이런 후보 중 하나가 될까 두려우면서도 앞으로 어떤 것들이 내 앞에 나타날지 기대한다. 그런 모호한 걱정과 두근거림 속에서 살고 있다.

✤ 끊임없이 도전하기

이런 의문이 이어지는 건 아마도 쉽게 불안해지는 성격과 나도 모르는 나의 모습 때문인 것 같다. 대학에 와서 놀라웠던 점 중 하나는 '나'라는 사람에 대한 발견이 끝나지 않았다는 사실이었다. 나는 세상의 여러 문제에 대한 나름의 시선을 가지고 있었고, 의견을 낼 수 있었다. 소설만이 아니라 시도 좋아했고, 낯을 많이 가리는 성격인 줄 알았는데 좋아하는 것을 말할 때는 처음 보는 사람들과도 서슴없이 이야기했다. 이런 발견이 하나둘씩 늘어날수록 존재가 점점 명확해지고 넓어지는 느낌이 들었다. 그래서인지 그런 감각이 좋은 만큼 더 많은 기회, 더 많은 경험에 목매게 됐다. 할 수 있는 한 도전하고 싶고, 그게 나쁜 경험이 될지 몰라도 무언가를 계속 시도해 보고 싶다.

3학년이 되면 나는 스웨덴에 간다. 그곳에서 영어를 배우고, 외국인 친구를 사귀고, 다른 나라의 새로운 문화를 배울 것이다. 어쩌면 외국 생활이 맞지 않아서 몇 개월 만에 교환학생을 포기하고 한국으로 도망치듯 들어올 수도 있다. 해외에서 인종차별을 당할지도 모르고, 소매치기를 당해서 전 재산과 다름없는 경비를 몽땅 잃어버릴지도 모른다. 이런 걱정을 하는 동시에 두껍게 쌓아 놓은 교환학생 후기와 파견교의 수업 목록을 보면서 부푼 기대감에 휩싸인다. 아직 파견교의 연락도, 교환학생 설명회 안내도 오지 않았는데 벌써 예테보리의 광장에 거대한 캐리어를 끌고 홀로 서 있는 나를 상상하고 있다.

교환학생에 관심이 생겨 합격자들의 후기를 조사할 때 든 의문이 하나 있었다. 왜 교환학생으로 발탁된 모든 사람이, 정말 한 명도 빠짐없이 살면서 한 번이라도 교환을 갔다 오라고 추천하는 것일까? 무엇이 이들로 하여금 준비해야 할 것도 많고 힘들어 보이는 해외 생활이 인생에 다시없을 소중한 경험이라고 생각하게 만들었을까? 물론 정성스럽게 후기까지 적은 사람이라면 이 생활에 만족한 사람이 대부분이겠지만 그중에서도 교환학생을 절대 가지 말라고 하는 사람이 나오지 않는 게 신기했다. 모두가 "일단 가 보고 생각하라."고 했다.

그래서 정말로 일단 가 볼 것이다. 어디가 됐든 가만히 앉아서 이것저것 따지고 걱정하느니 가고 난 다음에 생각하고 싶다. 13시간 동안 비행기를 타고, 낯선 곳에 내려서 혼자 밥도 먹고, 여행도 다니고, 하지 못했던 것들을 실컷 해보고, 그리고 나서야 좋고 나쁨을 가려 볼 거다. 내가 직접 외국에서 교환학생으로 살아보니 어떻더라고 당당히 이야기하고 싶다. 그래서 이번 방학을 백여 개 남짓한 대학 홈페이지를 보면서 희망 대학을 추리는 데 썼다. 친구들과 여행을 가서도 함께 호텔 방 바닥에 앉아 노트북을 두드려 가며 자기소개서를 작성했다. 준비해야 할 게 많고 복잡한 과정에 화가 나는 동시에, 어떤 곳이든 갈 수만 있으면 좋겠다는 바람과 기대에 부풀었다.

※ 끊임없이 지탱하기

그러면서 나의 오래된 꿈이 생각났다. 다른 나라에서 살아보고 싶어 충동적으로 결정한 교환학생 도전은 왜인지 오랫동안 고민했던 진로와 닮아 있었다. 고민한 시간이 짧든 길든, 교환과 교사의 꿈은 둘 다 나에게 설명할 수 없는 기대와 충동을 불러일으킨다. 나쁜 후기가 있어도 좋은 후기에 더 끌리고, 그래서 나쁜 후기가 잘 보이지 않는다. 걱정과 불안으로 흔들리면서도 쉽게 놓지 못하고 있다.

꿈에 그리는 국어 교사가 되기 위해서는 많은 노력이 필요할 것이다. 언제까지나 좋아하는 것만 할 수 없으므로 문학만이 아니라 문법과 교육 과정 같은 다른 공부도 해야 한다. 교권 추락 문제처럼 내가 해결할 수 없는 구조적인 문제가 있을 수도 있다. 그건 내가 마음을 바로잡는다고 해서 사라지지 않는다. 마음먹기에 따라서 달리 보일 문제라면 그렇게 많은 교사가 직업을 그만두지 않았을 테니까. 그런데도 나는 교사가 하고 싶다. 앞으로가 어떻게 될지는 몰라도 현실적인 문제 때문에 꿈을 그만 꾸고 싶지 않다. 불확실하다면 적어도 후회하지 않도록 직접 되어보니 어떻더라고 말할 수 있는 사람이 되자고 생각하고 있다.

미래는 현재를 바라보는 것에서부터 시작한다는데, 나는 아직 배운 게 많이 없어서 그런지 과거든 현재든 '나'밖에 보이지 않는다. 꿈에 대해 쓰면서도 내가 어떤 사람이었고, 어떤 사람이 되고 싶은지를 집착적으로 정의한다. 그것 말고는 글을 쓸 수 없다는 듯이. 나는 자기중심적이고 욕심 많은 사람이다. 미성년을 졸업한 지금도 자신에게 매몰되어 있고 습관적인 불안을 느끼면서도 계속 기대하고 생각한다. 그래서인지 오랫동안 생각하며 좋아해 온 모든 것들은 나의 일부처럼 느껴지고, 쉽사리 놓을 수 없다. 글쓰기, 문학, 영화, 비행, 그리고 제일 오래, 정말 오래 꿈꿔온 교사의 길까지 말이다. 사랑을 포기하는 일이 너무 어렵다. 교사에 대한 부정적인 생각으로 마음이 식거나 새로운 꿈이 머릿속을 맴돌아도 '그래도 내가 10년이 넘게 사랑한 직업인데 일단 한 번 돼 보아야 할 것 아닌가'라고 거듭 생각한다. 그런 이상한 뚝심과 소신이 나를 움직인다.

변하지 않는 꿈을 꾼다는 건 내가 어디에 있든 계속해서 하나만 바라보는 것처럼 느껴진다. 나는 과거와 달리 더 넓고 광활한 대지에 서 있고 내 눈은 더 먼 곳까지 볼 수 있도록 발달했는데, 꿈은 어릴 적 애착 인형처럼 몇 발짝 떨어진 그곳에 그대로 있다. 이전처럼 푹신하지도 따뜻하지도 않고 어딘가는 낡아 실밥이 터졌다. 어쩌면 눈을 돌릴 수도 있을 것이다. 사실은 더 멋지고 꼭 맞는 인형이 이 대지 어딘가에 있을 것 같다. 그럼에도 이 낡은 인형을 계속 바라보고 있다. 잠깐씩 들판 너머로 시선을 돌리면서도 결국에는 어김없이 오랜 꿈과 눈을 마주친다. 나는 내가 그걸 버리지도 고치지도 않고 집어 든 채로 발걸음을 옮기는 사람이 됐으면 한다.

이하민

2학년 어느 날 교육이 무엇이냐는 교수님의 질문에 파도라 답한 적이 있다.
어디에 서 있는지에 따라 다른 방향과 강세로 치는 파도.
내가 경험한 교육은 얕은 파도였다. 그곳에서 내 삶과 교육을 영원히
엮어놓으리라고 다짐했으나, 혹자는 교육이라는 가혹한 파도에
집어삼켜지며 그곳을 떠날 날만 손꼽아 기다릴 수도 있다. 성취를 바탕으로
한 오만은 타인이 선 곳을 제대로 보지 못함에서 비롯하는 것 같다.
허우적대는 사람이 있으면 손가락질하는 것이 아니라 손을 맞잡아주면
좋겠다. 그리고 모든 사람이 그런 사회를 꿈꾸기를 바란다.
나는 누군가 내게 넌 참 사랑받은 티가 난다고 빈정대더라도 웃으며
맞장구쳐줄 수 있을 정도로 사랑이 넘치는 가정에서 자랐다.
책을 쓰기로 한 결정은 반은 이끌림이었고 반은 재미였는데, 글을 쓰고
나니 신이 갈라놓은 홍해 사이를 걷는 것과 같이 무난한 인생을 구태여
기록으로 남긴다는 것이 턱없이 의미 없는 일로 느껴져 부끄러운 마음이
삐쭉 머리를 내민다. 그럼에도 불구하고 나를 위해 글을 남긴다. 어릴 적
꿈이 미래의 이정표가 되길 바란다.

Part 1

금요일 오후 즈음, 안방 텔레비전에서 노래가 나온다. "아야어여오요우유으이~" 아이가 따라 부른다. 아이는 이 프로그램이 매주 딱 한 번만 방영한다는 사실을 알고 있었고, 한순간이라도 놓치랴 시선을 텔레비전에서 떼지 못한다. 화면에 'ㄱ'자가 나타난다. 한글 자모 무늬를 가진 호랑이가 카메라를 보고 묻는다. 아이가 "기역!" 하고 자신 있게 답한다. 아이의 엄마가 사랑스럽게 아이를 보며 말한다. "우리 딸은 이렇게 똑똑해서 나중에 뭐가 될래?" 아이는 잠시 고민한다. 엄마가 말하는 나중은 언제일까? 지금 텔레비전에 나오는 '한글이 야호' 100편이 나올 때쯤? 미래에 대해 고민해 본 적이 없을 터인 아이는 제가 알고 있는 모든 지식을 통틀어 가장 멋있는 직업을 골라 대답한다. "나는 선생님!"

#1

여덟 살이 되고 나서 처음 학교에 간 날은 충격의 연속이었다. 왜인지 모르게 차갑고 정형적인 공간에서 모든 것이 낯설게만 느껴졌었다. 똑같은 형태의 교실이 차곡차곡 쌓인 건물의 모습도 한몫했던 것 같다. 교실에 잘못 들어가지는 않을까, 내가 제대로 된 방향으로 걷고 있는 것일까, 또는 실내화를 잘못 신은 것은 아닐까 매일 전전긍긍했다.

그렇게 긴장된 나날이 지나가던 도중, 학교에서 머리끈이 풀리는 일이 있었다. 확실하게 기억나는 것은 유치원에 다닐 때부터 나는 엄마가 묶어주는 방식으로만 머리를 하고 다녔고, 머리를 묶을 줄 몰랐다는 사실이다. 나는 머리끈을 들고 교탁으로 털래털래 걸어갔고, 선생님께 머리를 묶어주실 수 있으시냐고 여쭈었다. 젊은 남자 선생님이었던 내 담임 선생님은 난처한 듯 웃어 보이시더니 조심스레 내 머리를 묶어 주셨다. 잘 묶였냐고 묻는 내 말에 선생님은 '시골 아가씨' 같다고 해주셨다. 나는 그 말을 잘 이해하지 못해 좋은 말이겠거니 하고 웃어넘겼다. 감사하다는 말도 잊지 않았다. 하굣길에 나를 본 엄마는 깜짝 놀라셨다. 머리가 그게 뭐냐고.

지금 생각해 보면 그 선생님은 머리를 묶어보신 적이 없으셨던 것 같다. 그런데도 내 요청을 들어주셨던 이유가 가끔 궁금해진다. 머리 정도야 풀고 다녀도 크게 문제 되지 않는데……. 이제 와서 선생님께 그때의 의도를 여쭤볼 수는 없지만, 오늘날 아이들을 가르치는 입장에서 보면 선생님을 조금 이해할 것 같다. 나 또한 작고 어린 친구들의 부탁을 거절할 수 없는 사람으로 자랐으니 말이다.

교사라는 직업에 대한 내 생각은 그랬다. 그렇다고 내가 만난 선생님 중 특별히 누군가를 존경하거나 닮고 싶어 하지는 않았다. 내가 교육 현장에 머물렀던 그 순간순간에 보여주었던 면모들, 그 카리스마와 다정함과 리더십, 그리고 사려 깊음을 배우고 싶었을 뿐이다.

#2

성적이 잘 나왔다. 기분이 아주 우쭐해졌다. 학년이 올라갈수록 유지하기 어려워질 것이라는 주변의 걱정과 달리 나는 순탄한 학창 시절을 보냈다. 칭찬을 받으니까 좋았고, 내가 한 만큼 정직한 결과가 나오는 메커니즘이 재미있기까지 했다. 그때쯤 나는 어떤 오만한 생각을 가지기까지 한 것 같다. 공부가 이렇게 쉬운데 왜 다른 애들은 어렵다고 할까? 고학년 어느날부터 짝꿍을 가르치기 시작했다. 나와 잘 맞았던 탓인지, 우연이었는지 짝꿍의 시험 성적은 꽤 올랐다. 나는 내 시험 결과보다 그것이 아주 흡족했고, 적성을 찾았다고 생각했다. 그때부터 교사라는 직업을 나의 선택지 중 하나로 고려해 보기 시작했다. 특별히 끌리는 일들은 없었고, 이 정도라면 할 수 있겠다는 생각이 들어서였다 또한 당시 주변에는 '여자가 할 직업'으로 교사만 한 것이 없다고 하는 풍조가 있었는데, 어른들께서 훌륭한 선택이라고 말씀하시는 것을 들으며 내 결정을 내심 자랑스러워했다.

고등학생 시절 진로상담에서도 교사가 되겠다고 했다. 처음에는 내가 가장 좋아하는 과목인 역사를 가르치고 싶다는 마음이 들어서, 역사교육과를 지망했다. 역사 교과에서 좋은 성적을 얻기 위해 노력하는 것은 물론이고, 역사 동아리에 들어가 지역사회 역사를 탐구했다. 입시에서 배우는 한국사에서 역사는 수도를 중심으로 그려졌고, 나아가 왕족과 귀족의 이야기였다. 시대가 좀 더 발전해도 크게 변한 건 없었다. 역사는 왕족 다음에는 대통령이었으므로. 그에 반해 나는 우리 지역과 그 안에서 살던 농민들의 이야기를 사랑했다. 정치와 사회의 격동 속에서 다소 작게 느껴질 수 있는 개인의 반응과 움직임은 충분히 반짝였으며 그 반짝임은 어느새 큰 신호가 되어 미래에 사는 우리에게 우리가 이 땅에 살고 있었다고 말을 건넸다. 역사의 매력에 빠져있을 때쯤, 내 생각을 바꾸는 일이 생겼다.

그때 학교에서는 자율 주제 탐구를 진행해서 학생들의 생활기록부에 넣을 소재를 만들도록 했는데, 나는 역사가 아닌 교육을 테마로 탐구를 진행했다. 탐구 내용은 면담을 통해 주변 학생들의 교육 현황을 파악하고, 학교에 새로운 제도, 교육 방법, 교육 내용 등을 제안하는 것이었다. 그때 이전까지는 한 번도 이야기를 나누어 보지 못한 친구와 대화할 기회가 생겼다. 사실 조금 무서웠다. 학교에서 소위 '사고 치고 다니기'로 유명했던 친구였기 때문이다. 다소 경직된 분위기의 교실에서 학교에서 가장 힘든 것은 뭔지, 좋은 점은 뭔지 등……. 고등학생 수준에서 나올 법한 상투적인 질문과 답변이 오갔다. 그런데 그 친구는 내가 생각했던 것처럼, 그리고 미디어에 등장하는 비행 청소년처럼 무서운 사람은 아니었다. 그 친구는 부모님과 선생님께 혼나는 걸 무서워했고, 칭찬받으면 우쭐할 줄도 알았다. 여느 다른 학생과도 다르지 않은 그런 평범한 학생이었다. 나는 그 친구와의 대화를 거의 잊어버렸다. 하지만 내가 그 순간 했던 생각은 지금까지도 강렬하게 기억에 남아 있다. 교육은 누구에게나 공정한 형태로 다가가지 않으며, 평가는 '한 만큼 나오는' 정직한 게임도 아니라는 것을, 그리고 나의 성과나 주변 사람들에게 받는 기대, 칭찬, 스스로에게 갖는 자부심 같은 것들은 온전히 내 것이 아니라는 것을. 교육을 해야겠다는 강력한 동기는 그날로부터 비롯되었다. 나도, 내 눈앞에 앉아 있었던 친구도 행복하게 만들어줄 수 있는 교육을.

그날부터 주변을 유심히 관찰하려고 했다. 학교의 구성원이자 교육의 대상자인 학생으로서 다시는 얻을 수 없는 경험의 순간들이었다. 그때 한 번 소외된 사람이 다시 교육의 현장으로 돌아오기 쉽지 않다는 걸 깨달았다. 나의 면담 대상자였던 친구와 그 무리는 마치 학교의 규칙을 모르는 것처럼 지냈다. 수업 시간에도 잘 참여하지 않고, 잠들어도 아무런 제재를 받지 않았다. 엄밀히 따지면 선생님들은 제재할 수 없었다. 시간과 노력을 특정 학생에게 집중하면, 다른 학생들에게 '공정하지 않다'는 항의를 받았다. 결국 일반적인 학생다움에서 멀어진 학생들은 교사의 우선순위에서도 뒤로 밀리며, 그들이 한 명의 성인으로서 가져야 할 태도, 생각, 지식을 갖추지 못하고 학교에서 떠날 날을 맞이하게 되었다.

그러던 와중 선생님께서는 대입 준비를 위해 생활기록부의 내용도 채울 겸, 교육의 공정성과 관련한 내용을 탐구할 것을 제안해 주셨다. 관련 책도 빌려주셨다. 그때쯤 나는 내가 보이지 않는 특별 대우를 받고 있다는 걸 깨달았다. 솔직히 말하자면 이전부터 알고 있었을지도 모른다. 아무튼, 학교가 기울어져 있다는 걸 알아챘을 때 나는 그 비탈길 최상단에서 다른 학생들보다 많은 혜택을 받아먹고 있었다.

선생님들도, 학생들도 제 자리에서 가장 최선을 다했다. 선생님들은 학교에서 해줄 수 있는 최선의 결과를 학생들에게 전달하기 위해 애쓰셨으며, 학생들은 그러한 기대에 부응하기 위해 혹은 자신의 목표를 달성하기 위해 노력했다. 날씨가 추워지자 교실 한구석에서 숨죽여 우는 학생들도 보였다. 마음 한구석이 콕콕 쑤시는 느낌을 애써 무시하며 나는 합격 전화가 오기 전까지 대입 상담을 위해 매일 교무실로 향했다. 학교는 언제부터 이런 곳이었던 걸까? 나는 나를 신경 써주는 어른들에게 걷잡을 수 없는 감사함을 느끼면서도, 학교가 마치 학생이라는 1차재를 가공해서 포장하여 판매하는, 그런 기업 같다는 생각을 떨칠 수가 없었다.

Part 2
....

대학에서의 첫 1년은 엉망진창이었다. 코로나19가 창궐한 지 1년쯤이 지났을 때였다. 바이러스가 퍼지고 1년 동안 사회의 각 기관은 나름의 해결책을 모색했고, 이는 공적 공간의 원천 봉쇄라는 결과로 나타났다. 자연히 대학교도 문을 닫았다. 우리는 준비되지 않은 형태의 수업을 듣게 되었다. 녹화강의, 실시간 화상 강의 등 새로운 방식의 수업이 개설되었다. 솔직하게 말하자면 그때 들었던 수업 내용들보단 어떻게 딴짓을 했는지가 가장 기억에 남는다. 카메라 각도를 틀어 입을 교수님께 보이지 않게 하고 간식을 먹고, 학기가 마무리될 즈음에는 더욱 대담해져 게임기를 숨겨 놓고 플레이한 적도 있다.

학교가 문을 닫은 덕에 좋은 점도 있었다. 서울에 따로 집을 구할 필요가 없어 고향에서 수업을 들었고, 집에서 가족들과 보낼 시간도 많아졌다. 어느 날 수업을 마치고 엄마, 이모와 함께 식당에서 밥을 먹었다. 이모는 내게 대학교는 잘 다니고 있냐고 물으셨다. 나는 그럭저럭 잘 적응하고 있다고 답했다. 이모는 장난식으로 나를 '먹고대학생'이라고 부르시며 웃으셨다. 이모의 말씀이 맞았다. 나는 감히 학생이라 부르기 어려울 정도로 배운 게 없었다. 편한 환경에서 수업을 들으니, 마음이 느슨해졌고, 동시에 산만해졌다. 수업 시간에 교수님의 말을 듣는 대신 휴대전화에 눈길을 돌렸고, 질문이 있냐는 교수님의 질문이 있을 때는 카메라 렌즈로부터 시선을 돌려 고개를 푹 숙였다. 그러나 그때의 나는 이것을 크게 문제 삼지 않았는데, 첫 번째는 몸이 편했기 때문이고, 두 번째는 대학교에서는 어떻게 배우는지 몰랐기 때문이다. 내가 1년의 시간을 거의 버리다시피 했다는 것을 2학년이 되고 나서야 깨달았다.

일부 수업에 한정되었지만 대학교가 문을 열었다. 나는 학교 건물을 쏘다니며 늦게나마 지리를 익혔다. 휴대전화 지도 앱을 켜지 않고 강의실을 찾을 수 있을 때쯤, 나는 나의 학습 태도가 달라졌다는 것을 느꼈다. 수업 후 배운 개념에 대해 동기들과 이야기 나눠보기도 하고, 교수님이 요구하지 않아도 궁금한 것을 자유롭게 질문했다. 친해진 동기들과 모여서 1학년 때의 이야기를 가끔 나눈다. 개인 채팅 기능으로 교수님 몰래 대화를 나눴던 기억, 밥을 차려놓고 교수님 몰래 먹었던 기억, 수업 내용은 녹화를 떠 놓고 잠들었던 기억. 재미있는 추억 정도로 생각할 수도 있는 일들이기도 하지만, 우리의 대화는 거의 같은 결론으로 도달한다. 우리 1년 완전히 공쳤다! 화상수업을 통해 교육의 별이 이곳저곳에 들 것이라는 명제는 환상에 불과했다. '미래 교육'을 단번에 논의의 장으로 올린 그 2년은 우리가 기술을 얼마나 과대평가하고 있었는지를 확인하는 사건이 되었다.

그런 생각을 할 때쯤 교육계에 메타버스라는 새로운 열풍이 불었다. 가상 세계, 그리고 이를 무대로 한 게임이나 프로그램이 늘었다. 시공간을 초월하여 상호작용을 할 수 있다는 점, 그리고 나를 숨김으로써 더 나다움을 표현할 수 있다는 점을 중심으로 메타버스가 더 효과적인 교육의 무대가 될 것이라고 기대되었다. 이것이 유의미한 변화인지 아닌지에 대해 갑론을박이 오가던 중에, 친구의 소개로 메타버스 교육프로그램 보조 진행 아르바이트를 할 기회가 생겼다. 여러 학교가 참여하는 환경교육 프로그램이었는데, 프로그램 기획자가 미리 만든 가상 공간에서 게임과 활동을 통해 환경 지식을 배울 수 있었다. 나는 학생들이 순서에 따라 가상 세계를 즐길 수 있게끔 인도하는 역할을 했다. 사실 단순한 게임 같은 프로그램이라고 생각해서 이것이 학생들에게 유의미한 경험이 될 수 있을지 의문이 들었으나, 프로그램 당일이 되자 내 생각이 약간은 달라졌다. 학생들은 게임 속이 마치 실제 현장 체험 학습의 장인 것처럼 나의 말을 잘 따랐다. 소풍날 아이들이 교사를 졸졸 따라다니듯이 움직이는 것이 재미있기도 했다. 개회식과 같이 오프라인에서만 이루어졌었던 행사 또한 진행되었고, 인솔 등의 문제로 하기 힘든 게임을 여러 가지 즐길 수 있었다. 메타버스를 활용한 교육 프로그램은 확실히 재미있었다.

하지만 우리는 1~2년 사이의 경험으로 이미 알고 있다. 새로운 기술이 새로운 교육을 열지는 못한다는 것. 그리고 새로운 기술이 항상 교육에 유익한 방향으로만 들어오지는 않는다는 것을. 교육은 항상 학생과 교사, 그리고 교육 내용을 중심으로 만들어져야 하고, 기술은 부수적인 것이기 때문이다. 기술만을 중심으로 해서 뭔가를 만들면 이도 저도 아닌 아주 괴이한 수업이 만들어진다. 하지만, 기술은 분명 교육에 무엇인가를 남겼다.

화상수업, 메타버스, 그 후로는 Chat GPT까지 다양한 매체들이 교육을 휩쓸고 지나간 자리에는 미묘한 변화가 남는다. 간단한 수업은 화상 또는 녹화로 진행할 수 있다는 선택지가 생겼고, 과제의 틀을 AI에 물어보는 학생과 같이 이전에는 볼 수 없던 새로운 모습이 종종 발견되었다.

나 또한 Chat GPT에 작문을 부탁하거나, 논문 자료를 찾아보라고 요청하곤 한다. 기술이 남긴 그 희미한 흔적에 관심이 생겼다. 혁신이라는 이름을 내걸고, 억지로 기술을 도입하는 것은 교육의 목적과는 정반대의 행위이다. 그러나 기술의 도입이 가져온 효과를 과소평가할 필요도 없었다. 교육과 사회에 미디어가 미치는 영향, 그리고 그것을 옳게 활용하는 방법이 알고 싶어졌다.

#1

코로나 팬데믹 사태가 끝나고, 몇몇 요소를 제외하면 대학은 완전히 정상화되었다. 드디어 각자의 자리에서 교육을 사랑해 왔던 동기들을 만날 수 있었다. 그들은 대개 중, 고등학교 시절 나와 같은 문제의식을 발전시켜 온 사람들이었다. 다만 가고자 하는 길이 달랐다. 누군가는 교육 현장에서 자신의 교육철학을 실현하고자 했고, 누군가는 사법 현장에서 교육 소외자를 돕고, 더 나은 사회를 만들고자 했다. 누군가는 연구자로서 더 나은 교육 방법, 체계, 제도를 개발하려고 했으며, 누군가는 사업가로서 교육에 활용될 새로운 프로그램과 상품을 만들고자 했다. 조급함이 마음 저 끝에서부터 올라왔다. 내가 어린 날 그려왔던 교육의 이상은 너무나 추상적이었다. 내 미래에 대한 계획도 아무것도 없으며, 더 이상 나한테 어떻게 해야 한다고 지도해줄 사람도 없었다. 그런 상태에 있다 보니 지난날 했던 생각이 그저 누구나 하는 망상같이 느껴졌다. 이렇게 교육에 진심인 사람들이 많은데, 내가 굳이 해야 하는지에 대한 의심이 들었다.

그렇게 불안한 상태로 제 2전공을 결정할 때가 왔다. 교사를 하지 않을 거라면 빨리 다른 차선책을 찾아야 했다. 누군가는 일반 취업에 도움이 되는 상경 계열로 진학하는 것이 낫다고 했다. 그러나 지금까지 해 온 걸 모두 땅바닥에 버리고 새로 도전하느니, 원래 하던 교육 전공을 살려서 교사가 되는 편이 좀 더 낫겠다는 생각도 들었다. 여러 가지로 고민하던 중 나는 학교에 다니면서도 왜 내가 배우고 싶은 것은 생각하지 않는지에 대한 의문이 들었다.

　다시 학교 이름을 도메인에 입력했다. 학교에 속한 대학과 학과 이름을 모두 읽었다. 마우스 휠을 쭉 내려서 사범대학에 속한 학과명을 봤다. 역사교육과. 내가 원래부터 꿈꾸어 왔던 역사를 가르치는 학과가 있었다. 마우스 휠을 슬쩍 올렸다. '미디어학부' 다섯 자가 쓰인 란에 시선을 고정하고 학과 설명을 읽었다. 여전히 뭘 배우는지 알 수 없었다. 그러나 희미한 끌림을 느꼈던 것도 같다. 대학교 입학 후 화상수업, 메타버스, AI를 거친 후 나와 나의 주변인, 나아가 사회를 지배하고 있는 미디어를 더 배우고 싶다는 마음이 조금씩 자리를 잡았다. 그러나 나는 그런 애매한 감각으로 확실하게 결단을 내릴 수 있는 타입은 아니었다. 그래서 역사 교사가 될 준비를 할 것인지, 미디어를 공부할지 스스로 결정하지 않고 운명에 맡기기로 했다. 지금 생각해 보면 미친 행동이었다. 결국 미디어학부와 역사교육과 모두에 신청서를 냈다. 당시 미디어학부의 합격률은 그다지 높지 않았기에, 1순위로 넣어 보고 '합격이 되면' 그때부터 그 방향의 진로에 대해 고민해 보기로 결정했다. 모든 결심이 희미하게 느껴졌으므로, 강한 이끌림이 나를 찾아올 날을 기다리기로 했다. 몇 달이 지났을까, 방학 중 아르바이트 자리에서 몰래 열어본 합격창에는 합격을 축하한다는 내용이 담겨 있었고, 그다음 학기부터 학교 끝과 끝에 있는 건물을 오가며 수업을 듣기 시작했다.

#2

Medium is the message 배운 것들 중에서 머릿속에 남아 있는 얼마 안되는 문구 중 하나이다. 간단히 풀어 설명하면 미디어 자체가 곧 메시지라는 것이다. 망원경이 인간 눈의 확장이듯, 미디어는 인간의 감각의 확장을 야기하고, 미디어의 형태가 인간을 변화시킨다는 내용이다. 교육에서도 이러한 내용을 확인할 수 있다. 특히 아이들의 경우, 정보를 탐색, 인출하거나 서로 소통하는 방식이 많은 부분에서 달라져 있었다.

그 어떤 시대보다 막대한 미디어의 영향력을 체감하면서도, 미디어가 인간에게 유익한 방향으로 발전하지 않는 것에 대한 아쉬운 마음도 들었다. 미디어는 자유라는 이름으로 인간을 통제하고 있었고, 쓸데없는 소비와 시간 낭비(엄밀히 말하면 광고 시청)를 부추겼다. 그러나 이는 모두 '시청할 자유', '표현할 자유', '구매의 자유' 등의 이름으로 행한 것이므로 그 결과는 모두 정보 소비자의 몫이 되었다. 매체의 발전으로 교육의 방법은 더욱 다양해지고, 양질의 교육을 널리 공급할 수 있으리라고 기대하였지만, 실상은 달랐다. 오프라인에서 미디어에 대한 철저한 교육을 받은 학생들은 '스스로' 미디어를 유익한 방향으로 활용하여 더욱 교육의 이점을 취했고, 그렇지 않은 학생들은 '스스로' 자기 파괴적인 방식으로 미디어를 활용하게 되었다. 그런 환경에서 어른들은 엉망진창의 학창 시절을 보내고 있는 학생들에게 말을 건넨다. "너희처럼 공부하기 좋은 환경을 가진 세대가 어딨어!"라고.

변화한 학습자를 위한 교육의 새 접근법 그리고 학습자의 양극화라는 나의 두 가지 고민을 해결하기 위해서는 어떻게 살아야 할지 계속해서 고민했다. 모든 학생들에게 유익한 미디어, 공정한 미디어가 필요했다. 또한 미디어를 올바르게 활용하기 위해 새로운 교육을 만들어야 한다는 생각도 커졌다 나는 무엇을 하고 싶었을까? 이런 내용을 생각할 때면 철없는 중학생마냥 세상에 대한 불만은 커져가고, 자아는 점점 부풀었다. 그런데 미래에 대해 생각하기만 하면 마음이 풍선을 바늘로 콕 찍은 것처럼 쪼그라들었다. 불만이고 뭐고 그냥 주어진 상황에 흘러가듯 살고 싶은 마음이 고개를 든다. 나는 결국 진로에 대한 고민을 '대충 미디어 관련 일'이라는 이름으로 접어 마음 깊은 곳까지 던져 버렸다. 그리고는 다시 수업, 학점 등 눈앞에 놓인 학과 생활에만 집중하기 시작했다.

Part 3

#1

문과대학에서 공부하는 학생들은 익숙한 문장이라고 생각할지도 모르겠다. 이론과 현실은 다르다. 전공 수업에서 토론할 때마다 한 번쯤은 나오는 그런 말들. 학문적인 이상을 추구하는 것은 무척이나 중요하지만, 현실과 유리되어서는 안 된다는 의견들 말이다. 그래서 많은 대학은 학교 현장실습과 교육봉사 등을 사범대학 교육과정 내 도입한다. 전공을 배우는 학생들이 현실과 학문 모두에 힘쓰고 현장 역량을 갖출 수 있도록 하기 위함이다. 나는 교사가 될 생각이 아니었으므로 후자보다는 전자에 집중하며 이 두 가지 활동을 경험했다. 혹자는 교사자격증이 필요하지 않은 학생들에게는 불필요한 짐을 더하는 것이라고 주장하기도 한다. 그러나 두 가지 경험을 모두 겪어본 후, 나는 교육학을 배우는 데 있어 현장을 모른다는 것은 있을 수 없다고 생각하게 되었다.

3학년 1학기를 마치고 학교에 휴학계를 냈다. 영어 공부를 명목으로 한 도피성 휴학이었으므로 교육봉사를 휴학 기간 내에 해결하고자 했다. 동행 사이트를 통해 자취방 근처 지역아동센터를 알아보았다.

걸어서 15분 남짓한 그 센터는 교회 건물을 사용하고 있었다. 3명의 선생님이 다양한 연령대의 아이들을 지도하였고, 음악이나 수학 같은 특정한 과목의 경우 외부에서 전문 교사가 오는 형태로 운영되었다. 나의 역할은 학생들의 자습을 보조하는 것이었다. 처음에는 중학생을 가르쳤는데, 정말 말을 안 들었다. 말끝마다 집에 가고 싶다고 말했고, 문제를 풀다가 막히면 나에게 이런저런 질문을 던졌다. 물론 문제와는 전혀 관련이 없는 것들이었다. 엄격한 선생님 흉내를 내 보려고도 했지만, 그건 적성과 영 맞지 않아 그만두었다. 학생이 모른다면 알게 해주면 되지, 계속 설명하고 질문했다. 대학에서 배운 기법들을 사용하려고 했지만 쉽지는 않았다. 수업 시간에 내가 상상했던 모습인 학생들을 이끄는 카리스마 넘치는 선생님은 온데간데 없고 정신없이 학생들의 페이스에 휘발리는 내가 있었다.

선생님 근데요, 하기 싫어요. 선생님 저 이거 반쪽만 하면 안 돼요? 겨우 정해진 분량의 반 정도를 풀리고 집에 보내고 나면 초등학생 두 명이 왔다. 시츄 눈처럼 반짝거리는 눈빛으로 이것저것 말을 쏟아내는데, 아이를 좋아한다고 자부했던 나였지만 그 속도를 따라갈 수가 없었다. 화가 나는 포인트도 얼마나 제각각인지, 심지어는 틀린 문제 위에 가위표를 했다고 학생에게 쓴소리를 들은 적도 있었다. 봉사 시간인 2시간이 지나고 나서 나는 완전히 녹초가 되어버렸다.

일주일에 두 번, 약속한 시각마다 센터로 가는 일이 몸에 배고 자주 보는 친구들의 이름이 점차 외워졌다. 그러다 보니 자연히 학생들을 대하는 법도 깨우치게 되었다. 나는 능청스럽게 학생들에게 장난스러운 말을 건네며, 시간 내 문제를 풀게 만들 전략도 여럿 갖고 있는 봉사자가 되어 있었다. 과외처럼 배우려는 학생들이 아니라, 배우고 싶지 않은 학생들을 가르치는 것은 배로 힘들었지만, 더욱 값졌다. 학생이 귀 기울여 교사의 말을 듣는 것도, 내가 가르치고 싶어 하는 내용을 배우려고 하는 마음도 당연한 것이 아니라는 것을 배웠기 때문이다. 학생이 나의 말을 들어줄 때, 그리고 학생이 몰랐던 것을 깨우쳤다고 말할 때 나는 비로소 선생님이 되었다. 아무것도 아닌 나를 선생님으로 만들어준 그 친구들에게 고마운 마음뿐이다.

#2

복학 학기에는 바로 학교현장실습을 신청했다. 학기 중 한 달간은 수업에 참여할 수 없으므로, 이를 양해해 줄 수 있는 과목만을 택해서 시간표를 구성했다. 전 학기부터 기대해 왔던 시기였다. 그 첫 번째 이유는 대학에서 배운 다양한 지식과 경험을 교육의 현장에서 느껴보고 싶었기 때문이고, 두 번째는 가장 여유로운 학기가 될 것으로 생각했기 때문이다. 교육봉사, 학교현장실습을 제외하면 17~18학점만 수강할 수 있기 때문에, 실질적으로는 내가 지금까지 보냈던 학기 중 가장 여유로운 시간표였다.

얼렁뚱땅 중간고사를 마치고 실습 나갈 준비를 했다. 나보다 먼저 학교

현장실습에 간 사람들에게 조언을 구하고, 단정하게 입을 옷도 몇 벌 샀다. 4월의 마지막 날, 나는 고향으로 가는 기차에 몸을 실었다. 기차 안 나의 마음속에서는 모교에 대한 추억, 선생님들을 다시 만날 것이라는 기대감, 그리고 새로운 학생들의 모습을 눈으로 확인할 수 있다는 기대감이 가득했다.

5월은 참 바빴다. 선생님들께서는 정신없이 쏟아지는 업무를 처리하시면서도 오래된 제자이자 교생 선생님인 내가 학교에서 최대한 많은 것들을 보고 배울 수 있도록 배려해 주셨다. 기억에 남는 건 역시 학교 시설이다. 처음 학교를 둘러보면서 정말 학교가 많이 변했다는 걸 체감했다. 분필 칠판 대신 전자 칠판이 그 자리를 꿰찬 교실도 있었으며, 교실 뒤편에는 학생용 노트북이 빼곡히 찬 충전 케이스가 떡하니 자리 잡고 있었다. 교사용 컴퓨터로는 Chat GPT 4.0을 사용할 수 있었고, 학생의 반 정도는 공책이 아니라 태블릿 PC에 배운 내용을 정리했다. 변하지 않은 것들도 있었다. 선생님들은 여전히 분필 칠판을 사용했던 때와 같은 방식으로 각자의 수업을 하셨고, 학생에게 특별하게 부여되는 과제를 할 때를 제외하면 노트북이 책상 위로 올라오는 일은 없었다. 그때는 Chat GPT가 아주 큰 인기를 끌었을 때였고, 모두가 AI가 사회 전반을 바꿀 것이라고 떠들어댔다. 그렇다면 기술이 교실에 혁신을 가져올 수 있다고 말할 수 있나? 이 질문에 대해 적어도 내가 본 교실 풍경은 아니라고 답했다.

혹자는 내 결론이 성급하다고 생각할 것 같다. 교사의 기술 활용 역량이 부족하여 학생들이 그 수혜를 누리지 못하고 있다고 말할 수도 있다. 물론 그런 경우도 없다고는 할 수 없지만, 그런 것보다는 교육 내용이 더 큰 영향을 미치고 있었다. 이를 깨달은 것은 교생 실습의 하이라이트라고도 할 수 있는 연구수업에서였다. 나는 이를 매우 중요한 기회이자 특권이라고 생각했는데, 다른 업무들로 인해 수업 준비 시간이 촉박한 일반 교사와는 다르게, 교육실습생은 오롯이 수업에 대한 숙고를 바탕으로 배운 내용을 실현할 수 있기 때문이다. 이를 바탕으로 교육실습생은 자신이 배운 내용을 최대한으로 활용하여 능숙하진 않지만, 창의적이고 신선한 수업을 만들 수 있고, 그래야 한다고 생각했다.

　내가 맡은 과목은 생활과 윤리, 대상 학년은 고등학교 3학년이었다. 수업계획서를 쓰기 위해 한글 프로그램을 켰다. 텅 빈 용지에 커서가 깜빡거렸다. 철없던 시절 했던 내가 교사가 되면 더 재미있게 수업해야지 했던 불손한 생각, 대학교에서 심리학 기술, 교육 방법, 모형 등을 배우며 앞으로 현장에서 나는 이렇게 활용해야지 했었던 다짐들이 머릿속에서 깜빡였다. 시선을 노트북 옆쪽으로 돌려 교과서와 교재를 봤다. 나에게 맡겨진 수업 단원의 내용, 내가 밑줄을 그어가며 확인했던 부분을 읽고 또 읽었다. 강의에서 배운 대로 학습 목표를 먼저 입력했다. '국가의 윤리에 대한 문제를 풀 수 있다.' 이 단원을 배우고 할 수 있어야 한다는 목표 행동이 겨우 문제 풀이라니! 나는 내가 적은 문장이 최선의 것인지 고민해 보았지만, 결국 이보다 더 나은 목표를 생각해 내지는 못했다. 고등학교 3학년의 삶에 방해가 되지 않으면서도, 학생들에게 유익한 변화를 가져다주는 것은 나의 능력 밖의 일이었다. 고민 끝에 내가 선택한 수업 방법은 강의식, 그리고 배운 내용을 확인하는 정도의 퀴즈였다.

　연구수업 날 나는 내실 없이 화려한 피피티를 띄워 놓고 혼자 떠드는 사람이 되었다. 수업을 마치고 앞에서 두 번째 앉은 학생이 교탁 앞으로 나와 수업이 재미있었다고 해 주었다. 그 친구가 빈말이 아니라 정말로 재미있었다고 말해주어서 아주 고마운 기분을 느끼면서도, 내 수업이 창피했다. 배운 내용을 하나도 활용하지 못했다는 마음이었다.

변변찮았던 나의 수업 계획안을 읽어 보며 다시 생각했다. 결국 내가 무시했던 형태의 수업을 진행했고 교육 내용에 맞는 적절한 미디어를 사용하기는커녕 그것을 학생들의 관심을 끄는 용도로도 활용하지 못했다.

지금도 그날의 수업을 떠올린다. 아마 나는 교사로서 계속 만족하지 못할 수업을 하면서 그를 괴로워할 것이었다. 교사를 해서는 안 된다는 생각이 확실해진 순간이었다. 그 후 나는 미디어와 교육 사이, 그 어중간한 위치로 돌아왔다. 그때 내 마음에 들어온 것은 방송미디어, 그중에서도 공영방송 분야이다. 교단에 서지 않아도, 나의 메시지를 전달할 방법이 있었기 때문이다. 수업이 아닌 프로그램의 형태로 교육 내용을 전달하고 싶다. 사실 공영방송이 아니어도 상관지만, 굳이 이를 목표로 삼은 이유는 누구에나 평등하게 다가갈 수 있는 권한을 갖고 있고, 공익을 목적으로 한다는 미디어라는 점에서다. 이를 목표로 삼게 된다면 설령 앞으로의 계획이 틀어지더라도 '아이들이 재미있게 배울 수 있는 교육프로그램을 만들고 싶다'는 나의 생각만큼은 쭉 가지고 갈 것이다. 이전까지 해왔던 교육에 대한 고민을 해결하기 위해, 그리고 건강한 미디어 풍토를 형성하는 방법에 대해 계속 배우고, 탐색하고, 생각하다 보면 어느 날 나의 여정이 선물처럼 내 앞길을 비추어주리라고 생각한다. 그날부터 EBS 입사의 꿈을 꾸게 되었다. 그곳에 운 좋게 가게 되더라도 모든 것이 술술 풀리지는 않을 것이다. 다양한 제약과 환경의 영향으로 만족스러운 결과물을 만들지 못할 수도 있다. 그러나 언젠가는 그런 프로그램을 만들 수 있지 않을까 막연히 희망한다.

금요일 저녁마다 노래를 부르며 한글 자모를 배웠을 때 텔레비전에 틀어져 있던 그 프로그램처럼. 나는 프로그램을 통해 학생을 가르칠 것이다. 그러면 학생은 그 나름대로의 반응을 통해 나의 말 없는 요구에 답한다. 어린 날의 나처럼 춤추고 노래할 수도 있고, 조용히 생각을 정리할 수도 있다. 댓글을 남기거나 다른 이와 논쟁할 수도 있다. 서로 얼굴을 마주하지는 않겠지만 그 순간에 우리는 어느 때보다 긴밀히 연결되어 있을 것이다. 미디어는 메시지니까!

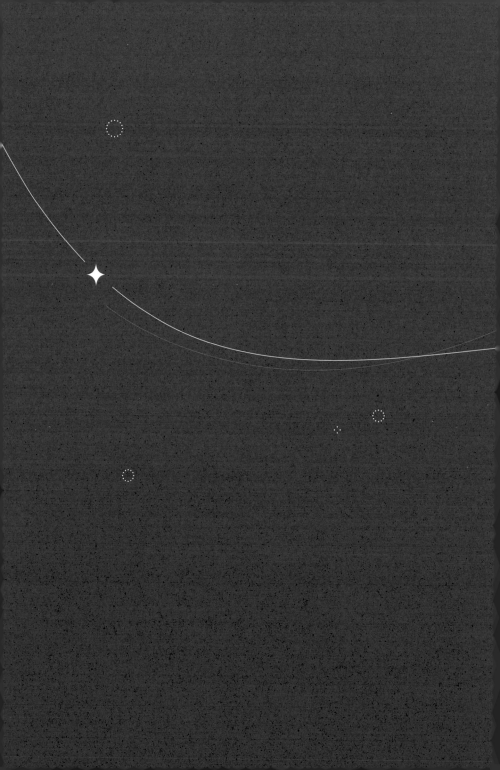

publisher   instagram

우리가 꿈을 쓰는 시간

초판 발행 2024년 12월 19일

지은이 강정화, 강다영, 김민주, 김정은, 류준서, 박가람, 서현우, 이동건, 이연우, 이하민

펴낸이 최대석 **펴낸곳** 행복우물 **출판등록** 307-2007-14호

등록일 2006년 10월 27일

주소 a1. 서울특별시 종로구 종로1길 50 더케이트윈타워 B동 위워크 2층

     a2. 경기도 가평군 경반안로 115

전화 031-581-0491 **팩스** 031-581-0492

전자우편 book@happypress.co.kr

정가 16,500원 **ISBN** 979-11-94192-17-6